乳酸菌女孩

顾拜妮 著

人民文学出版社

图书在版编目（CIP）数据

乳酸菌女孩 / 顾拜妮著. -- 北京：人民文学出版社，2025. -- ISBN 978-7-02-019210-6

Ⅰ. I247.5

中国国家版本馆CIP数据核字第2025JZ0199号

责任编辑　范维哲
装帧设计　李思安
责任印制　王重艺

出版发行　人民文学出版社
社　　址　北京市朝内大街166号
邮政编码　100705

印　　刷　三河市鑫金马印装有限公司
经　　销　全国新华书店等

字　　数　175千字
开　　本　850毫米×1168毫米　1/32
印　　张　11.125　插页3
版　　次　2025年5月北京第1版
印　　次　2025年5月第1次印刷

书　　号　978-7-02-019210-6
定　　价　53.00元

如有印装质量问题，请与本社图书销售中心调换。电话：010-65233595

·献给三十岁的自己·

目 录

001　合租女孩

049　绿　光

121　尼格瑞尔

201　水形物语

271　乳酸菌女孩

2608

合租女孩

Particle
Girls

1.

她在厨房煎鸡蛋，与电话里的人有说有笑，接着，从厨房走出来，将电话重重地摔在餐桌上。沉默了大约20分钟，像没发生任何事情一样，她吃完带煳味儿的鸡蛋和面包片，之后打扫了一遍客厅，把塞满垃圾的塑料袋扎住口，安静地放置在玄关，我假装低头看书。

她来到沙发前，找到一个舒服的姿势，酝酿一会儿，抱紧自己的双腿开始小声地啜泣。她当我不存在，我也真希望自己是不存在的，我们之间的关系尚且没有熟悉到可以旁观彼此痛哭流涕、互相安慰的程度。她越是旁若无人，我越是感觉不自在，读不进书页上的任何一行字，毕竟我就坐在她斜对面的单人沙发上，既无法上前，也不好意思走开。

她哭得过于专心，以至于我插不进一句嘴：为什么哭？到底发生了什么？如果她肯告诉我，我要帮着一起解决吗？如果不打算解决，那我为何要问？我不想把关系搞得过于亲密，否则未来的生活将充满难以预料的麻烦，我们只是偶然住进同一个屋檐下，平时除了简单地打打招呼外，无非是告知彼此各类琐碎的小事：门锁不好开，开门的时候最好用力抻一下；吃完的外卖盒要及时清理掉；洗完澡记得把地面也冲洗干净；能帮我收一下快递吗？我加班暂时回不来……我们甚至很少能赶在一起吃饭，她是个艺术家，会画画，总是昼夜颠倒，大多数时间她会把自己关在房间，或者出门去找朋友，我们很少碰面。

我叫卢凯琳，在一家出版公司上班，工资不高，做一些冷僻没人读的外国小说，我不属于很上进的那种人，即使拿不到更畅销的项目也不会特别在意，那些没人读的小说实际上都是一些不错的书。编辑工作不复杂，但很琐碎，除了校对，其他环节要与各种人打配合，通常情况下对方都很不配合，总会冒出无数的突发状况。经过多年磨砺，我已经不再是那个遇到不如意就手足无措或灰心丧气的小姑娘。

她叫樊鹿，富有灵气的名字，但她更愿意别人叫她的法文名字Emma，我一次都没叫过。她读过《包法利夫人》吗，知道爱玛最终的命运走向吗，为什么会喜欢别人这么称呼她？或许，她只是想提醒别人或自己，她曾有过一段法国留学的经历，她喜欢这个能让自己看起来更浪漫或不同于其他人的身份。

她已经哭了有一阵儿了，我的腿有些麻，打算问问她到底怎么回事。我的目光在房间里四处寻找抽纸，平时我们会在茶几上放一包，这会儿却不见了。正当我准备开口，她却起身进了厨房，用一只设计成菠萝外形的彩色玻璃杯盛满水，回到她自己的房间。我松了一口气，她解决了摆在我们面前的尴尬，或许，她并不感觉尴尬呢？

丽景花园26层，最后一间屋子，我先来的，选择了窗户朝向东面的卧室。每天早上，我都会被强烈的阳光照醒，那种感觉很好，新的一天总会充满热情地扑过来拥抱我，但我还是上淘宝买了滤光的窗户纸自己贴上，因为实在太晒了。

樊鹿是在我来到2608一个月之后搬进来的，我印象很深，那天是愚人节，商场搞促销，我一口气买了很多东西，沐浴露、身体乳、香氛、睡衣，还有几条内裤。

房东提前给我打电话，问我是否同意和别人合租，我考虑到租金，没有反对。樊鹿要来看房子时我刚好不在家，所以跑空了，后来她加了我的微信，我给她发过去几张房间内部的照片，除了卧室没有窗户，其他地方都还比较满意。得知我是九四年出生的巨蟹座，她爽快地决定搬进来和我一起住,她说她是九六年的狮子座。

4月1日那天,下了一点小雨,樊鹿大概下午3点来的。烫着棕色的大波浪头,穿款式简约的白衬衣和牛仔裤,慵懒而优雅地微微卷起袖子,下摆的一侧松垮地掖进裤腰,外面套一件卡其色粗线针织衫,很有一点法式浪漫的派头。就这样,她推着巨大的黑色行李箱,风风火火地住进2608,成为我的室友。

她又关起门来打电话了,樊鹿很喜欢煲电话粥,有时整个晚上我都能隐约听见她来来回回进出房间的声音,同时一边在和别人讲电话。卧室突然传来玻璃杯破碎的声音,她说:"没人想道德绑架你,我们之间没有任何感情对吗?你不会为我难过,我知道。我自己会解决,你不爱管别管!"

我回到自己的房间,把门关上。

2.

早高峰的地铁上人挤人,每天早上都要忍受带有人类体温又一言难尽的味道,等出了地铁,还要再沿一条笔直的街道步行一段,才能到我工作的地方。

疫情猛烈时，地铁里冷清过那么一阵儿，大家不敢出门，基本上都在家里办公。等新生活的秩序恢复运转，除了脸上五颜六色的口罩还在时刻提醒人们，病毒仍然存在于周围的世界，世界已然与过去不同，鸡毛蒜皮、具体而微的生活却又似乎没什么两样。戒备心和恐惧逐渐被日复一日的琐碎与更生动的生存现实消磨，看不见摸不着的病毒被遗忘或者习惯，人们麻木又迫不得已地靠在一起，各自掏出手机打发难以忍受的时光，打打游戏、看看新闻、刷刷视频。

这种情形下玩手机很容易头晕恶心，我索性站着观察周围的一圈屏幕，股票、连连看、美女扭动性感的臀部、一大盘黄金炸猪排配玉米汁。站在我前面的男士已经倾斜出略显别扭的角度，一只手扯着拉环，另一只还在屏幕上奋力地指指点点，操控游戏里的红头发男人，打算干掉对面那个紫头发的。

我想过是否要搬到公司附近来住，每天早上可以多睡一小时，但每个月的房租就要凭空多交一千五到两千块，这价格不是最夸张的，大城市的懒觉非常昂贵。稍微便宜些的，室内环境普遍很差。最后宁愿选择住远一点，居住环境稍微好点儿，人的心情也会顺带好点儿，无非是每天难受两小时！我安慰自己。

为错过地铁里的晚高峰，我经常主动加班，主编看见后神色中偶尔会露出欣慰，我旁边两位同事的处境则显得有些尴尬，想走又不敢走，打完卡便坐在各自的工位上继续摸鱼，等着领导先走。久而久之，他们对我有些看不惯，觉得我是在故意加班给领导看。我很想解释，但最终也只能任其看不惯，继续沉默地吹着空调，看看稿子。

写字楼迎着一条大街，我们公司在五层，而我的工位正对窗户，窗台上摆了几盆永不开花的绿植。有时工作累了，会望着眼前的大街走神，回忆过去的时光，或者想想中午吃点什么。被老板、同事、设计师、作者气到筋疲力尽，已经无力发怒时，也会望着这条大街走神，回忆过去的时光，或者想想晚上吃点什么。我大概属于心理素质极好的年轻人，也可能只是因为我比较容易走神，很难久久地沉浸于一种情绪——痛苦和愤怒都需要专注。但是我记得谁惹我生气了，谁故意给我穿小鞋了，谁在背后讲我的坏话了。

工位上除了电脑、水杯、日记本、字典，以及一把 30 厘米长的尺子外，还有一只小狐狸的毛绒玩具，以及泡泡玛特推出的童心系列盲盒手办，兔耳朵女孩乖巧地坐在滑梯上，天真无邪，心如止水。其余什么都没有。

其他编辑的桌上、脚边都摆满摞得高高的书籍，仿佛置身知识的海洋，他们的工资和学历都比我高，我摆再多书也没用。桌上的家当用一只帆布包就能全部打包带走，人力资源部门的姐姐怀疑我有随时跑路的倾向，加班又给她营造出一种努力的错觉，因此她对我的态度有些不大明朗。

被夜晚笼罩的公司显得异常安静，墨蓝的天空没有一片云，弯弯的黄月亮像粘在玻璃窗上的贴纸，电脑屏幕的光隐约勾勒出我的面部轮廓，映在玻璃窗上的那个人看起来有些陌生和好笑。加湿器还在勤勤恳恳地工作，源源不断地喷出朦胧的白雾，像文艺片，也像恐怖片。除了打印机和饮水机的灯不灭，只有门口那盏嵌在屋顶的白色长方形灯仍然亮着。眼看其他工位一个个变空，我成了公司里最后一个离开的人，而白天，我是最不起眼的那一个。独自漂泊在外，远离父母，没有男朋友，没人等我回家，公司竟成了最有归属感的地方。

9点15分，关灯锁门，摁亮电梯里的数字，缓缓降落。想象自己是从飞碟里走下来，大概过于入戏，门口保安看我的眼神当真像看一个外星人，警惕、犹疑、轻蔑。我对他笑了笑，他尴尬地把脸扭过去。

我在楼下新开的奶茶店里买了一杯黑糖牛乳，又在麦当劳点了一份薯条和汉堡,坐在落地窗前的椅子上安安静静地吃完。想起小时候去肯德基问人家要"不辣的香辣鸡腿堡",后来才知道,不辣的那个叫"劲脆鸡腿堡"。

这时的地铁相对没有那么拥挤,至少不必闻别人头发上的味道,或者看到对方 T 恤上的线头和轻微油渍,得以保持安全又体面的距离。车窗外的广告里有一只很可爱的金毛犬,正摇着尾巴走过来。而外面实际上并没有显示屏,只有一根根均匀排列的 LED 灯柱,当地铁快速经过时,视觉的暂留现象使人眼看到舒展连贯的画面,但那是错觉。

3.

丽景花园 5 号楼 26 层的电梯钮永远无法一次性按亮,总要按一次,再按一次。

和住在 2607 的单亲妈妈一同乘坐电梯,最近下班回来总能撞见她,连续几天偶遇,我俩都有些尴尬,我不明白她为什么总要这么晚出来买东西。小区门口有家 24 小时营业的超市,她的手里每次都拎着一个大只的塑料袋,我偷偷往里面瞟了一眼,速冻水饺、彩色动物馒头、红丝绒蛋糕、薯片、小熊饼干、午餐肉……还有一堆看不清是什么的食物，她每次都买很多东西，儿子貌似还在上幼儿园。我一次也没看见过她的丈夫，于是猜测她或许离异了。

26层到了，我先走出电梯，走廊尽头连续坏掉两盏灯，物业一直没有找人来修，我每晚都朝着那团黑暗前进。到家时，已经快11点。

樊鹿卧室的台灯亮着，门敞开，地上堆满颜料，被子摊开在床上。夜晚是属于樊鹿的活跃时间，即使到凌晨，每栋楼里也总有几个房间的灯会保持明亮，里面住着城市的夜行动物，大家来自天南海北，聚集在这座城市，想要谋得一点人生的价值。我原本以为她这会儿应该一边煮咖啡一边给谁打电话，或者在房间里画画，但房间出奇地安静，卧室里没人。

四个月的时间，我们并没说过几句正儿八经的话，如果她心情好，会主动和我搭话，我也不排斥与她聊天。

某个周末的下午，她把洗好的裙子拿到阳台上去晒，我在沙发上读一本科幻小说。她问我读的是什么书，来这座城市几年了，房子到期后还续租吗？她说她上学时也喜欢读小说，但现在不喜欢了，她刚从法国回来，原本打算留在巴黎，但母亲催促她赶紧回来，最好能在国内找份稳定的工作。"她不知道我已经回来了，我觉得自己肯定还要离开的，肯定要离开。"她说。我不明白她当时为什么要告诉我这些，或许她想和我交换一些隐私，或仅仅是想要倾诉。

"你会一直留在这座城市吗？"她问我。

"我不知道，还没想过那么远。"我说。我甚至没想过两个月之后的事情。

打开客厅的灯，我被眼前的一幕吓到了。

樊鹿蜷缩进沙发的一角，脚边散落着一团团使用过的抽纸，她将额头贴紧膝盖，卷卷的头发开花似的四散开来，猛然看过去，像是膝盖上长出一颗脑袋。她又怎么了，为什么又哭了？自从那天打完电话开始，她的情绪就变得很不稳定，时好时坏。

"回来啦。"她说。

"你怎么了？"我说。

樊鹿眯着眼睛抬起头，她说："你说女人为什么要来月经？男人怎么不来？"

"嗯？"这是什么问题，我说，"因为男人不用生小孩啊。"

"你痛经了吗？"我又问道。

她倒不觉得哭有什么丢脸的，用力抹了两下脸颊，把头发捋捋，调整好睡衣的肩带。她将一团团用过的抽纸拾起，丢进垃圾桶，然后带着重重的鼻音说："做编辑很辛苦吗？看你每天都要加班到这么晚。"

"嗯……还行吧。"我说，"我买荔枝了，你要吃吗？"

她摆摆手，吸了吸鼻子说："甜，我是说荔枝太甜了，你吃吧。我初中时梦想自己能出一本书，想当作家来着，但成绩够不着中文系，因为从小画画，就做了特长生。"

"我小学也学过一年画画，你本科在国内大学读的？"

"对，就在这座城市。"她笑笑，"兜兜转转又回来了，我以为我十年内都不会回来。"

"计划赶不上变化，我本科专业是学经济的，到头来却做了文字编辑。"我说。

"你见过哪些作家吗？"

"没几个，偶尔会有作者来公司找主编谈事情，或者给新书签名，特别有名的咖我们这些小编辑接触不到，我做的基本是外国书，通常都是和版代邮件往来。"我说。

"你都做什么书？"

"小说，最近在做一本六百页的小说，只有俄国人才有耐心写这么厚的书。"

"太长了，讲了个什么故事？"

"一对彼此折磨又相互依靠的母女？"我有些敷衍了

事，不太想继续谈论工作，那本小说太复杂了，人物线索众多，概括起来有难度。

"怎么都是原生家庭的问题，"她说，"算了，我突然想吃个荔枝。"

我笑着把湿漉漉的袋子敞开，让她随便抓，她只拿出三个，表示够了。我也抓了一把放在餐桌上，剩下的搁到冰箱。

"很少看你笑，你笑起来挺好看的。"她说。

我没意识到自己已经放下戒备，此刻的氛围竟然有种回到小时候的感觉，让我想起和姐姐共同度过的时光。空气里几分难得的轻松惬意令人恍惚，仿佛刚刚不曾有人落过泪。我甚至有些感激，独在异乡的夜晚，还能有个女孩陪着一起说说话。

阳台门开着，夜晚从金色落地窗帘的缝隙里透进来，我盯着那块黑夜，丝丝凉风吹入，在我心里，也有一块类似的黑夜。常想起那个倒霉的西西弗斯，每日要推一块沉重的石头上山，看它滚落下去，再把它推上山，再滚落，循环往复。人总要学会忍受自己的生活，因为你无法离开生活。做西西弗斯需要变得非常健忘，因为永远活在此刻才能够幸福。

只是这十年，我并不像自己以为的那般健忘，至少忘不掉那个清晨带给我的感受,它的效力仍然在我的生命里发挥作用,我一遍遍收拾残骸,心一遍遍破碎。有时,我看清一些,另一些却变得更加模糊。

"你输了。"

只是我也并没有赢。

4.

你走后的那个清晨,我一直没有办法面对,你把这样的一天丢给我,丢给爸爸和妈妈。它就像一堵冰冷的墙,紧紧地贴着我的后背,没人知道我的余生都将背靠着它。让我来告诉你,那是怎样的一天,你是多么残忍的一个人。

我先是听见妈起床的声音,窸窸窣窣了一阵,上厕所、刷牙、洗脸,一切如常。很快,爸也起床,等到晚上7点钟,他会去补习学校接你回家休息一天。谁都没想到,这一天你没有按照宇宙的安排进行,你从我们这趟列车上跳下去。

早上8点17分,爸接到补习学校打来的电话,他觉得他们一定是搞错了,那个人不可能是你,他不肯相信他们说的每一个字,他的情绪有些激动,向来温柔的他不曾吼过谁，但他却和电话里的人大声地吵起来，我在这时醒来。他努力让自己平静下来，妈问他"孩子没了"到底是什么意思，爸没有回答，妈又问了一遍，爸说："没了就是没了的意思。"

妈妈开始号啕大哭。

挂掉电话后，我听见爸爸在客厅里来回走动的声音，打火机响了三次，他在努力消化你给他制造的悲痛，他无法接受这样的事实，他希望这一切都搞错了，我也真希望这一切都搞错了。我攥紧拳头继续装睡，原本打算度过一个平静而美好的周末，我们约好第二天一起去郊区的薰衣草花园，妈给你买的绿色连衣裙你都没有来得及穿，你还有那么多好看的衣服，你毁了这一切。爸中途进过一次我的房间，他犹豫片刻，决定暂时不把我叫醒，但我还是隐约察觉到发生了什么，仿佛早有预感，那种准确又糟糕的预感，我发誓我不愿意再品尝第二次。

妈妈的哭声渐渐停歇，她对爸爸说："不可能，这绝对不可能。"

而爸已经穿好衣服，站在玄关，准备前往你纵身跃下的地方。

天蒙蒙亮时，我做了一个关于溺水的梦，我梦见自己光着身体跳进一个蓝得透明的游泳池，我被溅起的水花吸入，能看清来自头顶上方的光线，以及变形的屋顶，却无论如何也游不上岸。我感觉身体在一点点下沉，仿佛要沉到宇宙深不可测的地方去，更可怕的是，那种降落会让你想要放弃一切抵抗，我竟然有点不想回去。池里的水变得越来越冷，我的小腹开始抽筋，从子宫的深处发出一段段阵痛，像痛苦的低语，隐晦而剧烈，又无可奈何。这具肉身也像个深不可测的水塘，我在自己的身体里溺水。我被自己疼醒后，听见爸在客厅里讲话。

十年后的今天，凌晨 3 点 06 分，我再次做了一个关于溺水的梦，我梦见你光着身体跳进一个蓝得透明的游泳池，你被溅起的水花吸入，你似乎根本不想上岸，你平静地等待自己降落，你的痛苦和喜悦也一同降落。最近两年，我成熟了许多，不再频繁地想起你，我觉得自己终于可以释怀，可当我看见你纵身跃下，被一圈水花吞没时，我的心再次破碎，眼泪止不住地往下流，却不敢发出任何声音。醒来时，脸颊旁边的枕头湿透了，而我的内裤里都是血。

我升高二前的那个暑假，原本计划你高考完我们就去普吉岛，但成绩出来后，你整个人都抑郁了，一个从来不会发挥失常的人发挥失常了，最擅长的数学科目成为你的滑铁卢，你闷闷不乐了一整个夏天，哪里也没去。我们劝你接受结果，凭你的成绩依然能上一所不错的一本大学，但你坚持要复读，我们都佩服你的勇气。但我那时并不知道，这份勇气背后的你已经非常疲惫，你是个喜欢和自己较劲的人，你什么都希望完美。你在我眼里也一直都是那个闪闪发光的人，是我最欣赏的榜样，从小到大，我一直都想要成为你。

8点57分，妈推开我卧室的门，一把掀掉我盖在身上的大嘴猴被子，我坐起来，被她的行为惊讶到。紧接着，她给了我一个永生难忘的耳光，你知道，她是个温柔的人，但因为你，她给了我这辈子唯一的一个耳光。

她说："为什么还在睡觉？"

她说："你给我起来，看看表都几点了！"

她又说："卢凯茵没了！你姐姐死了，你却在这里睡大觉。"

你死了，可这又不是我的错。

我终于忍不住哭出来，妈瞬间像只漏气的气球一样，目光一点点软塌下去，她一屁股坐在床上，抱着我开始哭泣。我们娘俩哭了好一会儿。爸走进来，顾不上安慰我们，只是催促妈快点换衣服。我一边哭，一边跟着一起换衣服。准备出门时，爸却不让我去看你，他不希望我看见你最后的样子。于是，我只记得你所有闪闪发光的时刻了，像你所希望的那样——完美无瑕。

可我再也不想成为你。

你走后，爸把与你有关的东西全收起来，不敢让妈妈看见，我从此假装你不曾来过这个家、这个世界，但我知道，每个人心里都想你。我偷偷藏了一张与你在海边的合影，我们穿相同款式不同颜色的泳衣，都留着《这个杀手不太冷》里小女孩的发型，海水没过我们的脚踝，橘红加蓝紫色的天空，落日在我们的身后，你牵着我的右手，笑得那么开心，眼睛弯成月牙，我则显得十分拘谨，在你的映衬下，我像是你的盗版。你在时，我生活在你光环外的阴影中，无论怎样努力，都不可能像你一样优秀。你走了，我又被你留下的阴霾笼罩了很久很久。

你什么都赢了，"第一名"的奖状挂满墙壁，却输掉最珍贵的东西。你真是个傻瓜，一个聪明到不能再聪明的傻瓜。我不想做你了，也不想赢，我只想好好活着，比过去任何时候都想。我会把你来不及吃的美食吃一遍，把你想走又没走的路走一遍。没有人知道，我后来选择与文学相关的职业，是因为你当年的高考志愿是中文系。

但我终究是我自己。

凌晨3点21分，我从床上起来，去洗手间换上干净的内衣和卫生巾，翻箱倒柜，找到一粒橙色的布洛芬胶囊。我握紧玻璃杯，掀开一点点窗帘，26层的窗外什么也没有，只有远处星星点点的灯光，我们大概也只剩下痛经这一点相似之处。

5.

早上醒来，在卫生间里发现一支使用过的验孕棒，悬置在洗漱台的边缘，显示阳性。我坐在马桶上感到惊讶，她最近几次的哭泣必定与此事有关。紧接着，我听见樊鹿打开卧室的门，趿拉着拖鞋逐渐向卫生间靠近，她大概想起自己遗忘了什么，脚步声停在门口，犹豫片刻，又走向客厅。

"我马上就好。"我说。

甚至不知道那一刻的自己为什么要紧张，从马桶上起来时，我想，或许因为我也有永远不想被外人知晓的事情，所以格外能够理解他人想要保守秘密的心情，也从不想闯入不该闯入的生活领地，我们只是住在一个屋檐下的陌生人，最好面带微笑轻轻地与彼此擦肩而过。

她没有回应我。

我从卫生间里出来，樊鹿正盘腿坐在沙发上，神情呆滞，腿上放着一个盛满樱桃和葡萄的紫色小碗，她没有看我，只是一颗一颗拿起碗里的樱桃和葡萄，一颗一颗放入嘴里，再一颗一颗吐掉核或籽。她深棕色的卷发乱蓬蓬的，随意垂落在那件红白条纹的仿丝绸睡衣上。我们很少能在清晨相遇。

我回到自己的房间，打开衣柜，里面还残留着前一天喷洒过的柚子香水的气味。换上这一天要穿的衣服，一件橙白拼接、面料柔软的短袖衬衣，一条拥有良好垂坠感的九分阔腿裤，一双小白鞋，还有一只巨大的帆布包，里面装着口红、地铁卡、一本杂志、一个星巴克做活动时赠送的水杯、一把遮阳伞，以及两只新买的用来装饰工位的迷你泰迪熊。

樊鹿把自己反锁在卫生间，大概是出于某种同理心，路过卫生间时我还是忍不住多了嘴："如果有什么事，你就给我发微信。"

她仍不回应。

走进电梯我就开始后悔，她只是怀孕了，能有什么事，就算有事，关我什么事呢？我不该过问的，应该假装什么都没看见才对。一路上，我都有点不太舒服，让我想起曾经的一位室友，那是我遇见过最糟糕的室友。

刚来这座城市时，我是先找到工作的，但怎么也找不到合适的房子，一直住在公司附近的快捷酒店里，每天都在网上浏览各种关于租房的消息。突然有一天，公司行政部门有个女生听说我在找房子，非常热心地想要帮助我，她告诉我她的房子还差15天到期，她老公在郊区买的房子快要装修好了，房租到期他们就搬走，我可以续租，价格也比较合理。但是我还要再等半个月，就拒绝了，我想尽快找到房子。过了两天，她又跑来问我找没找到房子，我说没有，她便说可以先搬到她那里免费住，正好次卧空着，之前住在这里的人搬走了。她带我去看了房子，位置和采光都蛮好，她把房东的联系方式给我，我们商量好到期后由我续租。

我当时非常感动，沉浸在找到房子的喜悦中，更让我意外的是，由于那时已经深秋，北方夜里很冷，被褥还在发货的途中，我原本打算在酒店里再住两天，但这位姓梁的女生再次向我提供帮助，主动借给我一床被子和一块毛毯，我就正式住下了。既是室友又是同事的关系，我不想跟她走太近，虽然那时涉世未深，但这点道理还是懂的。她老公只在周末回来，她每天晚上做好饭总要叫我一起吃，起初几次我都拒绝了，但她太过热情，有时抹不开面子就只好接受，尽可能快点吃完，然后把自己用过的碗筷刷了，陪她简单聊几句就回到房间。

房租到期的日子一天天逼近，她完全没有要搬走的意思，每天回到家，只是做饭、敷面膜、用艾草泡脚、刷手机，有时还要给我些艾草，邀请我一起泡脚。我在心里替她辩解，她或许想等到最后两天再收拾，每个人的习惯不同罢了。她老公在一家证券公司上班，看起来非常精明，并且和她一样热情，周末回来总是招呼我吃水果，这种热情越来越让我感到不舒服，但我说不出来哪里不对劲。因为她帮助过我，所以仍然倾向于往善意的方向去想。

还差两天她就该搬走了，那是最后一个周末，我以为自己很快就能享受独居的快乐。周五晚上，她和她老公采购了一大堆食物堆进冰箱里，周六也没有要收拾的意思，她大概看出我的不悦，找机会把她蕴藏已久的想法吐露出来。她说郊区的房子刚装修完，有甲醛味，所以想在这里多住两周。因为我也免费在她的房子里住过两周，虽然这个请求让我有些吃惊，但也可以理解，于是答应了。他们周末回郊区，工作日她暂时住在我这里。

开始算我的租金和水电费时，她突然变得异常勤快起来，每天下班回家都要洗衣服、洗床单、洗鞋、洗地垫，天气已经转凉，家里还没来暖气，于是她把洗手间的浴霸全都打开，照得屋子里又暖又明亮。我只是提醒她浴霸不要全开，她就把不高兴挂在脸上，但很快她又变得笑嘻嘻的。我拒绝和她一起吃饭，她也慢慢不再叫我，忍耐两周后，她终于收拾得差不多，物品陆陆续续往新家搬运。最后一天，她老公来帮忙搬家，仍然很热情，继续把这里当成自己家，心态上还没有调整过来。他随心所欲地把不穿袜子的脚放在茶几上，吸烟、看电视，招呼我吃橘子时，我感到一阵反胃。他们从早到晚折腾了两天才走，垃圾丢得到处都是，我整整打扫了一个星期。

她把钥匙交出来，我心里的石头终于要落地时，再次隐约察觉到不对劲的地方。我发现她只是把大件必需品带走，还留下一床被褥和一些小玩意儿暂放在次卧。隔三岔五，她就要过来取点东西，并再次提出要求，问能不能偶尔把次卧让给她住，等进来新房客她就搬走，她说反正闲着也是闲着。这次终于忍无可忍，我决定跟她划清界限，让她把自己的东西全都带走，不要再过来。

原本以为事情可以到此为止，有那么几天，她也怪不好意思的，大概意识到自己行为的可笑之处，在办公室主动地给我帮些小忙，或者拿些小零食，我不要，她就放在我的桌子上，我甚至打算原谅她了。但很快，我发现周围同事对我的态度逐渐发生变化，原本还能聊天的人变得冷淡，原本不交集的人开始用奇怪或嫌弃的眼神打量我。后来才知道，这个女生到处说我的坏话，说她如何帮助我，而我如何忘恩负义，并且所有人都知道是她帮我找到房子。

这件事困扰我五个月后，房东的儿子突然从国外回来，房子得以提前解约，我正好想要搬走，在找到现在这份工作后，我从原来的公司离职。这次教训让我对人心多了几分了解，让原本不爱与人深交的我，变得更加警惕。

公司整个上午都很安静，有一半同事都去看书展了，我本来也要去，但从我家去书展要坐一个半小时地铁，下午还要坐一个半小时地铁来公司打卡，再坐一小时地铁回家，想一想，我宁愿在公司吹空调看稿子。

下午3点，樊鹿发来微信。我们平时很少发微信，朋友圈也从来不点赞。她在朋友圈里发了一张自己在医院的照片，又把这张照片发给我，我发去三个问号，她没再回我。

6.

再次收到樊鹿发来的微信时，她问我今天能不能早些回去。

我很少像今天这样按时下班，雨后的傍晚，天空并没有完全黑透，泛着一点点明亮的宝石蓝，云层被洇成更深一点的灰蓝，霓虹灯亮起，城市潮湿又闪烁。耳机里播放着带有点点情欲和迷幻色彩的音乐，未来世界的味道，树叶上残留的雨滴落在脸颊或手臂，稀疏冰凉，晕黄的路灯让世界看起来像是跳进超大杯的多冰柠檬红茶里，气泡擦着少女粉红色的唇边升起，脸上可爱的雀斑被无限放大，像一颗颗小行星，然后缓缓升向夜空。

我想起自己做过的那个关于溺水的梦，蓝色游泳池的表面漂浮着几个彩虹救生圈，室内空无一人，除了正在坠落的我。我在想，这个游泳池的记忆究竟来自哪里。

地铁里的人很多，等了两趟终于挤上去。小鸟耳机里正在播放一首名叫《Baby Black Hole》的歌，我的脸几乎马上要埋进前面高个子姑娘蓬松的头发里了，她身上用的香水是干玫瑰的味道。

卢凯茵的个子也很高，她升入初中后就开始拼命长个儿，初三毕业时已经比同龄人高出很多，她人生中最后一次测量大概有一米七二。我以为等自己上了高中会跟她一样高，但长到一米六五时突然停下，数字没再变过，大学时因为经常运动，又长高两厘米。我有时希望关于她的记忆能够随风逝去，但它们总是卷土重来，每次重来又总是忍不住将它们拥入怀里，想再次忘却就要再经历一遍痛苦。

与玫瑰花味的姑娘在同一站下车后，她走向出口的方向，我还要继续换乘。这时，看着玻璃门上的倒影，我隐约记起那个游泳池在哪里见过。

卢凯茵过去喜欢跳舞，每个周末她都要去附近的白天鹅艺术团学舞蹈，自从升入初中，课业变紧后，我妈建议她暂时放弃舞蹈，把心思集中放在语数外上，她不同意，后来又坚持学了一年，不仅功课没落下，参加省里的舞蹈比赛时还拿了少年组的一等奖。她是这样子，总能把很多事情兼顾好，也乐于向别人证明这一点。

有一次，她忘记带舞蹈鞋，那天太阳特别大，下午两点半，我和我妈坐着27路公交车一块儿去给她送红色舞蹈鞋。我做了一上午作业，闷得要命，正好找机会出门透透气。马路中间的隔离带里种满月季花，那年我的视力下降得很厉害，摘下眼镜，月季花丛变成黄黄粉粉绿绿的一堆色块。所以我跳不了舞，没有哪个舞蹈家会戴眼镜上台。我本来就没有姐姐好看，结果还要戴上一副难看的黑边框眼镜，被同桌嘲笑为"四眼妹"。稍微懂事以后，我在心里埋怨过父母，觉得他们对我不公平，把姐姐生得那么好，我却像基因兑水的结果，将就地来到人世。

姐姐去世以后，有几年我跟父母的关系都很糟，他们以为我只是因为她的离去而悲伤，但不只是悲伤。就好像一个长久得不到重视的人突然肩负起双倍的责任，那种爱的厚望让我有些喘不过气，我承认我曾偷偷地恨过她。整个大学时期我都用叛逆表达这种委屈和愤怒，做了很多不像是我会做的事，喝酒、打架、喜欢不该喜欢的人。他们曾经担心我会抑郁，所以格外关心我，甚至有些宠溺，但我深知这份关心里有很大一部分爱本该属于她。

我和我妈在国宾饭店门口下车，白天鹅艺术团在一条很安静的街上，马路不是特别宽，太阳晒得人头顶都是滚烫的。我们先是进入一个拱形的大门，我印象很深，那是一栋白色的楼，共有六层。舞蹈教室在第四层，老师已经开始上课，卢凯茵正穿着黑色紧身上衣和小裙子，光脚踩在淡黄色的木地板上，和同学站成一列，逐个练习踢腿。阳光打在她的侧面，漂亮的肩颈线条，圆润的脸庞，让她看起来像个小天使，从此，我头脑里对"少女"的理解就应该是她的模样。她看见我们，跟老师打了声招呼，然后跑向我们。换好舞蹈鞋，她又重新回到队列中，准备练习下一个基本动作。我妈欣慰地坐在门口的椅子上看着卢凯茵，旁边还有其他观摩的家长。

我对那栋楼很好奇，上完厕所回来时，鬼使神差地来到五层，五层是声乐教室，还有一个大会议室，那之后的一次文艺会演就是在这里办的。我又来到六层，六层是健身房和游泳馆。健身房的门外贴着一张粉色A4纸，上面写着几行字，大意是健身房只供内部职工使用，每天上午开放。游泳馆的门半开着，里面只有一个穿粉色游泳衣的女孩在岸边坐着，头戴一顶黑色泳帽，双脚垂在泳池边缘。那扇玻璃门很重，推开时发出一些吱呀声，那女孩突然站起身，灵巧地跳入水中，造出一些涟漪，蓝色水面上的彩虹救生圈轻轻浮动了几下。

从远处过来一个驼背的老头，手里拿着一大串钥匙，沉着脸问我是学什么的，为什么不上课跑到这里来。我摇摇头。他又说，游泳馆不对外开放，让我赶紧回去上课。他用一条粗糙黝黑的手臂粗鲁地将我拦到一边，眼看就要锁门，我告诉他里面还有人，有个女孩。但他不相信，直到锁好门，那女孩也没有从水里出来，我觉得自己不可能看错，所有的细节都很真切。我感到有点害怕，后来回到四层，我妈问我上哪儿去了，怎么那么久才回来。我说去楼上看了看，她说楼上有什么好看的，然后就带我回家了。很快，这件事情就被我忘记。

它用难以察觉的方式藏进我的潜意识，某一天突然出现在梦里，反反复复，以一种寒冷而绝望的姿态将我紧紧搂住，再后来，它成了不祥的预兆，降临在生活里。

地铁到站了。

7.

到家时，樊鹿躺在沙发上，用一块紫色毛毯覆盖住胸部以下的身体，额头上贴着一块叠成长方形的湿毛巾，窗帘半开，茶几上放着体温计和热水壶，还有几颗白天滚落的葡萄。

"你发烧了吗？"我一边换鞋，问道。

"嗯，不是新冠，没有其他不舒服，你别担心。本来有点感冒，去咨询手术的事情，从医院回来时淋了雨。"她说。

我大概知道她咨询的是什么，我们没有就手术这个话题继续往下延伸。

"你吃过饭了吗？"我说。

"还没。"她说。

"我做点东西，待会儿一起吃吧，你想吃什么？"我说，"我会的不多，西红柿炒鸡蛋、葱油饼、稀饭、面条，冰箱里还有肉和西葫芦。"

"你太贴心了，"她从沙发上坐起来，"谢谢你，如果熬稀饭的话，我想喝一点儿，别的东西我也吃不下。"

"那你得等会儿了，"我说，"我妈从老家寄来一袋广灵的黄小米，正好可以尝尝。"她上午还在问我稀饭好不好喝。

我把包放在椅子上，去卫生间洗手。

"给你留了一块巴黎贝甜的草莓蛋糕，在冰箱里，"她说，"谢谢你提早回来。"

"真的吗？太开心了，我最喜欢吃他家的奶油。生病了应该多休息，你睡一会儿吧，好了我叫你。"我说。

"头很痛，脑袋里一直不停地在嗡嗡，完全睡不着，所以才想着等你回来说说话。哪怕不说话都行，在房间里走动也好。"她说。

我为我们的关系突然变亲近感到有些惊讶，今天早晨出门时还不是这样，难道仅仅因为我们都是女孩？某种来自身体的力量，让我们能够在此刻做到互相理解。这份因为陌生所以安全的温暖，过了今夜可能就消失不见，再次止步于擦肩与寒暄。这也是我们所希望的。

电饭煲的按钮转到稀饭一栏，设定好时间，我又用油煎了一些饺子。按照网上教的方法，等饺子微微变黄，倒入调好的水淀粉。前天在楼下超市里买了速冻饺子，原本计划周末再吃。

樊鹿进来帮忙准备餐具，她比我更熟悉厨房，平时都是她在这里一边做饭一边打电话。

"我觉得自己既倒霉又幸运。"她说。

"为什么感到幸运？"我问。

"怎么不问我为什么倒霉？"她说。

"我不喜欢打听别人不开心的事。"我说。

"你是个好人，我一来这里遇到的第一个室友就是你，所以我很幸运啊。"她说。

"我只知道我不是坏人，至于多好，我也不敢保证。"我礼貌地笑笑。

"越来越喜欢你的性格，"她说，"感觉你很像我姐姐。"

"你也有姐姐？"

"不是亲姐，是我姑姑的孩子，她外表看起来有点冷淡，但人超好。你也有姐姐吗？"

"嗯，你今年二十六岁？"我说。

"还没过生日呢，"她说，"哎呀，你不提醒我都忘了，我好像快过生日了，我等下查查农历。"

"你确定不要吃饺子吗？挺好吃的。"我说，"锅里还剩几个，你要吃就把它盛出来。"

"不了，我在等稀饭。"她的脸颊因为发烧泛起猩红，"我发现你很少谈自己的事情，每次都是我在说。"

"你比较外向，我就是个非常普通的人，实在不知道有什么可以跟你分享的。"我确实不知道有什么能跟别人说的，出身平平，学历平平，业绩平平，性格内向。

"不，你一点儿都不普通，从我见你第一面，我就相信你会是个很不一样的人。"她说，"面对同样的事情，你总是和大部分人的反应都不同。"

"比如呢？"我说。

"有一次我翻东西不小心把你的杯子打碎了，如果换作别人很可能会生气，因为我们也不熟，或者说些没关系之类的话。但你不仅没有生气，反而问我是不是要找什么东西，然后你就帮我找到了。"她说，"你笑什么呀？"

"这有什么，"我真的不觉得有什么，"我还以为你要说什么事呢。"

"当然有什么，你第一反应想到的不是自己失去了杯子，而是别人因为什么才打碎杯子，说明你是个能为他人着想的人。优秀的人很多，可是能真正为别人想事情的人不多。"她说。

"一个杯子而已。如果你打碎我新买的手办试试看，看我会不会跟你翻脸。那时你就会发现，我和所有人都一样。"我说，"我去盛稀饭了。"

说完，我俩都笑起来。

"你坐着吧，我来盛。"她端走我的碗。

她是少数真心夸奖我的人，我的价值很少被别人看到和认可，有时连我自己都很怀疑。对眼前这个女孩的看法有些变化，过去以为她只是个大大咧咧、从小被父母和男友宠坏的姑娘，不会珍惜任何物品和情感，更不会记住这样的小事。哦，我忘记她是画家，有细腻的一面也比较正常。原来人都是爱听好话的，虽然人家可能只是为了感谢我的稀饭才这么说，但我还是很感激。

"这个米真好喝啊，今天本来特别沮丧，和你聊聊天很开心，心情好很多。"她说，"我感觉现在稍微有点困了，一会儿应该可以睡着。"

"睡好了比较重要。"我说。

"等我改天为你画张肖像。"她说。

"我？"

"对啊。"她说，"你刚才说你也有姐姐？"

我点点头。

"她也在这座城市吗？"

我摇摇头。

"她比你大几岁？是亲姐姐？"

"嗯，三岁。"

"你俩谁更好看一些？"樊鹿眨眨眼睛，俏皮地看着我。

"我姐姐。她长得像混血，我们其实差别挺大的。"

"我觉得她应该和你一样，是个很不同的人吧。"她的笑容逐渐僵在脸上，"你怎么啦，是不是我说错话让你不高兴了？"

"我不想聊这些了，抱歉。"我说。

"好，我不该问这么多，你不要生气。对不起。"

"没事了，不是你的问题。"我说。

我们不再讲话，沉默地把东西吃完，将各自用过的碗筷收拾好。和她打过招呼后，我准备回自己的房间。

"周末有个小手术要做，我一个人有点害怕。你能陪我一起去吗？"她说，"应该很快就能做完。"

我没有回答。

8.

后面几天，樊鹿都尽可能待在自己的卧室，减少与我碰面的次数。我承认，自己那天的反应有点过激，完全可以平静地结束话题，不必让对方感觉自己做错了什么，她只是一时高兴，想和我多说几句话而已，她事先也不知情，问的都是些很普通的问题。

她应该是想了很久，才决定提出来让我陪她去医院，毕竟一起生活的四个多月里，她没麻烦过我什么事，不是那种喜欢给别人添麻烦的人。我能想象到，当她提出这么重要的请求，而我没有做出任何回应时，她的心情一定是失落和难堪的。

这几天我也在回想我们共同住在2608的这段时光，想要重新认识她。过去的合租经验，让我对她始终比较警惕，虽然我不打算跟室友做朋友，但也不排斥或许会遇到一个不错的人。在这座钢筋水泥构筑的都市丛林里，能彼此有个照应也是好的。

平时除了画画和打电话，她喜欢独自研究菜谱，刚搬进来时，她很大方，总是叫我一起品尝她发明的菜。但基于之前遇人不淑的遭遇，我统统拒绝了。那之后她没有因为被拒绝而对我有什么态度上的改变，有时还是会叫我，我渐渐放下一些防备。生活细节方面，也没有特别不能忍受的地方，我不在家的时候，都是她在帮忙做卫生，总体来说，我们相处得还算融洽。

周五晚上，我敲敲她紧闭的房门，告诉她我买了三文鱼和好几种口味的寿司，问她要不要出来一起吃。房间里安静了一会儿，她没有回答我，我以为她出去了，只好来到餐桌前一个人享用。

我夹了一块金枪鱼寿司放进嘴里，没过多久，樊鹿就从房间里出来。像什么事也没发生过一样，来到餐桌前，穿着一身我没见过的新睡衣，姜绿色背心的胸口上画着一只小黑猫，正在追逐一只粉色的蝴蝶。樊鹿往我的袋子里瞧了瞧："都有什么寿司啊？我不爱吃金枪鱼。"

"还有别的，玉米军舰、鳗鱼握、北极贝、蟹籽青瓜卷。"我说，"随便拿，这里有酱油和芥末。"

"你不生我气了吧？"她说。

"本来也没有生你的气，只是不喜欢跟别人谈论我的家人，我比较介意。"

"好的，我理解了。"

"手术具体什么时候？"我说。

她停下筷子，抬起头看了我一眼。

"到时我陪你去。"我说。

她抿着嘴不说话。

"怎么了？"我问。

"突然有点感动，我以为你不会陪我去了，毕竟这种事情，你没有义务陪我去。"她说，"那天早上，你看到我落在洗手间里的验孕棒了,对吧?"

"嗯。"

"说实话,我特别害怕,从小到大没有做过任何手术。而且,不喜欢别人碰我的身体。"

我握了握她的小手臂,试图安慰她,虽然我也没有经历过,但如果我是她,也一定会感到恐惧和抵触。

"医生有经验,他们会帮你处理好。"我说,"不过,你确定考虑好了吗?没有跟孩子的父亲联系吗?"

"联系过了。"她说。

"他不来看看你吗?"

"我们是一夜情,他有家庭,但同意出医药费和手术费。"她说,"千万不要跟男人发生一夜情,真的,很麻烦。"

"哦。"面对樊鹿的极度坦诚,我反倒有些不自然。

"不能全怪他,我也有责任。不过,他确实是个混蛋,我只是希望他关心一下,哪怕言语上的。"她有点激动地说。

"你们是怎么认识的?网络上吗?"我问。

"两年前,我们参加一个中法艺术交流活动时认识的,当时聊得很开心,互留了联系方式,他在一家画廊工作,偶尔给我的朋友圈点赞。几个月前他得知我回国,我们重新联系上。"她说。

"你平时就是给他打电话吗?"我说。

"不,我和他不打电话,除了他出差的时候,其余只发微信,其实也不常联系。不知道你记不记得,有一天我们吵架来着,那次是打给他。我告诉他我有可能怀孕了,他两天没回消息,才忍不住打了电话,当时他正在带孩子逛超市,大概吓到他了。"她说。

"你喜欢他吗?"

"我不确定,或许只是因为寂寞,其实没想过那么多。有一次心情不好找他聊天,他约我去他的工作室坐坐,那附近有很多酒吧,我们晚上喝了酒,后来……一夜情在法国并不稀罕。"她说,"他说话很浪漫,知道女人爱听什么,和他聊天很愉快。那次之后就没再联络过,我们都不想跟对方有更深的发展。怀孕这件事太意外了,那天酒喝大了,估计是避孕套自己滑落。谁能想到?"

见我没反应,她继续说:"让我生气的是他的态度,我只是想让他陪我去医院,但他的反应很激烈,认为我要怎么着他。他愿意出钱只是因为怕我会闹事,担心太太知道他出轨的事,对我即将承受的痛苦没有丝毫关心和体恤。我在跟自己生气,为什么要和这样的人发生关系。"

说完她就哭起来,我去茶几上拿了些纸巾过来给她。

我俩把寿司基本吃光了,还剩下一点三文鱼,我打算存在冰箱里，等第二天再吃。在她哭泣的时候，我把桌子收拾干净了。

9.

八月底，日历上早已立秋，太阳在白天仍然伪造出夏日的痕迹，浓烈的阳光和热量笼罩着城市，但我能够从空气的明度差异中辨认出来季节的不同。凉意会在傍晚之后悄悄将风晕染一遍，夜风透过出租车摇下的半扇窗户吹拂进来，我手臂上细小的绒毛像一个个士兵听到哨声一样，骤然笔挺地站立，刘海儿被吹得狼狈不堪。但看到旁边的樊鹿不作任何反应，我也放弃向司机提出什么请求，自从疫情之后，保持良好通风成为必要。

她拿出手机，翻了翻某人的朋友圈，迟疑片刻，将其从好友列表中删除，我不知道那个被删掉的是不是让她怀孕的人。我假装没有注意到这些。

自打从妇科诊室白花花的门里走出来，她就始终保持沉默，神情呆滞，进去之前她还活蹦乱跳地与我聊天，以至于我怀疑医生拿掉的不是未成形的小孩，而是她的前额叶。现在想想，那些欢笑有些刻意过头。她甚至给我讲了几个老掉牙的笑话，我一点都不觉得好笑，她自己笑了半天，大概想通过这种方式驱散心里的焦虑和不安。

在门外等候时，旁边的两位女性一直在交流育儿经验，帮忙排号的护士神情冷漠，如果你多问一个问题，她都会十分不耐烦，仿佛你应该知道一切。医院里浓重的消毒水味让我有些反胃，我起身走向电梯，经过手里拿着各种单子的人群、化验窗口、自助缴费机，从三楼下来，去室外透口气。

去年的这个时候，我也来过一次妇科，当时右侧卵巢里长了一颗囊肿。起初没太在意，只是觉得小腹右下方肿胀，直到有一天我能隐约感觉到它的存在，偶尔会隐隐作痛，憋尿或跷二郎腿时就会挤压到它。我坐在办公室里继续工作，没人知道我的肚子里发生变化，它安静地待在我的身体里，陪我走路、吃饭、睡觉、工作，那时我还不知道它究竟是良性还是恶性。

如果是恶性，我的父母该怎么办？复查之前，我每天都感到惴惴不安。他们已经失去一个女儿，上天该不会如此恶意地对待他们吧，他们没做错任何事。

第一次做妇科检查时，一位中年女医生不耐烦地训斥我，她看了看病历本上的资料说道："你看起来这么害羞，到底经历过性生活吗？别磨蹭，其他患者还在门口等着呢，快点儿脱裤子。"

难道经历过性生活就可以大大方方随便脱裤子吗？我不太理解，当时我和医生都有些生气。我被撵到一张铺着一次性垫纸的床上，按照要求操作，医生将戴着指套的手指荒蛮地伸进我的身体，一边用力按压我的腹部，仿佛在检查一台出故障的电视机。

"这里痛不痛？这里呢？"

我吱哇乱叫，频频点头。

"你怎么哪里都痛？"她说。

"你太用力了。"我说。

她无奈地笑了笑，随后瞪了我一眼，我从床上下来时感到异常羞辱。她在病历本上不耐烦地写下几行字，充满怀疑地望着我说："你真的有二十七岁吗？"她大概觉得我这个年纪早就已经结婚生子，对待身体不该表现得这么敏感。

经后复查时，那颗囊肿从我的身体里面奇迹般消失，从医院出来后，我坐在马路边的水泥台阶上大哭了一场，觉得是姐姐的在天之灵在保佑我，免除了担忧和手术。我格外能够理解樊鹿的心情，那种来自身体的痛苦，被陌生人和各种冰冷器械蹂躏的羞耻，以及种种复杂的情绪。

樊鹿将头轻轻靠在我的肩膀上，伸出手臂抱住我，面对这份突如其来的亲密，我感到剧烈的不适。自从卢凯茵去世后，我变得内向很多，像只小刺猬，警惕、犹疑、易受伤，不喜欢一切亲密的行为。我很想对她说不要这样，但她的眼泪很快就把我的肩膀弄湿了，我拍了拍她，决定待着不动。这个毫不忌讳向我展示脆弱的女人，她像经历完一场浩劫，从泥泞的废墟中踉跄地爬出，身上残留着尚未愈合的伤口与灰尘，看起来异常疲惫。她此刻的世界大概阴霾密布。任何安慰对她来说，这时或许都是冒犯，我尽量保持安静。

回到家，她吃了点消炎药就去睡觉了，中途上过两次厕所，几乎一直待在自己的卧室。隐约听到她吸鼻子的声音，后来，她用法语给谁打了个电话，再后来，又用中文给她妈妈打了电话。

从那之后，未来的半个月里，她都像变了个人似的，对我十分冷淡，尽可能与我划清界限，更不再谈起任何关于她自己的事。起先有点受伤，但我知道自己犯不着为她的冷淡觉得难过，这种态度的转变在预料之内，我猜到她有可能会因为我看见她的隐私而恨我。我只是看她实在需要帮助，陪她去去医院没什么费事的，不该索取任何感激。她打电话的频率减少，不再研究菜谱，频繁使用外卖平台点餐、买水果和日用品，吃完的外卖盒总是在门外堆积很多才下楼去扔一次。我出门如果手里空着，有时就帮她拿下去。我很平静地接纳了新的她，这件事也让我意识到自己的变化。我没那么抵触靠近别人了，变得松弛许多，对自己的付出越来越能释怀，甚至不讨厌她，很多事情我都可以理解。

大概又过了半月，天气已经转凉，有一天她收了很多快递，在家里逐个拆快递。我在客厅敷着面膜看书，我们也不交谈。直到她突然走到我旁边，让我帮她看看新买的蓝色棒球帽和橙色棒球帽哪个更好看，我用右手指了指左边那顶橙色的，然后继续看书。

她回到卧室，怀抱一幅油画出来，举到我面前。上面画着一个走夜路的女孩，背着一个印有维尼熊脑袋的白色帆布袋，站在微黄的路灯下，穿着我最喜欢的牛仔背带裤，胸前有个口袋，口袋上用绿色丝线绣了一片代表幸运的四叶草，她平静而快乐地看着我，看着这个世界。

"这是我吗？"我有些惊讶，她比我看起来更快乐。

"嗯……是我想象中的你。"她说，"总是早出晚归，但从不抱怨。"

"可以把它送给我吗？"我问。

"这幅画本来就是送给你的。"说完，她把它放在我旁边，自己在另一张单人沙发上坐下。

"从来没有被人画过肖像，以这种方式看自己还挺有趣的。"我说。

"下个月我就要搬走了，提前跟你说一声，已经和房东联系过，会有另外一个女孩搬到我的房间来住，希望你们能相处愉快！很高兴认识你，真的，你一定要保护好自己。"她说。

"这么突然？我也很高兴认识你。你找到新的住处了吗？"我说。

"没有，我不打算继续待在这座城市了，准备回老家住一阵子，陪陪我妈。等过完年，就去巴黎了。我喜欢在巴黎的我，仿佛只有在那儿，我才能够做我自己。"她说。

"那恭喜你找到自己哦。"我说，而我又得重新适应新的室友了。

"你也要照顾好自己，"她说，"你是个很不错的人。"

看到她从阴霾里逐渐走出来，再次变得开朗活泼，我竟然有几分欣慰。面对樊鹿即将离开的消息，我也有心理准备，虽然不喜欢频繁更换室友，但这座城市还是教会我离别才是人生的常态。

我点点头，没有再说什么。

10.

我们赶在太阳下山前来到海边，又不那么晒，还能看到美丽的落日。爸爸租了两张沙滩椅，把提前买好的点心和椰子放在白色小木桌上，你穿着黄色的波点泳衣，披着妈妈的防晒披肩坐在椅子上，抱着一颗最大的椰子，观望海面上浮动的人影。你的两块苹果肌红扑扑的，脖子上被蚊子叮了个小肿包。你问远处的小孩为什么一直在哭，我才顺着你的目光看到那个哭泣的小孩，好像是被她妈妈揍了，不知道因为什么。由于哭得太过撕心裂肺，我扭头不再继续观看。

你摘下披肩，去海里游了大约十分钟，觉得自己游没意思，水淋淋地走回来，非要把我也拖到海里去。我坚决不同意，因为沾了海水的身体会非常容易晒黑。你有些不理解地问，既然来到海边，为什么只选择待在岸上，哪怕到水里玩玩也好，还说我像个胆小鬼。但我根本不理会，我用两只手把耳朵堵上，你白了我一眼。后来妈陪你去了，我躲在橙色条纹的遮阳伞下和爸吃点心，远远地看着你俩，心里涌起幸福的感觉。那年，我十四岁，你十七岁。我们都还不知道，你留在我们身边的日子越来越少了，我后悔那天没有跟你一起下水，没能制造更多与你有关的美好回忆。

我找来一根有点细的棍子，在柔软的沙子上很认真地画我们俩的肖像，想给你个惊喜。你的背影看起来太瘦了，我觉得那些海浪早晚会把你带走，它们没过你的脚踝、小腿，半截身子渐被吞没。我想象过你从来不存在的情景，但无法想象你从我人生里彻底消失的情景，手里的棍子突然断掉，你重新露出头和手臂，我松了口气。

你游完泳回来，看见我蹩脚的简笔画时狂笑了半天，说我画的明明是两只蚂蚁，我还给你解释背书包的是我，穿裙子的是你。我小学学过一年画画，但实在没有天分，就不再学了。你还扭头问妈："妈，她到底学过画画没？"说完，你找来一颗灰白色的贝壳，在两个小人外面画了一颗大大的爱心，把我们包裹进这暖暖的爱心里。直到很多很多年后，我用想象力在脑海中将它涂成粉红色。这时，爸提议给我们拍张照片，因为身后的那片天空实在太美了，橘色混杂蓝紫色，蓬松的云像块被拉扯变形的棉花糖。

我穿着粉色波点泳衣，脸上还带着被你取笑后的别扭心情，站在你的身边，拘谨又不太合作地看着镜头，爸反复提醒我要开心一点，我笑不出来。但你却被我逗得露出灿烂而发自内心的微笑，就这样，时间定格。这一秒，永远被我珍藏在钱包最隐蔽的夹层。

此时此刻，再次回忆你时，我的心情依旧在翻涌，但我已经全然适应这种翻涌，我渐渐接受你当初做出的选择，不管那是不是愚蠢的，我都无力改变。我不知道你的心里是否有过一丝丝的后悔，我也不再执着于知道，我只知道我很想你。

室友昨天搬走了，我放肆地哭了一回，倒不是因为她，像是把很久以来的委屈都从身体里释放出去。我给妈妈打了电话，告诉她我梦见你了，她说她也梦见你了，她说你可能真的回来看我们了。梦里，你还是当年的样子，完美无瑕，时间永远停留在十九岁。我没敢说我其实做的是个噩梦，怕她伤心难过。

有时会想，如果你还活着，我的生活会不会不一样。我还会渴望成为你吗？或许也没什么不同。

2132

绿 光

**Particle
Girls**

雪夜车站

满脸皱纹的老人斜挎帆布包,身上是一件旧呢子大衣,几次三番试图靠近等车的乘客,又一次次被驱赶,黑白相间的头发微微卷曲,笑容散发着淡白的哈气,他举起焦黄的右手,极力向身边的人推销已经不新鲜的玫瑰。

她的目光正在被他吸引,老人的背呈现出奇怪的弧度,正常人即使刻意扭曲,也难以抵达那样的弧度,仿佛他的背上多长出一块形状诡异的骨肉。他不痛吗?轮到她时,她一边想,一边飞快拒绝了那些边缘发黑的玫瑰。一起拒绝的,还有老人微弱的热情,她害怕某种东西只稍靠近便会传染,但不知道自己究竟害怕的是什么。老人讪讪地笑了,眼睛里像是飞过一只小飞虫,留下些许阴影,她假装没有注意到这些阴影,把目光移开。

603 路车永远让人摸不准,有时几辆车同时来,有时一辆也等不来。30 年里,她等待的事物没有一样准时过。

望着潮湿的马路，积雪被经过的车辆反复碾压，逐渐融化蒸发，吹到唇角的夜风带来几许凛冽与湿润。这是立冬之后的第一场雪。马路对面是一家全球知名的家居品牌门店，黄蓝色广告牌过分醒目，刚来穆先生家里那段时间，几乎每次下课她都会来这里逛逛。她喜欢那些柔软的毯子、蓬松的枕头、精致的餐具，还有稀奇有趣的小物件，她喜欢坐在模拟客厅里，想象自己拥有一整个温暖洁净的家，这是属于她的"小确幸"时刻。但她很少真购买，实在忍不住最多带走一只杯子、一块桌布，或是一些小型的装饰物。她虽然喜欢布置房间，却又担心这个用于短暂栖身的小小居所过于温馨，让她没办法随时果断地离开。

48路、112路、827路陆续接走散落在候车亭里的乘客，留下罗飒和她身后那幅硕大明亮的广告牌，上面的女明星双手叉腰，涂着鲜艳的口红，露出一排洁白整齐的牙齿，经过修饰的笑容显得过分灿烂用力。卖花老人站在垃圾桶边上抽完了一支烟，目光再次扫过她，她迅速将脸转向另外一边。老人踩着一些尚未融化的雪，缓慢地走向天桥。

等车间隙，她在租房软件上完成了房屋租赁合同的续约，一个人搬家实在很麻烦，她不想每年都换来换去。丽景花园的性价比很高，研究生毕业之后她就一直住在这里，房子新，租金甚至没有地铁旁边的破旧老小区贵。从小区西门出去，步行10分钟有一个公交站，大概40分钟车程能到穆先生家。美中不足的是，房间隔音差，隔壁的邻居每晚都要练习单簧管，却只能磕磕绊绊地吹奏出几首初学曲目，听久了分外凄凉。

603路从远处徐徐开来，在她前方稳稳停下，刷卡上车，车门匆匆关闭，司机表情木讷，继续朝这条笔直的大路往前开。她在手臂与手臂之间穿梭，来到后门的位置，经过三站后，车厢里空荡许多。她很幸运，找到一个座位。

离圣诞节还有一个半月的时间，商店的玻璃橱窗上已经贴好雪人、麋鹿、圣诞树装饰。罗飒从咖啡色的牛皮背包里翻出耳机，打开平时常听的音乐电台，慵懒的小号温柔地涌入耳朵，性感的男性嗓音让她不由得想到穆先生，他的声音也非常有魅力。

穆先生有饭局，今天不在家，不然他一定会留她在家里吃饭。保姆小赵做了糖醋里脊和剁椒鱼头，还有南瓜粥，做好饭就走了，留下她和小穆。小穆希望她不要走，但她不愿意和这个十六岁的男孩单独待太久，否则他又该缠着她问许多奇怪的问题。她自己的人生还没过明白，哪里能给别人答疑解惑。况且，这个年纪的男孩脑子里的想法并不简单，什么都知道，又什么都不懂，正处于青春萌动时期，她尽量避免和他谈论太多教学以外的话题。

　　穆太太三年前病逝，死于乳腺癌。罗飒见过一面，那时她还在读本科。穆先生在她就读的学校做客座教授，教一门关于艺术鉴赏的大师课。学校每学期都会邀请不同的知名人士来讲课，这门课总共半学期，当时宿舍里另外两个同学都选修了这门课，她也跟着选了。本来只是觉得这门课比较容易混学分，没想到却成为本科期间对她影响最深的一门课。第一节课，穆先生自由幽默的教学风格给她留下了深刻的印象，让她充满了对艺术的向往，后来再也没有遇到哪个人像穆先生那样带给她如此强烈的冲击。下课后她就在网上搜索"穆泽文"，才知道穆先生原来是很有名的装置艺术家，她意识到自己的孤陋寡闻，对专业以外的事情了解太少。穆先生的妻子陈雪玲女士也从事艺术创作，是中央美术学院的老师，远不如穆先生的名气大，但也能搜到一些相关的资料。有一次讲到中国画，穆先生视频连线穆太太，邀请她做一段分享，那是罗飒第一次见到穆太太。她坐在明亮的书桌前，身后是巨大的藏书架，言谈举止看起来优雅自信，但有种拒人于千里之外的感觉，不像艺术家，倒是个标准的新时代女性知识分子的形象。

　　罗飒的思绪被公交车里的争吵打断。一个男人手里拎着的塑料袋破了个小口，里面装着海鲜，车里空调开得太热，冰块融化后漏下一些水，不小心滴到女乘客的裤子上，无论男人怎样道歉都不管用，这个女乘客一直骂骂咧咧，说这条裤子有多贵，第一天穿就被他弄脏了。男人说她既然穿这么贵的裤子就不该来坐公交车，他还想说什么，被车内的值班保安及时制止。女人拼命擦拭她的裤子。男人站在门口等待下车，袋子的一角仍在不断往下滴水，并散发出一股虾腥味。

男人下车后不久，女人也下车了，再过几站，就是丽景花园小区。

干枯的树枝上落着薄薄的一层雪，像是把树枝轮廓小心翼翼地勾勒了一遍。一只金毛和一只边牧在小区里沾满雪花的草丛中追逐打闹，它们的主人穿着厚厚的羽绒服站在风中交谈，一个神情懒散地抽烟，另一个的目光像一根绳索一样，紧紧跟随移动的小狗。天气预报说，明天的气温还会再降，罗飒仰头看了看天空，一些微小冰凉的雪粒落进她的眼睛里。

按下13号键，电梯缓缓将她送往指定的楼层。到家后，她把包随意地往椅子靠背上一拷，脱掉鞋，栽进还算舒适的沙发里。茶几上残留着昨天的橘子皮，因水分流失而卷曲发硬，她轻轻喘出一口气。

邮 件

研究生毕业后,罗飒没有按照父亲的意愿回到老家,而是留在这座一线城市,给自己找了一个落脚处。比起同寝室的其他女孩子,她认为自己不算是一个野心勃勃的人,既不打算读博,也不试图打听如何才能留在母校任教,更不妄想成为伟大的音乐家,她只是不甘心地想要看看命运是否还有别种可能,一种接近自由的可能。她不想被过多约束。未来如果有一间属于她的小工作室,能够自由支配时间,她就心满意足。再幸运一点儿,最好还能遇到一个爱她的人;如果没有,她也可以很好地爱自己。

她在一家名叫橘子海的琴行做钢琴教师,底薪加课时费,不算试用期,不算五险一金,平均每月到手的工资差不多能有8000块。琴行离她住的地方不远,周一单休,每周工作40小时,弹性工作制。

递简历、面试、体检、入职培训、正式上课,初入社会的生活似乎比想象中顺利得多,除了从学生到老师这种身份上的转换令她略有些不适应外,总体而言,她没有尝到太多别人抱怨的那种找工作的苦。只是好景不长,这种平静的时光在第二年刚开始便戛然而止，原本的老板决定去曼哈顿陪女儿和外孙生活，于是将琴行转让出去。自从琴行换了新老板，员工们的工资整体缩水，有时还被要求参加一些奇怪的商演活动，只按普通的课时费结算。罗飒觉得离谱，连续拒绝几次之后，老板不再给她安排新学员，有意无意地减少她的课时，琴行又不允许老师出去做私教。一些原本不喜欢她的同事渐渐察觉，表现出明显的排挤，毕竟在这里只有她是"985"名校毕业。那些人的脸上时不时露出一副"名校也不过如此，真清高去当艺术家啊"的表情，她敏感的心仿佛能从那些笑脸中听见刺耳的潜台词。忍耐两个月后，她终于忍无可忍。

"裸辞"后经历的那一段痛苦且压抑的时光，用现在流行的话讲，是属于她的至暗时刻。找不到人生的意义和方向，金闪闪的学历也没有让她少吃闭门羹。基于第一份工作来得过于顺利，以及后来境遇的转折，她不打算再去琴行。试着给几家与音乐视频相关的互联网大厂投送简历，皆石沉大海。那里几乎都是海归博士，如果不是，就是有更加独特且璀璨的人生履历，像她这样的"985"硕士没什么了不起。自信心受到严重打击后，她不得不将目光重新收回到琴行。接到几个面试的邀请，去了才发现，不是工作环境糟糕，就是薪资福利待遇明显不如自己过去的，毕竟人往高处走，将就一次就得将就无数次，她索性拒绝。原本以为名校毕业，找工作会是件比较轻松的事，但两个半月的求职经历让她灰心丧气。她高估了自己，还有那些被她过分珍视的奖状。就在她觉得生活已经足够沮丧时，从面试考场出来后，坐在咖啡店门外的藤椅上，她看到来自母亲的未接来电和微信留言，姥爷下午3点27分走了。

那天晚上，罗飒突然高烧，烧到40度，刚好又是来月经最痛的时候，她担心自己随时可能晕过去。有一瞬间，她感觉脑子里突然有人打了个响指，啪一声，世界仿佛停止运转，一个声音命令她必须马上停下来。身体里的一根弦断掉，她什么都不想做，哪里也不想去，只想让自己随心所欲地荒废一段时间。当她这么想的时候，身体放松下来，像一摊烂泥一样缓缓地摊开，不规则地平铺在橙色几何图案的床单上，她知道这是痛苦带来的幻觉，是身体面对痛苦做出的防御和自救。

大约是在半年后，她在某个同学的朋友圈里看到关于穆先生的公众号推文，一篇是介绍他最新作品的文章，另一篇是某知名媒体给他做的人物采访，她因此得知了他的一些近况。过去几年，每逢春节，罗飒都会给穆先生发一封祝福的邮件表达问候，穆先生或许没有看到，或许觉得不重要，他从未回复，但这并不妨碍她的坚持，已然成为一种习惯。

得知穆太太去世，罗飒感到无比意外，那位女士还很年轻。最近几年，穆先生一直在用自己的方式试图从丧妻的悲痛中走出来，照片里的他看起来沧桑疲惫，眼神却展现出历经巨大痛苦之后才有的清澈。化妆师和后期修图掩饰掉许多东西，但仍保留了部分面部的细纹，以及眼袋，白发和神态能明显让人感觉到一个人的衰老。穆先生最新的作品是关于爱与回忆的，罗飒被其中一幅名为《你》的作品震撼到。那是他用从世界各地收集来的废弃摄影胶片和医学影像胶片拼出的巨幅女性肖像。与过去的作品相比，一些同行认为穆先生这次没有那么前卫了，艺术水准降低，却赢得许多普通人对他的喜爱和关注。画面里是已故的陈雪玲女士，看得出来，他非常爱穆太太，这幅作品里也蕴藏着最多的爱和悲伤。她想购票，却发现国内的展出时间已过，这些作品目前只在法国的一个艺术馆里展出。

她决定给穆先生写一封邮件，像很多年前那样，把对穆先生的关心、仰慕和她的一些困惑用文字表达出来。这次的邮件内容不像之前那么冗长，她表达了对穆太太的哀悼，以及对当年课堂的怀念，感谢穆先生对她人生产生过的积极而持续的影响，还有当年送给她的那张门票，又说了些自己的近况。穆先生认识那么多人，她觉得他一定忘记了她，甚至未必会看到这封邮件，像每年一句的问候一样落入邮件的海洋，沉入海底。她觉得没关系，她要做的只是表达自己的心意。罗飒将自己写的一首曲子弹奏并录制下来，放进邮件底端的附件里，按下发送。

她回想起穆先生的最后一堂课，想起那个傍晚，她看见窗外粉色的云。

过去上穆先生的课，她通常都会提前半小时去教室里占座位，争取坐在靠近讲台的位置，每节课都听得格外仔细。穆先生的一些观点和经验总能让她感到振奋并有所启发。她被讲台上这个目光睿智、讲话风趣的男人吸引，同学们也都很喜欢他。不过，也有一些男生认为穆先生爱摆姿态，原因是他的手里总爱握着一只精致的烟斗，手握住的地方被盘出光亮。每讲到激情澎湃处，他会突然停顿一下，然后叼起烟斗做沉思状，等待空气凝滞片刻，紧接着他又会长长地喘一口气出来，将想象中的烟雾从肺里缓缓呼出，最后抛一个能让大家久久回味的观点或者问题，通常会以这样的方式结束课程，并潇洒离去。起初，大家以为穆先生是去上卫生间，于是都坐在教室里等待。见穆先生迟迟不回，直到几分钟后下课铃响起，大家才意识到他已经提前讲完离开，同学们渐渐习惯他的这种不告而别。这也是穆先生让年轻女学生着迷的地方，你永远不知道他接下来要说什么、做什么，像她这样的女生很吃这一套。她认为说穆先生坏话的人只是出于某种同性相斥的酸葡萄心理，他们往往没有穆先生的风度和魅力，更没有他的才华和审美。一共八节课，每上完一节课，她内心的失落就会增加几分。

穆先生不上微博，也没有豆瓣账号，第一节课，他在黑板上留下自己的邮箱。在上最后一堂课前，罗飒鼓起勇气给穆先生写了一封邮件，准确说，那是一篇文章。

罗飒故意没有留下自己的名字，说了很多感谢和赞美的话，只是为了让穆先生知道，有个学生曾经被他照亮过，在年轻而迷惘的岁月中，他的某些观念给了她力量和希望。她谈了很多对音乐、绘画的理解，尽管那些理解十分浅薄，但她觉得至少真诚。她和同龄人很难有机会像这样畅快而赤诚地谈论这些看似无用的东西，藏在匿名之下，不必担心有人说她不切实际，以文字的形式将心里的话一吐为快。穆先生的经历极具传奇色彩，那是她难以企及的人生，只能站在远处欣赏一下，但至少她见过，知道世上不都是平庸的人。遇到困难时，她会想象穆先生如何做，她总爱用穆先生常说的一句话安慰自己：生活的本质是朴素的，不要长久停留在任何自我编造的感动或痛苦中。无论多么好，let it go（让它去吧）；无论多么糟，let it go。

凌晨，穆先生回复了邮件，而那时她还没有睡着。罗飒激动地看着那封未读的邮件，一直没敢点开，她以为他不会回复任何内容，没想到这么快有了回音。她在心里默默猜测邮件里的内容，随着猜测的推进，喜悦渐渐消散，取而代之的是她开始担忧穆先生误会她的意思，觉得她是别有用心的人，她甚至后悔自己讲了太多。猜到最后，她越发感到自卑，不想再继续胡思乱想，于是点开那封邮件。这才意识到，不久前因为交作业把邮箱昵称改为真实姓名，忘记及时改过来。

罗飒，你好！

很高兴这门课能帮到你，但事实上，人只能被自己照亮。

晚安。

穆泽文

穆先生的回复言简意赅，不端架子，她看完之后松了口气，倍感亲切，但转而又陷入某种更大的悲伤中，那分明是来自穆先生的光。

那种悲伤一直持续到最后一堂课结束,这次他没有不告而别,而是做了一个简短的总结,并在最后时刻抛出一个与她有关的问题:请问哪位是罗飒同学?教室里寂静无声,她庆幸没有另一个与她同名同姓的人,于是紧张地举起右手。他以为这是一个男生的名字,她已经习惯这种误会,他让她稍微等一下。

许多同学要求与穆先生合影,她只好站在一旁等候。教室里的人陆续离开,傍晚的光线变得暧昧,窗外是绿色的松树和几朵粉色的云,她看着穆先生,有一刹那,她与穆先生的目光交会,心里竟生出几分让她感到不安的情愫。她的理智跳出来极力否认,她与穆先生的年纪、社会地位都悬殊,对方有家庭,怎么可以产生如此越界的情感?但她的心跳着实在加快。

等所有人离开后,穆先生送给她一张某艺术展的门票,这让她非常意外。穆先生问了几个与她专业相关的问题,又问她毕业后打算做什么,她说她正在计划考研。穆先生若有所思地点点头,他说她的一些观点和感受很有趣,但没有提及那封邮件,像是刻意避开。

往后,她没有再见过粉色的云,也没有再遇见像穆先生那样照亮她的人。

钢琴家教

每周三晚上、周日下午，罗飒都要去穆先生家，给正在读高中一年级的穆羽上钢琴课。他小学弹过钢琴，有三四年基础，自打上初中就搁下了。他不是很喜欢钢琴，他喜欢打游戏，喜欢闷在自己的房间看漫画、听摇滚，喜欢这个年纪的男孩差不多都爱的东西，只是性格有些内向。

小穆的数学和历史成绩比较糟，硬拼文化课的话，很难考上国内的一本大学，穆先生想让他通过特长生这条路"曲线救国"。原本打算送小穆去伦敦留学，但穆太太的去世和疫情的到来，彻底打乱了这对父子的人生计划。小穆不爱社交的性格也让穆太太十分担心，怕他一个人在国外难以应付，她走的时候嘱咐穆先生，小穆如果不想出去，就不要强求他。

收到穆先生发来的邮件时，罗飒刚与母亲在电话里争论了一番，家里觉得她一边支付着昂贵的房租，另一边却整天当"一条咸鱼"，无所事事，没有任何收入，简直是在浪费生命和金钱。父亲虽然支持她，但也不敢明着对抗母亲。母亲质问她，机会怎么可能从天而降，偏偏落在她头上？更何况，她已经三十岁。罗飒一再强调，她并不是在等待一个从天而降的机会，只是想给自己一段时间休整，思考职业规划，自学一些技能。关于年龄，她忍不住反抗道："三十岁又如何？大城市里三十多岁单身的大有人在，我们只是宁缺毋滥。"但她心里清楚，她的确是在渴望一个人的出现。

她不想把自己过于狼狈的一面让母亲知道，否则母亲会更加想把她弄回身边，像她知道的许多同龄人那样，再次成为父母身边的乖乖女，随便找份工作，结婚生子。毕竟他们培养她学习钢琴，并不是为了让她成为艺术家，只是希望她能有个吃饭的碗。从他们投入的学费来看，钢琴老师这份工作还算殷实体面。在长辈的观念中，弹钢琴的女孩找对象时也更有优势，她不介意他们将这项在她心中神圣的事业世俗化，她只是也不希望在人生尚未探索之时，就被过早地框住。

让她感到意外的是，穆先生不仅回复邮件，记得她，知道她的名字，并且告诉她，过去那些邮件他都收到了。当年那封长篇大论的邮件，使他印象深刻。穆先生佩服她的勇气和热情，这是从事艺术的人应该具有的品质。他依然没有架子，文字得体、亲切，感谢她送来的关心和问候，那之后还询问了她的工作和个人发展状况。他的文字虽然是出于礼貌，但对当下的她来说，如同被一双充满关怀的眼睛温柔注视，让她获得巨大的安慰。罗飒向穆先生坦诚讲述了自己毕业后的种种经历，发送完邮件，蜷缩在那张柠檬黄的双人沙发上哭起来。她忽然觉得，破沙发都比自己的人生看起来璀璨、耀眼。

再次回信时，穆先生正在法国巴黎的街头散步，他随手拍下一张照片作为回信：一个哭泣的小女孩站在马路旁边，手里拿着几个彩色的气球，其中一个气球爆了，阳光透过楼宇照在女孩粉红色的皮鞋旁边，她的母亲正在尝试安慰她。穆先生在邮件里安慰罗飒：

> 不要总盯着失去的事物，生活虽然残酷，但阳光和希望总会来到你的脚边。

罗飒上一秒还阴霾密布的心被这张照片治愈，仿佛参与了穆先生所在的时空，转而又感到惭愧。本是想要慰问穆先生，对方经历的痛苦远远大于她的痛苦，结果轮到自己在邮件里拼命倒苦水，反过来让穆先生安慰。穆先生在邮件末尾处留下他的微信，并且答应她，作品在国内展出时会邀请她来玩。难以想象，这个给她发送邮件，像老朋友一样亲切回信的人，是艺术圈内大名鼎鼎的穆泽文先生。她越发相信，生活里一旦有一件不可思议的事情发生，那它就一定会再次发生。

大约又过了三个月，两个原本平行的世界，在某一刻发生了几乎不可能的交会。

有天早上，穆先生的微信小窗突然发来消息，问她近期找到工作没有，是否方便发一份简历给他。穆先生说他正在给念高中的儿子寻找一名钢琴家教，想到她需要一份工作，于是来问问她。

或许是穆先生带来的好运，上次发完邮件后第二周，罗飒就接到一家教育机构打来的电话，请她去面试。此前，她给这家教育机构投过简历，当时没有收到任何回音，她的简历被放进企业的人才库。罗飒感到意外，面试非常顺利，不久前刚完成入职培训，主要工作是辅导高中生参加艺考。

穆先生看过她的简历后，问她是否有空每周来家里帮忙辅导钢琴，不会比她现在得到的报酬少。受宠若惊之余，罗飒感到困惑，凭穆先生的人脉和知名度，一定认识很多资深的钢琴老师，为什么找她？是因为她的课时费更便宜吗？难道像穆先生这样的人也缺钱？再或者，他还有其他的想法？这时，罗飒的头脑中忽然伸出一双小手，将她的各种胡思乱想统统涂抹掉，她告诉自己，穆先生仅仅是出于好意，想要帮助她而已。况且，她不想错过这个靠近穆先生的机会，于是答应先去试讲一节。

罗飒无论如何也想不到，有一天，自己竟会成为穆先生家里的常客。

试讲前，穆先生提前约她出来，带着小穆一起，请罗飒在附近的一家墨西哥餐厅吃饭。这除了是一次面试外，更是去见自己仰慕很久的人，一位知名的艺术家，一个日常生活中她难以接触到的人。

罗飒心里非常紧张，也非常重视这次面试，甚至临时从网上买了一条昂贵的、看起来相对正式的连衣裙，试图遮掩自己内心的焦虑和自卑。等裙子收到后才发现，明明是中码，上身后却像是大码。腰部过于松垮，肩膀也不合适，完全没有达到她预期的效果，反而将她的慌张、自卑完美地呈现。由于来不及调换，索性直接退掉，最终选择了她常穿的棕色针织衫和米色阔腿裤。放弃刻意之后，罗飒感到如释重负。

餐厅的墙面贴满五颜六色的瓷砖，装修风格带有明显的异域风情，每张餐桌的中央都放了一只可爱的小怪兽，手中托着一些山楂条和小坚果，供客人打发等餐的无聊。穆先生戴了一顶湖蓝色的鸭舌帽，坐在角落的位置，正在低头看菜单。旁边坐着一个穿橙色卫衣的男孩，十五六岁的样子，在玩平板电脑。最后一堂课结束后，她没再见过穆先生，但由于每年一次的问候，以及几次邮件往来，虽然眼前的人是生疏的，但罗飒对穆先生的情感却是亲切的。她试图在穆先生身上寻找时间的痕迹，除了鬓角露出的头发几乎全白了，其他没有明显的变化。他看上去似乎已经走出伤痛的风暴中心，精神状态比推文里的照片要好许多。他的手边仍然放着一只实木烟斗，经常用手握的地方被把玩得有些反光。

小穆的脸颊上冒出两三颗新鲜的青春痘，蓬勃、蓄势待发，像几座即将喷发的粉红色小火山。他非常安静，全程都没怎么讲话，连他的自我介绍基本都是穆先生帮忙完善的。除了见面时被他父亲提醒问候"罗老师好"，他吃了一点牛肉粒和两块鸡肉塔可，其余时间几乎一直沉默地抱着那个包裹着草绿色封皮的平板电脑。穆先生劝他放下，他就把它放在桌子上继续滑动。罗飒隐约察觉到，这对父子的关系可能没有她想象中融洽。

去穆先生家的路上，罗飒坐在副驾驶的位置，穆先生一边开车，一边为小穆的不礼貌向罗飒道歉："这孩子自从进入青春期就不好好说话了，让你见笑。我们到处给别人当老师，自己的孩子教成这样，说起来都觉得惭愧。当然，主要是我的责任。"

"说明他有自己的想法了，我以为您面对孩子的青春期会比普通家长更容易些，您难道不希望他有个性一点吗？"罗飒问道。

"我当然希望他有个性，但个性不等于没礼貌。"

"青春期过去就好了，我上中学时也不爱讲话，甚至有些'社恐'，大学后加入很多社团，认识了很多新朋友，性格慢慢就外向起来。"罗飒试图讨好这个年轻的男孩，同时，她在努力维护自己心中穆先生的完美形象，她不希望这个形象有半点瑕疵。

"我也不是要他外向，性格这种东西很难改变，不过但愿吧，但愿他懂点儿事。"穆先生说。

罗飒瞟了一眼前方的小镜子，捕捉到小穆脸上轻轻飘过的一丝冷笑，她不知道小穆是在笑穆先生还是在笑她，或者笑屏幕里的内容。意识到车里的气氛有些奇怪，罗飒感到尴尬，时不时拿起手机看看。有那么一刻，罗飒觉得自己就像个不受欢迎的后妈，转而，她还真的开始忧虑起来，接下来要如何与这孩子相处。

李斯特与蓝蝴蝶

那是一只十分漂亮的蝴蝶，整个身体由深浅不一的蓝色逐渐过渡，纤细的身躯，闪闪发光的翅膀，上面缀有一些小小的银白色斑点。美丽覆盖了它的死亡，它的生命如此短暂，却又过于漫长。蝴蝶的胸背处被一位父亲用小号昆虫针深深刺入，并牢牢固定住，又用透明的玻璃笼罩起来，把它当作礼物送给一个孩子，让他长久地拥有一只属于自己的蝴蝶。

但很显然，身边的男孩已经完全习惯它的存在，丧失对它美丽的觉察和喜爱。美、痛苦、死亡，都不复存在，淹没在日复一日的日常生活中。罗飒将目光从墙壁上的蝴蝶标本移开，扫过架子上的乐谱，重新注视黑白琴键。钢琴旁边的桌上放着一盘曲奇点心和一些水果，保姆小赵刚刚送进来的。这架钢琴、这个房间、墙上的蝴蝶和《鬼灭之刃》的手绘海报、桌面上的各种手办、海军蓝的条纹床单、灰白色的木地板，大半年的来来往往，让罗飒对此已经非常熟悉。

她能够从穆羽的弹奏里感受到别样的东西，完全不是他表面上看起来那般吊儿郎当与沉闷。他内心有自己的节拍和充沛的热情，而他甚至没有意识到自己拥有令人嫉妒的艺术天赋，自由挥洒而无所察觉，因此显得格外流畅，又极具冒犯性。小穆身上有穆先生的影子，又与他父亲的激情截然不同。穆先生是太阳，光芒显而易见，而在穆羽的精神世界里，似乎有一口很深很深的井，上面是冰，中间是水，底层却翻滚着高温的岩浆，如果被他深处的炽热吸引，就一定会被他冻伤。

他正在弹奏的是李斯特的《匈牙利狂想曲第十一号》，这曲子是他弹过最多的一首，她当年参加校考时抽到的也是李斯特的曲目。序奏部分自由而浪漫，似乎在向听者展示生命中美好的事物，进入第 1 节后出现大量快速的震音，声音变得更加具有弹性和颗粒感，宁静的海平面逐渐起风；第 11 节时，突然掀起巨浪，美好和祥和被打破。这首曲子似乎是为他量身定制的，罗飒按捺住心中飘过的困惑与惊叹，面色上努力保持严肃的教师形象，否则这孩子会产生蔑视的心理。她知道他是那种很容易骄傲的人，因此要尽量克制对他的赞美。如果说穆先生是能够让她放松下来的人，穆羽身上偶尔流露出来的，则是某种让她感到畏惧和紧张的东西。她说不清那究竟是什么。

半年时间，他们都已经适应这门课，适应一周见两次面。穆羽没有她想象中那么难配合，只要穆先生不在，他通常会表现得比较好，但只要穆先生出现，他就会表现出一种抗拒的姿态，有些让人讨厌。每当罗飒试图升华课程的内容，离开具体的弹奏技巧，开始谈论艺术或者形而上的东西时,穆羽也会出现这种抗拒的姿态。时间久了,罗飒似乎有些理解:他,并不想成为他的父亲。

"我不想当艺术家,您能不能别老是讲这么深奥的东西?"

"那你为什么要学钢琴?如果考上大学,你还要与它相处很久。"

"因为我成绩差,我爸担心我啥也考不上,让他丢脸呗。"

"你不能这样理解他对你的安排,他是为你好,为你的前途着想。"

"为我好?您很了解我爸吗?"说完,小穆脸上再次飘过他招牌式的冷笑,"我不讨厌钢琴,弹钢琴不代表要当艺术家,难道老师的理想是当艺术家?"

"不是。"她感到一阵不舒服。

"您今年多大了?"

"你不能用这种语气和老师说话,很没礼貌。"罗飒说。

"您有二十五岁吗?"小穆仿佛没有听到罗飒的话,继续问道。

"怎么?我看起来很年轻吗?"

"您在非常努力地扮演成熟,说明您不认同自己,也不够成熟,但皮肤很好,听说女人过了二十五岁皮肤会开始老化，但您的脸上没有任何皱纹。"

"你让我非常不舒服，你的分析也很不成熟。"罗飒感觉到这个孩子语气里的优越与嘲讽，她被狠狠击中，她极力维护自己的自尊心。

"拜托，十六岁的人能有多成熟？况且您也在分析我，不是吗？您觉得我是个什么样的人？一个没礼貌的高中生？应该没什么好话。"说完，他又是一阵冷笑，"对不起，罗老师，我不是故意想冒犯您。您确实很漂亮，我爸很欣赏您，您不用对自己感到不满意。"

刚上没几节课，他就给了她个下马威，像是在说：不要审视我，我已将你看透。小穆的眼神里时常有她看不懂的东西，尽管这个十六岁的男孩比她想象中复杂，但他毕竟只是个高中生，他的挑衅显得非常幼稚，大概是网络小说看多了。她不知道穆先生究竟如何谈论她，只是感觉到自己从头到脚被这个男孩的眼神轻扫过一遍，她有些烦躁，做了一个吞咽的动作，她希望他不要注意到，但似乎很多细节都逃不过这个看似漫不经心的男孩的双眼。

乐曲的演奏进入第二部分，拨云见日，像一位战胜巨浪的水手胜利而归，迎来岸上的欢呼与庆祝。

"手要放松，在触碰琴键时增加些力度，虽然手指要在这个地方快速跑动，但手腕不能太紧张，"她说，"这部分再来一遍吧。"

"已经练习那么多遍，感觉还是不够快，有些地方速度怎么也上不去。"他有些懊恼。

"对自己有要求是好事，但弹琴不能一味追求速度，慢慢来，距离考试还早。另外，乐理知识你要不断巩固，不要轻视理论。"罗飒说。

再次弹奏，他没有刚才专注了，表现出明显耐心不足的样子，需要停顿的地方很快就略过去，甚至在第5小节时弹错几个音。她看了看手机上的时间，马上要下课了，弹完这遍，她打算帮他总结今天犯过的几处错误。

小穆脸上的青春痘已经完全消散，留下几粒小小的灰褐色痘印，不近距离观察，很难发现。他的轮廓几乎与穆先生一致，眉眼长得更像穆太太，单眼皮让他看起来有几分玩世不恭，尤其当他露出招牌式的冷笑时。她能想象到，这个男孩在完全成熟，身上的幼稚与青涩褪去，懂得尊重与体谅时，应该会很有魅力。

这时，罗飒的余光看到那只蝴蝶似乎轻轻扇动了几下翅膀，当她转过脸凝视那只蝴蝶时，它又安静地待在墙壁上，没有任何想要飞走的迹象。罗飒用力地揉了揉太阳穴，她意识到自己刚刚走神了。

逛家居

紫色长毛绒地毯上摆放着一只灰绿色的玩具熊，穿着连帽卫衣，眼睛圆溜溜，鼻头上蹭了一点点灰尘，两只耳朵不太对称，有明显的瑕疵。它静静地安坐在角落，被店员拿来装饰地毯。罗飒坐在家居商城的沙发椅上，端详这只玩具熊，莫名有些心疼。她想，应该用很低的价格就能将它买走，但家里已经有两只玩具熊，她没有计划再买一只回去。

此时的罗飒，思绪正在被另外一件事情缠绕，一件说大不大、说小不小的事。闺密婉婷的生日快到了，不知道送什么礼物合适，她不擅长给人挑选礼物。婉婷是罗飒在这座城市最常联络的朋友，读研时候的室友，对方是学扬琴的，毕业第二年就嫁人了，嫁给一个中文说得比她都溜的老外。她老公过去在某知名科技公司上班，后来辞职专心在家做博主，在某网站上拥有十几万粉丝。罗飒关注了这位中国通的账号，他是位美食博主，经常做各种各样的甜品，视频风格幽默，满口地道的北京话，儿化音总是巧妙落下。罗飒觉得自己这位闺密可真幸福，上学时爱吃甜品，并且怎么吃都不容易发胖，毕业后就嫁给一个会做甜品的外国帅哥，没有照顾小孩的烦恼。真正让罗飒羡慕的是他们能够自由选择适合自己的生活方式，不用在意旁人的眼光，并且能够得到双方父母的支持。闺密也准备从事自由职业了，帮她老公剪视频。他们养了一只布偶猫和两只玄凤鹦鹉，她自己也注册了一个账号，打算做宠物博主。

每当羡慕完这位朋友的人生，罗飒总会陷入一种莫名的寂寞中，她甚至嫉妒不起来。婉婷从学生时代起就是这样一个敢想敢做的人。她悄悄将闺密视为某种榜样，对方一直走在她想走却不知道如何走的路上。她寄希望于自己也是这样的人，仿佛只要婉婷没有堕入传统常规的生活，她就能对自己的人生多一份信心。她心里也藏有相似的火苗，她与婉婷的友情正是建立在这一小簇火苗上。她知道，一旦停止对人生的想象和追求，她很快就会被一股强大的引力拽走，脱离这段被淡淡火苗照亮的友情，她们会渐行渐远，变得相互不理解。她与一些早年认识的朋友就是这样分开的，她能够猜想到结局。火苗尚未熄灭，却也从未敢真的让其燃烧，她不知道自己究竟是害怕承担选择的风险，还是因为别的。她仔细想了想，实际上并不知道自己真正要什么，而她一直以为自己知道，这个发现让她感到无比寂寞。

她想到自己还没有回复小穆的消息，她打开穆羽发来的请假短信，说学校里有活动，今天的课不能上了。她有些生气，觉得这孩子太过随意，为什么不提前讲？至少该提前半天。她已经坐上车才收到短信，这分明是通知，是雇主的语气，或许是穆太太长期对他娇惯的结果。穆太太生育算比较晚的，34岁才有的小穆，刚好又非常喜欢儿子，因此对他十分溺爱。穆羽小时候每次犯错被穆先生揍时，穆太太总会因为心软而上前阻拦，认为只要说一说就好了，不要真的动手，导致穆先生的惩罚变得越来越无效。她有些同情穆先生，明明意识到自己小孩的问题，却又无可奈何，尽管他也有责任。

罗飒的不满情绪是因小穆此前一些行为积累起来的。他非常聪明，知道如何能够让她开心，也知道怎样做可以挑衅到她而又不真的激怒她。罗飒对他有些了解，却又有些猜不透。这种猜不透本身不会带来挫败，让她感到挫败和愤怒的是，她总感觉这孩子能把她看透。罗飒还发现，小穆虽然看起来内向，只有一两个固定一起玩的朋友，平时不爱出门，但他实际上并不腼腆，而且很擅长分析别人的心理。如果他心情好，可以让聊天变得非常愉快，但有时又偏偏选择让你不开心的方式，她有些分不清他是否故意。

有一次，她当着小穆的面接了母亲的电话，说舅舅给她介绍了一个相亲对象。母亲拼命暗示她对方的家庭条件很好，是正规医院里的医生，姐姐是大学老师，有姐姐的话，将来还能分担一部分照顾老人的压力；唯一的缺点是身高不太高，母亲一定要她见一见。罗飒虽然有点不耐烦，但也并没有透露太多信息和情绪，快速搪塞几句后挂断电话。小穆却问她为什么和母亲的关系不好："罗老师也会害怕家长吗？看起来像个小姑娘一样。"她当时十分惊讶，比起网络上很多人对原生家庭的吐槽，她与母亲的关系算不上糟糕，却也存在很多问题。研究生毕业后她很少主动联络，总是怕母亲突然问起各种"人生大事"，再进行一套价值观的评价和输出。罗飒有些恼羞成怒，感觉自己的边界被僭越。那节课她对小穆表现出莫名的苛刻，让他一遍遍重来弹错的地方，甚至在技巧上故意拔高了对他的要求，让他感到沮丧。她过后又有些后悔，知道他并无恶意，但也对这个少年又多了几分新的认识和困惑。

她倒也不愿意因为这类小的礼仪问题随便诘难人，何况小穆还是个孩子。既然已经在路上，索性过来逛街。她回复："可以，但你不能这样通知别人，下次最好早点告知。"

餐具区模拟餐厅的布置，是一种体验式营销。漂亮的桌椅，精致的刀叉碗盏、烤箱锅具，好看的桌布和花瓶，她都喜欢。去年送给婉婷一台煮茶器，今年她打算送一套北欧风的组合餐具给她。但转念一想，她大概收到过许多类似的礼物。转而离开厨房餐厅用品区，逛来逛去，最终被一盏粉色灯罩的创意落地灯吸引，底座是实心松木做的，简洁有趣。她忍不住给自己也买了一盏，她想到美好的寓意，诸如照亮新的一年。

当真能够照亮吗？她不知道，但人们总会期望新一年比旧一年好，事实上，维持现在的收入状况和工作节奏，生活里别再空降糟糕的人，对当下的她来说就已经心满意足。至于感情，自打过完30岁生日，她就把找对象从人生必须完成的重要事项列表里画去，随缘就好。当然，列表中的事项逐年减少，并非已经完成，而是慢慢发现，人生中非完成不可的事其实很少。

缘分或许已经出现，但不属于她的缘分还能叫作缘分吗？经过大半年时间的近距离接触，她承认自己喜欢穆先生，每当看见他时，罗飒的心里都会不自觉飘过那团粉色的云，她不确定穆先生对此是否已经察觉。那双眼睛里似乎藏着一片辽阔的海，热情而深不可测，这些年经历过的爱恨别离、看过的风景，都藏在里面，是她不能完全理解和领悟的，因此分外着迷。人过三十，还能有这样的怦然心动，实属不易。这份怦然心动从那个傍晚延续到现在，深深烙在罗飒的心里，穆先生带给她的感觉没有变。过去，这份喜欢掺杂在仰慕和距离中，以至于她不敢上前辨认。如今，穆先生虽是单身又近在眼前，但仍是她高攀不起的人。她没有勇气向一个与自己父亲年纪相仿的人表明心意，也万万不敢让穆先生知晓这份心意，她不能够打破这段关系里的平衡和美好的感觉。这份感情是属于她自己的，她决计把它作为一个秘密，永远藏在心里。

回到家，罗飒把新买的增压喷头换上。出租屋的花洒由于小孔堵塞而压力不均，总是喷得到处都是，每次洗头总感觉冲不干净。晚上洗完畅快的热水澡，她感觉身体得到放松，似乎又有精力应对明天一整天的课了。

吹干湿发，敷上面膜，她坐在桌前，看着镜子里白白的一张脸，把面膜上多余的气泡用指腹轻轻推开、抚平。十一点半，手机屏幕倏然亮起，收到小穆发来的消息。他问：

> 罗老师，如果用一种动物比喻自己，您认为您是什么？

罗飒感到莫名其妙，不打算给予任何回应。放下手机后，又被这个莫名其妙的问题吸引：他为什么突然问这个奇怪又冒昧的问题？如果非用一种动物比喻……她陷入沉思，她到底像什么呢？企鹅？猫头鹰？为什么会想到这两种动物？是因为可爱，还是因为极寒之地、夜晚？她顺着这个问题再挖下去，就逐渐感到不舒服。

准备关灯睡觉，枕边的手机再次亮起，罗飒用一只手摸过手机。当她阅读屏幕上的句子时，混乱的心情瞬间在屋顶上空搅作一团。小穆再次发来消息：

> 罗老师有点像《名侦探柯南》里的灰原哀，总是习惯用冷酷掩饰敏感的内心，其实是来自深海里的鲨鱼吧？我希望自己是章鱼。我很喜欢章鱼，它是比人类更有智慧的生命。总觉得与您有很多共鸣，即使什么都不说，仿佛也能感受到您，像是遇见世界上的另一个自己。虽然您比我大很多，但我没有感觉到代沟。我很欣赏您的地方是，您从不把我当小孩，不因为我的年纪就故意让着我，也不居高临下，据理力争的样子反而让人觉得亲切和感动。今天临时跟您请假是我不对，下次不会了。

从小穆的描述来看，罗飒感觉自己似乎是个很不成熟的人。但她清楚地听到自己心墙裂开的声音，海浪拍打着沙滩，风吹过树林，一些深海动物发出孤独的声波。

来自深海的鲨鱼

母亲再三打来电话，为了切断她的唠叨，罗飒最终答应与这个"条件不错的人"见一面。

加了微信，她把时间约在周三下午四点，因为七点半要给小穆上课，这样就有借口早点撤退。他工作的医院离穆先生家不算远，相隔四个地铁站。于是把见面的地点定在他单位附近的一家沃歌斯，方便对方随时能够赶回去。这场临时安排的约会没人迟到，她提前五分钟到，对方来得更早。

男人今年36岁，戴一副眼镜，真人比实际年龄看起来小。母亲一直没有透露过他的具体身高，只强调个子不高，八成是担心被她一口否决。她不确定他是否有一米七。羽绒服里穿着相对正式的衣服，他把灰色的羽绒服放在旁边的座椅上。能够看出，他为这次见面做了准备。

相较之下，她则显得过于随意和敷衍，包括选择在这里见面，她有些抱歉。她只想快速见一面，完成约会任务，好让母亲死心，别再逼她相亲。

男人看起来过于普通，没有穆先生的魅力和热情，但待人接物随和有礼貌，说话慢条斯理，懂得适时保持沉默，又不至于彻底冷场。这样的人会更踏实，母亲没说错，可能是个值得考虑的结婚对象，但她不想为了结婚而结婚，那样对别人不公平。见面后得知对方是妇科医生，罗飒有些惊讶，不知道这一点是不是母亲刻意隐瞒，担心被她拒绝。她其实很好奇，妇科男医生在面对美女时如何保持自己的职业操守，内心真的没有过一丝一毫的波动吗？这个职业身份倒是打开了她的话匣子。

她点了一份鸡肉牛油果杧果色拉和一份寿喜烧牛肉饭，医生点了一杯冰美式和一份泰式绿咖喱素食饭。

"我知道你想问什么，妇科医生也是人，"他非常坦然地说，"只不过大部分时候我们确实没有感觉，对医生来说面对的只是患者和一些器官而已，和鼻子、眼睛、手没差别。但是特别美的大美女除外，一个正常男人看见美女没有一点生理反应，似乎也应该去看看医生吧？但我不是色狼，有理性，有职业道德。"

"我对医生的印象不太好，你们给患者做检查时为什么都那么粗鲁？感觉每个人都很不耐烦。"她说。

"可能因为患者描述病情总会掺杂许多无效的信息，医生也比较累。不过我算比较有耐心的，你下次可以找我看。"他说。

"如果我们没在一起，找自己的相亲对象做妇科检查，岂不是很尴尬？"她说。

"放轻松，妇科男医生没有你想的那么猥琐。"他用手指关节推了推眼镜。

"你是素食主义者吗？"

"不是，不过我不喜欢吃肉，尤其鸡肉。"

"炸鸡也不吃？"她认为他错过了许多美味。

"如果没有鸡腥味，偶尔也吃。"

"我其实挺难想象和医生谈恋爱的，小时候我妈总用医生吓唬我。"

"医生很可怕？"

"不是，我害怕打针。"

"我猜，你不想跟我谈恋爱？"他说。

"说实话，你不是我喜欢的类型。"

"你喜欢什么类型？"

她被问住，装着柠檬切片的水杯里浮起穆先生的影像，浮起那个有粉色云的下午。她究竟喜欢穆先生什么呢？

"那你一定是被家里逼着来相亲的吧，有喜欢的人了，对吗？"

"抱歉，耽误了你宝贵的时间，等下我来买单。"罗飒喘了口气，她不想再待下去了，穆先生从水杯里消失。

"那还挺可惜的。"医生说。

"怎么说？"罗飒的注意力回到医生身上。

"你是我喜欢的类型，我其实希望家里能有人带来一些艺术氛围。"医生做出遗憾的表情，罗飒觉得他放松下来的样子似乎还挺可爱的。

"很简单，买一台胆机，再买一些古典音乐碟片，就可以实现你想要的氛围。对了，你看过《名侦探柯南》吗？"她说。

"看过，怎么了？"

"前几天被一个小孩说像里面的一个人物，叫灰原哀。"

"哈哈，我知道她，你比灰原哀看起来开朗多了。"

其实也没有吧，她在心里说，她只不过更懂得隐藏真实的自己罢了；再或者，连她都忘记真实的自己究竟是什么样子了。此刻，她竟无比同意小穆对她的评价，这个十六岁的少年描述出她心里的动物，大概就是这样一只来自几千英尺深海的鲨鱼——冷酷、孤独，让人难以靠近。

她想起不久前看过的海洋纪录片，有一种被叫作"甜饼切割者"的鲨鱼非常有趣。它生活在3000英尺的深海，是一种小型鲨鱼，夜晚会到水体的上层垂直游动。之所以叫这个名字，是因为它给猎物留下的伤口是一块椭圆形的甜饼，会袭击比自己体形大许多的猎物，敢于挑战其他鲨鱼、金枪鱼、海豚、鲸。这种鲨鱼样貌不太美观，但给她印象深刻：一种凶猛精致的捕猎者，满嘴利齿地微笑着。它天生长成这样，但似乎并不孤独。在南北极和太平洋的深处，生活着世界上最孤独的鲨鱼，它们非常长寿，年龄最大的已经有五百多岁，生于明朝，它要在黑暗的深海里度过五百年。她无法想象，她只不过在自己这片低温的海域里度过三十年而已。她远没有甜饼切割者鲨的勇敢和锋利，不敢挑战比自己强大的事物，无法犀利地面对周围的世界。她羡慕这样的人，比如闺密婉婷，但她不是。

她唯一能做的就是踮起脚，最多跳跃几次，如果仍然够不到，她就一定会放弃。可是面对穆先生，她连跳跃的勇气也没有。她惊诧自己原来是这样被动保守的人。青春期时，她为了对抗这种稳定和保守，会戴上甜饼切割者鲨的面具。她有次顶撞老师，反对老师自鸣得意的观点，但很快就不知道如何收场，最终被叫家长和罚写检讨，并给大家留下倔强冒失的印象。或许，后一种鲨鱼才更像她心里的动物吧,安静地在海底等待五百年,孤独已然化作生命的底色。

跟医生聊天还算舒服,但直觉告诉她,自己不会对这个男人来电。吃完东西后她与医生告别,当然,医生最后并没有让她买单。

从沃歌斯出来,天已经黑下去,罗飒掏出手机给母亲发了一张吃饭的照片,然后配上一条文字信息:"相亲失败。"母亲立马回道:"为什么失败?"她说:"对方没看上我,我也没看上他,我不是人家的理想型。"母亲当然不能接受别人否定她的"作品",于是酸酸地回一句:"理想型?他想要什么样的理想型啊?太挑了,难怪这么大岁数了还没结婚。"罗飒心满意足地回了一个摊手的猫咪表情,感到如释重负。她能想到,对方的母亲或许也会这样说她。

夜晚像吐着气泡的鱼,色彩斑斓,无知又灵动。纵使夜色再深,她也能迅速从人群中一眼辨认出穆先生。

她没想到会在这里偶遇穆先生,并搭上一趟完美的顺风车。穆先生与一位年轻漂亮的女士从旁边的写字楼里一同出来,两人谈笑风生。女士脖子上围着一条白围巾,身高至少有一米七,穿了一件介于蓝与绿之间的水鸭色过膝毛呢大衣。这个形容颜色的词是罗飒看《水形物语》

时学到的，里面那位有暴力和虐待倾向的特工买了一辆这个颜色的小汽车，但很快就被人撞坏。

穆先生看到罗飒，他的表情看起来似乎在说"她怎么会在这里"。相隔几米时，罗飒冲穆先生挥挥手，穆先生象征性地点点头。漂亮女士戴着口罩，透过那双闪亮有神的眼睛，罗飒能感觉到对方是个美女，会让妇科男医生有生理反应的那种美女。但很难确定对方的实际年龄，应该不会太大。与美人目光交会的一瞬间，罗飒感觉到对方正在对她礼貌地微笑，微笑中掺杂着一种由眼界和经验打底的快速审视。她意识到穆先生能接触到的优质女性是什么样的，这只不过是随便一遇，也不免猜测他们二位的关系。此刻，巨大的挫败感在罗飒心中肆意生长，她恨不得将自己的情感统统丢进大海里喂鲨鱼。

穆先生与美人告别后，一边对罗飒说话，一边走向一辆停在路边的棕色汽车："小罗老师一会儿有课对吧？我正好要回家拿点东西，一起走吧。"

穆太太的车

棕色小汽车的内部，像另外一个世界，干净、温暖、有秩序。挡风玻璃下摆着一个微缩景观，用蓝色易拉罐、吸管、亚克力、乐高积木搭建而成，大海、椰子树、观景台、丈夫、妻子、孩子、小狗，每一样都精致可爱。她努力回想，不记得之前坐车时见过，应该是后来摆上的。算了算，她一共乘坐过五次穆先生的车，有几次下课晚了，穆先生留她在家里吃饭，然后开车送她回去。她想起来，穆先生还有一辆黑色的车，送她回家的应该是另外一辆。由于每次都太黑了，她没注意到颜色细节，但是她确定车内布置和坐垫不一样，现在这辆车应该是穆太太留下的。

"来这里逛街吗？"他问。

"和朋友吃饭来着。"她说，"您怎么会在这儿？"

"来一位策展人的工作室看看，她是学美术的，下周首次展出她这些年的绘画作品，希望我过去看看。"

"哦，是刚才那位美女吗？"

"对，我们很久没见面了，小汤比你大几岁，本科毕业后在我的工作室工作过一年，后来去英国留学，去年成立自己的工作室，真够年轻有为的。"穆先生的语调里透露出由衷的欣慰和欣赏，"对了，她送给我几张门票，你拿两张吧，和你男朋友去看。"

"我没有男朋友。同龄人已经这么厉害，真叫人惭愧。"她说，"谢谢您。"

"不用羡慕别人，你有你的精彩。"穆先生说完，从口袋里摸出五张票，让她随便抽两张，"那就和你闺密去看。"

是几张特制贵宾票，黑色票面上印着白色、红色的文字信息，上书"艺术家汤丽的首次美术馆个展"。一个粉色皮肤的小女孩趴在地面上，面前是一台打开的笔记本电脑，屏幕上写着展出的地点与时间：火烈鸟美术馆，展期历时三个月，作品内容围绕绘画与数字技术的融合，题目叫《元宇宙时代的女性与艺术》。

"为什么不找男朋友？没有遇到喜欢的人吗？而且，我感觉你今天看起来不太开心。"穆先生敏锐地捕捉到她的情绪。

"遇到了，就是因为遇到而不能说。"罗飒说。

"所以不开心？"穆先生转头看了一眼罗飒。

"我没有这个勇气，我们可能并不合适。"她对穆先生礼貌而苦涩地笑了笑。

"他是个什么样的人，需要我帮忙判断一下吗？"穆先生别过头，看了她一眼，"我很好奇，让一个我印象中非常敢于表达的女孩羞于表达，究竟是个什么样的人。"

"一个很不普通的人，非常有魅力，年长我很多，我不确定他目前是否单身。"她说。

"你可以问问他啊。"

罗飒想了想说:"这个小摆件是您做的吗?"她用手指小心翼翼地摸了摸白色的乐高小狗,又摸了摸男孩头顶上的红帽子。

"基本是我太太做的,除了易拉罐大海是我做的,当时剪易拉罐时把手划破,现在还能看到一条像蚯蚓一样的疤。"他把手伸出来给她看,她真的看到一条像蚯蚓一样的疤,虽然不是特别明显。

"您的情绪好些了吗?"她说,"我是说穆太太的事,虽然我不该问起……"

"至少现在可以平静地谈论,悲伤还在心里吧,可能永远都无法抹去,也不打算抹去。保持一点悲伤,是我纪念她的方式。"

"那您想过未来的生活吗?重新组建家庭之类的。"

"暂时没打算,但我不排斥,如果遇到很合适的人,也许还会吧。"穆先生回过头看了一眼罗飒,"穆羽最近上课怎么样?他好像挺喜欢你的,难得能让他乖乖听话。"

"噢,他非常有天分,是我带过的学生里进步最神速的,但是我很少夸奖他,他很容易骄傲。"她说。

"你说得对,他是比较容易骄傲,那家伙看着老实,心里谁都不服。以前经常出差,我很少有时间管他,他对我意见很大。我这个父亲做得很不称职，在孩子面前，经常觉得自己没有资格管他。"

"他心气很高，又总是喜欢表现出满不在乎，如果我把技巧难度提高，他就会非常努力，他不能接受别人小看他。这也是我和他相处时找到的一点方法，必须适当地提高对他的要求，但又不能命令他。"

"看来你已经掌握和我儿子相处的诀窍，而我还没有。"穆先生自嘲地笑笑。

"抱歉，穆先生，我没有别的意思。"她说。

"没事啊，我觉得挺好的。重新让他接受钢琴，心理上不排斥非常重要。"

"他不想从事艺术。"

"我也没让他从事艺术啊，只是担心他什么学校也考不上。现在你来了，艺考这条路或许真能'曲线救国'。我没参加过艺考，我当年是学建筑的，所以不了解艺考具体怎么弄。"

穆先生在接了一通电话后，聊天暂时打住。

车内空调开得很热，罗飒开始有些犯困和走神。她的脑海中出现一幅画面：一些气泡漂浮在周围，暗绿色的水里，一束光照进来，分成许多束更细的光线，穿红色连衣裙的女孩艾丽莎与一只浑身发光的人鱼怪物拥吻在一起，裙摆被水流摇动，一只高跟鞋正坠入深深的水底。画面来自昨晚看过的电影，故事发生在冷战期间，哑女艾丽莎是实验室里的一名清洁女工，政府希望在人鱼身上提炼出能够制造生物武器的特殊物质，而艾丽莎却在他身上看到了自己的孤独和影子，他们的嘴巴都会一张一合，却吐不出任何语言和声音。他们在无声中交流，相爱，彼此拯救。

罗飒被这种超越世俗的爱和勇气打动，她的声带健康完好，却仿佛没有太多表达的自由。她不是艾丽莎，也不是灰原哀，生活里既没有人鱼，也没有柯南，没有人能将她从中拯救。心被困在一片孤独的大海里，身体则淹没在高房价的楼盘中，坚持待在这座城市已经是她最大限度寻求自由的结果。这个城市里的一切都不属于她，包括这辆车、这个男人。

穆先生用一束光领她从庸常中走出，本质上并不能改变她的人生，她再次落入新的庸常琐碎。她突然开始怀疑：究竟是喜欢穆先生这个人，还是喜欢他带给她的那种逃离庸常的感觉？假设他不再能带给她这种感觉，或者换一个人带来，她是否还会喜欢这个人？她不确定。

"准备了一些圣诞节的礼物，快递正在来的路上。"穆先生突然说道，"穆羽一直嚷嚷着要一个日本动漫的手办,我托朋友帮他买到,不过准备等期末考试结束再给他,你先别告诉他。对了,也有你的礼物。"

"太惊喜了,可以问问是什么吗?"她很意外穆先生给自己准备了礼物,但并不意外这是穆先生会做的事。他总是出其不意,又有一种不经意的温柔和得体。每次来上课,只要穆先生在,他都会嘱咐小赵提前准备好水果和点心,然后放在小穆的房间,供他们课间休息的时候吃。小赵说,每逢过年过节,穆先生都会给她准备礼物,粮油、电热毯、海鲜,每年都不一样。她说穆先生是个非常浪漫有心的人,对穆太太更是如此,所有重要的纪念日他都记得,都会准备得很隆重。但是……小赵没有继续说下去,她很想知道"但是"什么。

"哈哈,到时候你就知道了。"穆先生说完把车停放好,"你先上楼吧,我抽支烟再上去。"

吻

穆先生从书房里拿走一些文件后,匆匆离开。大约快下课时,她听到穆先生开门回来的声音,以及和小赵谈话的声音。厨房洗碗池的下水管正在渗水,他们在客厅里等维修工上门更换水管。小赵的年纪实际上并不小，四十出头，已经在穆先生家工作七年，每天负责两顿饭，以及琐碎的家务，通常忙完就会离开，罗飒一般都喊她小赵姐。

穆先生带回来一箱红酒和一箱红得发黑的车厘子，塑料外包装上沾满灰尘，还没来得及收拾，放在进门的位置。下课时，维修工赶到，人们涌向厨房，小穆也凑过去，仿佛参观什么稀奇有趣的东西。罗飒本来想和大家打声招呼再走，但发现所有人的注意力都被那根老化的水管吸引。准备离开时，穆先生叫住她，请她稍微等一会儿，吃完饭再走；同时递给小穆一个紫色的透明塑料盆，让他洗些车厘子给罗老师。

罗飒百无聊赖地坐在沙发上，环顾四周。在艺术家的房子里，装修方面的创意随处可见，绘制在墙壁上具有立体感的植物、不规则的窗户、造型独特的吊灯，还有洗手间那扇Pantone（彩通）色卡的玻璃门正对一扇窗户，根据日照变化的不同，色彩的映射区域也会有所不同。还有一些小的黑科技，比如电视背景墙下面的透明悬空小时钟，显示着年、月、日、星期、时间。她第一次来就感到好奇，有一次忍不住询问，穆先生告诉她这是一种无介质的全息投影技术。穆先生非常看重房子的装修，他认为房间的布置能够显示一个人精神世界的状态：既要平静舒适，还要能够激发创意；不一定要花很多钱，但肯定要花很多心思。罗飒在心里嘀咕，普通人哪有这样的艺术创意，想花心思就得花钱，而且穆先生的一些心思确实价格不菲，比如屁股下面这组意大利的进口沙发。有一次她感叹沙发的舒适程度，小穆告诉她，如果不舒服就实在对不起它的价格了。

这里的每一件物品仿佛都在拒绝她：她不可能成为这里的女主人，无论是物质的还是精神的，都不是她能消费得起的，她只是一个默默无闻的钢琴老师。越是不可能，这一切对她似乎越有致命的吸引力，或者说，这正是她向往的生活。

小穆把水淋淋的车厘子摆在茶几上，自己拿起几颗，剩下的推到罗飒面前。

"罗老师走神的样子很有趣，"小穆说，"好像到什么平行世界里去了。"

罗飒缓了缓神，说："以后不准乱发消息给我，也不准分析我，知道吗？"

小穆没想到罗飒会突然提起这件事，他有些尴尬，不情愿地点点头。

"你现在的文化课成绩怎么样？"她问。

"数学还是比较差，其他的比以前好点儿，我爸准备再给我找个数学补习班。"

"高一、高二的文化课不要落下，否则最后一年兼顾起来会很吃力。"

"知道了。罗老师，我可以问您一个问题吗？"小穆小心翼翼地说。

"什么问题？"罗飒放慢口腔咀嚼的速度。

"您不会也喜欢我爸吧？"小穆说。

罗飒被这个突然抛过来的问题惊到，她担心地看了一眼穆先生，他似乎并没有听到他们的对话。

"穆先生是很优秀的人，难道有谁不喜欢他吗？"罗飒快速调整情绪，微笑地看着小穆。

"我说的不是一般的喜欢，只是有种直觉，毕竟我爸的女粉丝里有很多都想给我当后妈。每次他让您留下，您都会留下；我让您留下，您就会拒绝。"

"因为他是大人，你是小孩。"她不敢直视小穆的眼睛。

"之前有个想当画家的女孩，疯狂追求我爸，害我父母差点离婚。我妈去世不久，就有一个女策展人经常打电话给他。我承认，我爸确实比较有魅力，不过她们更喜欢的应该是他的身份和知名度，这些东西能提供她们需要的帮助和资源，还有虚荣心。说实话，刚开始听说您是我爸的学生，我就担心您是那样的人，所以很讨厌您。"小穆有意无意地提高自己说话的音量，"我就知道，您和她们是完全不同的人。"

"什么不同的人啊？"穆先生问道。

罗飒和小穆都没有回答。

罗飒感到一阵剧烈的不适正在从她的小腹逐渐升起，穿过她的十二指肠、胃、喉咙。为什么要把穆先生的这些事告诉她，是这孩子的边界感太差，还是他故意要让她知难而退？让她知道她有很多不好惹的竞争对手，也让她知道他并不欢迎一个后妈，更不希望她成为，否则就是辜负了他对她的尊敬和期望。罗飒努力控制自己的情绪，这孩子要么习惯冒犯别人，要么非常擅长分析人的心理，大概两者都有。她突然很想离开这里，离开这个不属于她的房间，她不想被不断升起的错误感情和念头折磨，也不想接受一个不成熟的孩子对她的试探与打量。

晚餐结束后，穆先生要送她回家，但她坚持让他把自己放在公交车站。这么晚了，步行有点远，开车又太近，穆先生只好陪她一起走过去。

"穆羽跟你说了什么吗？吃饭的时候，感觉你不太舒服。"穆先生问道。

"没什么，就是聊了聊他的成绩，他说您打算给他找个数学补习班。"

穆先生点点头："穆羽数学实在太差了，严重偏科，班主任上周单独把我叫过去开了家长会。"

"考上大学后不用学数学，他就能彻底解放，现阶段只能辛苦一下了。"罗飒说，"刚刚刷手机，看到您被美国知名杂志《××》评为国际艺术界年度最受关注人物之一，太为您高兴了！"

"到我这个岁数，不过都是一些噱头罢了，比起来，我更希望看到穆羽的数学成绩能提高点儿。"

罗飒知道这是穆先生自谦的说法，所以也只是笑笑。

"你肯定认为我是故意谦虚才这么说，还真不是，我现在越来越不在意外界如何评价我。新作品得到许多负面的评价，是所谓艺术圈对我批评最凶的一次，说我审美和创造力都严重下降。放在早些年，听到这样的声音我早就坐不住了，一定会接受媒体采访，到处为自己辩解。但现在，这些评价对我来说也不能说完全没有影响，但基本上能客观看待，甚至会尝试用他们的眼光来看这件事。或许他们是对的，但艺术不一定要正确，不是吗？我现在更关心内心真实的想法，作品必须从心里来，我对自己的要求也很高，我满意就行。"

"我很喜欢您最新的作品，没必要非得奉承您，只是我喜欢更感性的事物。新作品不再刻意追求什么别具一格的观念，转而关注人本身，关注心灵，在《你》这幅作品里，我感受到一种超越性的美，在其中感受到您，感受到我自己，以及很多让我有感触的人。我很久很久没有这么感动过了。"

"真的这样想？"穆先生看向她。

"当然是真的。"她也看向穆先生。

在寒冷的冬夜，罗飒感受到穆先生眼神里的温暖，那是一种彼此确认的目光。已经很久没看到过星星的罗飒，此时抬头，发现在两棵高大的松树交错的地方，有一块V字形的缺口，露出蓝紫色的天空，这里刚好有两颗非常亮又非常小的星星。这两颗星星映照在她的眼睛里、心里。

穆先生伸出右手，温柔地拍了拍罗飒的肩膀，这只创作出很多作品的手并没有马上离开，而是停留在那里。离车站还有十几米远的距离，一辆永远摸不准的603路车正从远处徐徐开来，她心里知道，这趟车她要错过了。那只手渐渐穿过她的发丝，伸进她温暖的脖子，同时，带来一片冰凉。最后，他用手指轻轻摩挲她粉红色的耳垂。罗飒感到浑身火辣辣的，被滚烫的欲望、羞耻控制，无法动弹。

穆先生在她的额头上深情地吻了一下，说道："谢谢你。"

当他想要继续靠近她的脸颊和嘴唇,罗飒猛地推开他。穆先生往后退了两步,她的反应让他有些吃惊。很快,吃惊被他尴尬的笑容掩盖,很快,笑容也消失了。穆先生将手放进羽绒服的口袋里,语调诚恳地说了声"抱歉"。

她的情绪有些激动,眼泪几乎要掉下来,心里五味杂陈。天上的星星还在,可是罗飒眼里和心里的星星却碎成一片一片,坠落在黑暗中。她转头跑向车站。

她不明白这个吻的含义,不明白刚才发生的一切,也不明白自己为何要推开他,就像她不明白下一辆603路车何时会再来。

绿色的,透明的

周三是婉婷的生日,罗飒提前一天给穆泽文发去请假消息,穆先生秒回了这条微信,并鼓励她好好玩,没有提及那晚发生的事情,没有任何解释。婉婷今年的生日聚会来了很多网红朋友,其中一位还是罗飒关注的大神——拥有百万粉丝的美妆博主,真人比视频里看起来要严肃许多。大家举着各自的拍摄工具,记录这次聚会的细节。她送来的粉色落地灯得到婉婷几句简单的夸赞后,便被搁置在一边。

这是闺密毕业后的生活圈子，已经与她极为不同，下午茶时间的聊天话题五花八门，罗飒一句嘴也插不进去。比如如何吸引流量，如何让平台关注到自己，猫咪不尿尿该怎么办，怎样在夜晚借助道具拍摄出自然光效，婚姻如何长久保鲜——婉婷不再像过去那样热衷聊音乐。刚开始，她还会抛几句话来照顾罗飒的情绪，到后面大家都特别热络，婉婷渐渐忘记罗飒的存在。中途，罗飒去了一次洗手间，回来后就彻底沉默了。这段时间，她其实攒了很多话想和婉婷聊，这会儿却只能像个局外人一样乖乖地听别人尽情表达。

大概快四点的时候，走了几位朋友，剩下的几位计划去美容院做面部护理，罗飒拒绝了。离开时，终于有人注意到她，两个年轻女孩听说罗飒是钢琴老师，主动添加微信，表示想要跟她学钢琴。罗飒燃起一些希望，又不得不在心底警告自己，不要对别人抱有太多期待。本来想叫婉婷一起去看那位汤小姐的画展，但她感觉到一种吃力，她埋怨自己过于被动。婉婷不去，或许有其他人愿意去呀！她又做不到在这种时刻站出来，带走别人的朋友，担心婉婷会不高兴。感觉毕业几年，不是渐渐疏远别人，就是渐渐被人疏远。老家的朋友聊买房聊二胎，大城市的朋友聊美容聊创业聊如何经营博主人设，想要跟上别人的脚步越来越不容易，她不想假装关心那些她并不关心的事物，心里真正在意的东西又不想与人大谈特谈。

汤小姐是个很有才华的人，她用直觉捕捉到一些时代的特征和轮廓，她的画色彩明快，运用了一些电脑技术进行处理，像她本人一样精致且充满灵气，全都是女性题材，探讨元宇宙时代的女性困境。展厅入口处，投影在雪白的墙壁上循环播放侯麦《绿光》里的片段，电影似乎也与这次展览的主题有关。在这样一个时代，虚构与现实变得越来越难被定义，人与人的交流距离变短，是与非的边界越发模糊。

一块绿色的透明的果冻状立方体里，跪坐着一个用双手紧紧环抱住自己的小女孩，她正在哭泣。立方体周围有一些随意落下的金色光线，这些光线却都无法照在女孩的身上。这幅名叫《女孩不哭》的作品，始终在罗飒的脑海中挥之不去，像极了她自己的处境。夜晚，她回到丽景花园的出租屋，躺在那张躺过很多漂泊者的床上，枕着柔软的枕头，眼泪顺着太阳穴流进发根。

她最近太累了，有太多信息需要消化和处理。穆先生冒犯她之后，既没有为自己开脱，也没有合理化那个吻，在 MeToo（我也是）运动盛行背景下，穆先生表现得十分冷静。他难道不害怕她借用这个机会说他性骚扰吗？在社交媒体上博取一波同情，顺便再收割一些利益和关注。她对MeToo浪潮下发生的一些事持怀疑态度，她支持女性捍卫自己的权利，但在鱼龙混杂的网络世界，有没有可能存在受害的男性？因为过激的处理和一边倒的声音，反倒容易让一些人心生怀疑，再有真正受害的女性，也可能被误会为动机不纯。这番质疑若放到网上讨论，恐怕会遭到许多女权主义者的口诛笔伐，骂她是男权社会的帮凶。

还有一种可能，他料定她不会那么做，是觉得她软弱，还是觉得她善良呢？她不确定那个吻究竟含有多少情感的成分，他是在向她表白吗？似乎也不是，否则他应该选择一种更加正式和尊重她的方式，光明磊落地提出交往，比如邀请她一起吃饭，或是看电影。以穆先生待人接物的成熟和熨帖程度，他完全可以给她足够的心理准备，并做好被拒绝的打算。或许他早就看出她心里的想法，毕竟他是老姜。

小赵欲言又止的"但是"究竟指向什么？是穆先生的为人，还是别的什么？她自嘲，或许从一开始，他并不是单纯想要为她提供工作机会，但当时沮丧的她也真的需要这样一个机会。她确实也想靠近穆先生，想向他学习，向往见识和融入一个对她来说陌生而极具吸引力的未知世界。尽管她已经意识到这几乎不可能，人只能待在自己的世界，从已经建立起来的生活向外延伸。穆先生给予她的影响和帮助，罗飒始终心存感激。也是真的对穆先生产生过一些别的情愫，但她不认为自己在行为上对他有过任何冒犯或暗示，难道那些邮件早已是暧昧的开始？那么，那晚他是在试探她的底线吗？

与此同时，她再次回想起小穆对她的警告和拒绝。应该用一种不伤害彼此的方式，来告诉穆先生，这就是她的底线了。她对穆先生的喜欢像一个粉红色的气球，被一个操之过急又莫名其妙的吻瞬间戳破，一点点漏气，还没有完全干瘪。

小穆的钢琴课照常进行，墙上的蓝蝴蝶从未飞走过，它的命运早已被牢牢固定在木框里和洁白的墙面上，见证和陪伴一个男孩的成长。大半年时间，小穆也是有变化的，他不再回避别人的目光了，开始愿意谈论自己，至少对罗飒是这样，但分寸这件事，他仍然摸不着门道。他也教会罗飒一些事情，比如相信自己的直觉，小穆说得对，他与她的确有些相似的地方。

小穆和他钟爱的李斯特度过了一个愉快的夜晚，罗飒以巴赫的《C大调前奏曲》（BWV846）结束课程，前奏曲完美地遵循了巴洛克时期的和声规则。最近一段时间，她重新爱上巴赫，在琐碎繁忙的生活中，巴赫让她拥有一片放松的音乐绿地，将头脑中的压力通过指尖与旋律得到释放。

临走时，穆先生把准备好的圣诞节礼物送给她。一个正方形的盒子，用粉色的礼物包装纸包裹，上面绘有一些白色的雪花图案，紫色丝带绕过盒子在顶端系一个漂亮的蝴蝶结。

"这是什么？"罗飒问。

"我自己做的圣诞苹果。回去再拆吧，万一你不喜欢，我也不会知道，不过还是希望你能喜欢。"穆先生说。

她担心穆先生说出什么让她难以即刻回应的话，穆先生或许也有同样的担心，好在他们什么都没说。穆先生也没有提出来要送她，或许担心她会拒绝，或许不知道如何应对一路上的沉默，只是嘱咐她路上小心一点，并建议她下次早点过来，这样可以不用等到天太黑才回家。

回到家，罗飒吃完从 7-11 便利店买的关东煮和奥尔良鸡肉包子，洗了个热水澡。睡前，她解开礼物盒上的紫色丝带，用美工刀小心拆开包装纸，里面是一个雪白的盒子。一颗绿色半透明的苹果躺在黑丝绒的卡槽里，晶莹可爱。

罗飒把它摆在卧室的旧书桌前，她看着苹果上的倒影，一张已经不算年轻的脸，被弯曲的玻璃表面押得圆滚滚，像个滑稽的大头娃娃。她不确定这是什么材料做的，应该是易碎的玻璃，但又不是一般的玻璃。她被自己的样子逗笑，大头娃娃也跟着笑起来。意外的是，当她关上灯准备休息，却发现它在黑暗的房间中竟发出淡淡的绿光，柔柔地照亮它四周的一小圈空间。虽抵不上小夜灯的明亮，却也能帮助罗飒在漆黑中还原家具摆放的大致方位。

晚安。罗飒在心里说道。

平安夜晚餐

星期三下午的课临时调到星期五下午，刚好赶上平安夜，穆先生家里已经装扮起来，有了浓浓的圣诞节气氛。门上悬挂了藤圈花环，客厅地上有一棵挂满彩球和雪花的圣诞树，旁边还有一只戴麋鹿帽子的泰迪熊，以及一个毛茸茸的圣诞老人。

罗飒刚到不久，又来了两位客人：一位是中年发福的音乐人；另一位罗飒见过，是那位气质出众并且很有才华的汤小姐。由于那天都戴着口罩，汤小姐显然已经不记得自己见过罗飒;但即使摘掉口罩,罗飒也能认出对方的气质。他们都准备了圣诞礼物,音乐人带来两瓶看起来很高档的红葡萄酒,装在同样高档的礼盒中;汤小姐买了一大束鲜花送给穆先生。他们在穆先生的书房里聊天,喝茶。

"刚才来的客人你都见过吗?"罗飒知道这么问并不合适,但还是忍不住问了。

"女的见过,男的没有。我爸其实不常带人回家。"小穆说。

"那位音乐人我在电视里见过,他很有名。"她说。

"出名有什么好的,为什么大家都想出名?难道罗老师也想出名吗?"

罗飒摇了摇头:"我想赚钱。"

"出名可以帮你赚到很多钱。"

罗飒想了想,继续摇头:"我受不了被无数双眼睛盯着,还要被完全不了解你的陌生人谈论。你呢?未来想做什么?我知道你不想弹钢琴。"其实,她也是最近才想通一些事。

"不知道,如果能够选择,我想当'一条咸鱼',不奋斗,也不挣扎。"小穆说完有些后悔,"您是不是觉得我特堕落?"

罗飒想，小穆其实是有这个条件"堕落"的。人生其实没有对错，每个人都有躺平的权利，但不是谁都有躺平的运气。她不那么羡慕穆先生了，倒是开始有点儿羡慕小穆。

"你喜欢画画对吗？墙上这张海报是你自己手绘的吗？"罗飒的注意力被墙上的画吸引，每次都只注意那只蝴蝶，却从没仔细留意过那幅画。

小穆漫不经心地"嗯"了一声。

"我猜，你喜欢动漫，也不讨厌画画本身，但因为不想继续沿着你父母的职业轨迹前进，所以宁愿选择学钢琴。"罗飒说。

"罗老师怎么也学会分析人了？"小穆突然停下正在翻动乐谱的手。

罗飒知道自己猜中小穆的一些心思，略有些得意，心中响起贝多芬的《春天奏鸣曲》。她继续说道："虽然你在音乐方面有些天分，但是画画更能让你感到开心，我说得对吗？"

小穆从椅子上站起来，走到房间的对角，拉开放在书桌上的铅灰色双肩包，从里面取出一个厚厚的本子，递给罗飒。本子的封皮是那种软绵绵的质感，摸起来非常舒服，上面做了凹印设计，印着一瓶墨水和一句英文谚语。

里面的纯白页上画满了各种东西：水果素描、油画棒花朵、运动场上系鞋带的男孩，还有各种各样的漫画人物——路飞、柯南、海绵宝宝，大多数是用彩铅完成的，厚厚的一本几乎都要画满了，不剩多少白页。

"这些全都是你画的？你爸知道吗？"罗飒感到非常惊讶，她只是随便猜的，没想到无意中打开穆羽心中的秘密，发现他真正的兴趣所在。她甚至有点儿佩服这个年轻的孩子，他比她想象中更热爱画画，也更有艺术天赋。

"有些是在数学课和历史课上画的，有些是在学校附近的星巴克画的，没给他看过。我爸觉得我啥都不会，什么都不如他。我不想被他看扁。"说完，小穆脸上又滑过那个招牌式的冷笑。

罗飒总算知道，他的数学和历史成绩为什么差了，也理解了他的笑，他希望得到父亲的认可。穆先生虽然看起来温和，但对小穆却十分冷漠和严厉，没有亲昵的肢体表达，她甚至很少看到他对儿子微笑，还不如给罗飒的微笑多。中国父母普遍不擅长表达爱，认为爱是不需要专门表达的，她以为穆先生会是不一样的父亲，毕竟他的作品里充满了情感，但似乎这些情感也都被困在作品里，或许他对穆太太的爱也是如此。

"我觉得你应该给他看看，不要因为对抗父母，舍弃一条更正确的路。"罗飒说。

在白页与白页之间，藏着两幅小画，是一位女性的速写。穿黄色连衣裙的女人坐在椅子上，背靠一架黑色的钢琴，眼神明亮，神态却十分严肃。罗飒认出这条连衣裙，她有条一模一样的，连上面的纹路细节都被捕捉到。小穆有些慌张地想要拿回速写本，罗飒顺势往后翻了一页，是一个女人的裸体：丰满的乳房，纤细的腰肢，裸女闭着眼睛，身后是一片蓝色海洋，几条迷你小鲨鱼在她棕色的发丛中游动，水草刚好遮住那块黑暗的隐秘之地。罗飒突然明白过来，她快速将本子还给小穆，两个人都十分尴尬。小穆将那张画撕下来，攥成球，塞进牛仔裤口袋，然后将本子重新放回书包。他们不再谈论前面的话题，像什么都没有发生过。

这次轮到她不敢直视他的眼睛，罗飒感到十分困惑，她无法理解这对父子，也无法自然地处理自己此刻的心情。为避免尴尬，并且不伤害小穆的自尊心，罗飒尽量不讲多余的话，只按部就班地把课上完。至于以后要继续弹钢琴，还是选择画画，那都是小穆自己的人生，与罗飒无关，该由穆先生来操心。

平安夜的晚餐非常丰盛，是一些中西结合的菜。柠檬烤鸡、清蒸鲈鱼、黑椒猪排、油焖虾、奶油蘑菇汤、什锦炒饭、寿司、清炒秋葵、西蓝花和火腿做的圣诞树沙拉、蓝莓山药、奶油蛋糕。看着一桌美味佳肴，有人突然用手机放起圣诞音乐，屋子里瞬间升起欢快愉悦的气氛。

穆先生让大家随便坐，不用讲究。小穆坐在罗飒的左边，右边是音乐人，穆先生与汤小姐坐在对面。罗飒注意到汤小姐脖子上的金苹果项链，悬挂在黑色的紧身针织衫外，她刚才进门脱掉大衣的时候脖子上还没有，应该是穆先生刚刚送给她的。罗飒不由得想到自己的夜光苹果，她安慰自己，亲手做的会更珍贵一些。即使在她心里，穆先生已经不再是那个完美的人，她还是吃醋了，她很难不进行比较。罗飒对自己说，不要把奇怪的情绪写在脸上。穆先生和汤小姐用眼神交流时，表现得十分暧昧，音乐人甚至开玩笑调侃他俩："老穆这一辈子真牛，每个人生阶段都能遇到知心美人。"

罗飒虽然没有去看小穆，但是她猜到他的脸上一定正在飘过那种招牌式冷笑。穆先生让音乐人不要这样，当着孩子的面不要乱讲。汤小姐的脸颊却渐起红晕，不知道是酒精的作用，还是那句玩笑的作用。女人的直觉告诉罗飒，汤小姐是喜欢穆先生的，并且汤小姐不喜欢她。这时，罗飒喝汤的勺子掉在地上，她俯下身去捡。

穆先生与汤小姐的膝盖靠在一起，她重新回到桌上时，穆先生与她的眼光交会，她感到一阵剧烈的不舒服。在那个眼神里，她读出很多重意思来。罗飒的时空发生错乱，她的记忆突然跳出了那个晚上的场景，那个干瘪的吻，天上的星星正在快速滑落。紧接着，记忆的银幕上出现一团粉色的云，它在一点点变得暗淡无光。转而，画面切换到小穆的画，在红酒的作用下，仿佛真的有迷你鲨鱼在她的脸和头部周围游来游去，而她也仿佛真的被扒光衣服之后放在这里。她那对远没有小穆想象中丰腴的乳房，正对着那条早已被大卸八块的鲈鱼。各种画面和信息不断穿插闪烁，罗飒感到一阵腹痛和头晕。

她想找个机会提前离开。但就在她起身时，不小心将身边的碗碰到地上。她连续说了几句"对不起"，大家似乎并不关心这个碗，没有人在意它是否被打碎。小赵过来把碎片清扫到垃圾桶，又重新给罗飒一个新碗。

从洗手间回来后，音乐人正在讲一个关于女性的笑话："等红灯时，一个很漂亮的女孩着急过马路，男友试图制止她，告诉她闯红灯不好。女孩却理直气壮地反驳他：'老娘红灯的时候，你少闯了吗？'"

罗飒不知道这个笑话哪里好笑，也不明白这个层次的人为什么还要讲这种段子，只感觉到一种生理不适。但大家都笑了，连小穆都意会了，汤小姐的笑容虽然有些勉强，却也没说什么。罗飒头顶上空的最后一颗星星彻底陨落，原来，穆先生也喜欢听低俗的笑话，愿意开女性的玩笑。

罗飒走到桌前，鬼使神差地拿起穆先生的酒杯，把杯里的红酒喝光，然后对音乐人说道："去你们的红灯吧！"说完，拿上自己的大衣走到玄关。

房间里骤然安静下来，穆先生打算站起身，后来又不动了。音乐人显然没有料到这位钢琴老师过激的反应，觉得莫名其妙，罗飒注意到小穆脸上吃惊的表情。

从楼道里出来，清新的冷风迎面吹来，天空又开始飘雪花。罗飒知道自己还是没能忍住，也知道可以更委婉地表达离开，她把一切都搞砸了，但她感觉很好，前所未有地好，难以描述地好。这是她第一次当众表达自己的愤怒，第一次捍卫自己内心真正的感受，第一次敢于不顾形象地让别人失望。她对某些事情的反应就是过激的，她就是不能接受的，过激就是她真实的态度。

那一刻，她似乎找到了自己。

小熊玫瑰

公交车站的广告牌被更换掉，那个双手叉腰涂着鲜艳口红用力微笑的女明星不见了，换成某快餐品牌的广告。几只穿羽绒服踩滑雪板的小老虎，正快乐地朝路人挥手，手里拿着五颜六色的饮料和汉堡。罗飒把包里提前准备好的杂志铺在不锈钢椅子上，这样就不用有种凉到肠子里的感觉。她耐心等待着603路车，心里一点儿都不着急，她知道它总会来的。

她大概不会再进入那个房间，一个与她无关的世界将再次向她关闭。罗飒回顾自己这段时间的经历，觉得有趣，无论说给谁听，恐怕都会认为她在编一个极为狗血的故事。她不打算说给任何人听，她需要足够多的时间来消化这些经历。她忽然理解了穆先生说的话，人只能被自己照亮。

罗飒给穆先生发去消息，向他提出辞职。她不想再见到他了，因为那会不断提醒她梦是如何在现实里破碎的。她不确定他看到这个消息时会怎么想，他应该明白，她已经很温和委婉。她心里喜欢过他，可是她拒绝他无理由的冲动，拒绝他的不解释，拒绝他试图亲吻她之后又与另外一个女人暧昧。

地面上的雪已经积起薄薄一层，马路上车来车往，很快就融化成泥泞的黑水，然后蒸发，又迅速落下新的洁白的雪屑。车站来了一对情侣，两个年轻人穿戴得严严实实，一个人绿色的头发从毛线帽的边缘溢出。一个觉得没必要继续等车，因为他们只有一站就到家了；另一个觉得一站地也要走好久。怀抱花束的老人从天桥上下来，走向公交车站，准备把最后一捧娃娃花束推销给他们，黄色包装纸里大概有八朵红玫瑰和五只白色小熊。

老人的背呈现出奇怪的弧度，正常人即使刻意扭曲也难以抵达那样的弧度，仿佛他的背上多长出一块形状诡异的骨肉。他过去常在这一带卖花，罗飒已经有一阵子没看见过他，她好奇他的背为什么长成那样，应该是天生的。两个人礼貌地拒绝了老人，老人大概早已尝惯被拒绝的滋味。他想给他们便宜些，但最终，他们还是拒绝了，并决定走路回去。他能够理解这个日新月异的时代吗？罗飒想，这个世界早已变得与他出生时完全不同，甚至与她出生时也不同。她没那么害怕直视老人的后背了，他人的痛苦，仿佛也是她的痛苦，她不再像驱赶和回避瘟疫那样，驱赶和回避孤独。

这时，手机里收到两条消息。

一条来自妇科医生，他问罗飒这个周末有没有时间，他买了两张电影票，想请她一起去看。

另一条来自小穆，他说她刚才实在太酷了，可是他不理解她为什么要愤怒，只是一个笑话而已。她回复了一个微笑的表情。很快，小穆又发来消息问她，如果以后不再弹钢琴，还能不能再见到她。

罗飒摇了摇头，把屏幕摁灭。

老人把小熊玫瑰举到罗飒的面前，这一次，她不打算拒绝他，外面太冷了，她希望他能早点回家。老人拿出微信收款码，罗飒坚持用原价买下这束花。这让老人觉得意外和感动，他不停地说着"好人一生平安"之类的话。眼泪仿佛随时会落下，滑过那张沟壑纵横的脸，他揉了揉那双浑浊的眼睛。罗飒问他为什么这么冷的天，这么晚了还要出来卖花。他说他要挣钱给儿子治病，前段时间病情恶化，他想趁平安夜多赚一点钱。可是这些花能赚多少钱呢？怕是连一天的住院费都不够吧，罗飒有些难受。老人看出来，默默地走开，那奇怪的后背渐渐消失在风雪中。

穆先生没有拒绝她的辞职请求，他的状态显示正在输入，却没再发来任何消息，只是说了一声"好的"。

她刚想退出微信界面，婉婷就发来消息。是一张落地灯的照片，它正在照亮她干净舒适的房间，那只布偶猫像一块巨大的抹布，四仰八叉地趴在旁边的地板上。婉婷说她很喜欢这个既美丽又实用的礼物，问罗飒这个周末有没有空，她发现她们已经很久没有一起逛街，有很多话想要和她聊聊。

罗飒不确定周末是否要和医生一起去看电影，她想等到明天醒来再回复他们。

这时，603路车正朝这边开来，车窗上反射出一小块鲜亮的绿色光斑，边缘带着一点点橘色调，若隐若现，几秒钟后消失。

2705

尼格瑞尔

Particle
Girls

第一幕：金斯敦不眠夜

1.

飞机从皮尔逊机场抵达诺曼·曼利机场时，下午一点多，十一月的金斯敦白天气温最高仍能达到三十摄氏度。他们刚刚穿过金白、雪白、灰白的云层，从多伦多的冬天过来，还没有完全缓过神。蜜月的新鲜感和激情尚未真正开始，就在北京去多伦多的路上以及在多伦多的一个星期里，被严重消耗。他们脸上的神情和对待彼此的态度，看起来就像是一对老夫老妻，露珠般的目光偶尔落在彼此的身上，很快又轻轻地滑下去。

邹柚帆对牙买加的印象还停留在飞人博尔特和《Jamaica Farewell》（《再见，牙买加》）这首歌里，歌词讲述了一个远航的水手，偶然来到牙买加，被这里的一切所吸引：蓝得透明的大海、美丽的沙滩、摇曳的椰树、热辣的阳光、醉人的朗姆酒，水手在这片光影中爱上一个

尼格瑞尔

金斯敦的姑娘,却不得不离开她,继续远航。尽管邹柚帆仍觉得来牙买加是个愚蠢的决定,他们本可以在加拿大度过蜜月,但他还是对加勒比海产生无限遐想,毕竟这里有世界十大著名海滩之一:"Down the way where the nights are gay, and the sun shines daily on the mountaintop.(路的尽头是无数欢愉的夜晚,山的顶峰每日都洒满阳光。)"飞机上提供的菠菜芝士煎蛋和裹了糖霜的面包,让贺佳莹觉得嘴巴里酸酸的,她没吃饱,新买的丝绸衬衫甚至被洒上红酒。但她不能抱怨,这是她坚持选择的行程,无论路上发生什么都得欣然接受,即使不能,也要假装欣然接受。金斯敦的治安出了名的差,上飞机前,她提前摘下项链、耳环等贵重物品,犹豫再三,还是决定戴着那枚卡地亚钻戒,她紧紧握住拳头,像是担心随时有人跳出来抢走这枚戒指。听柚帆的姐姐说,当地有很多很野蛮的人,还有小偷。姐姐提醒他们天黑不要出门,不要坐公交车,等下柚帆的朋友会来接他们。虽然这周过得有些不愉快,但她仍旧对自己婚后的生活充满希望和想象。她想要一个蜜月宝宝,她已经三十四岁,邹柚帆今年三十八岁,他们应该抓紧时间。一想到她或他胖嘟嘟、粉嫩嫩的小手在空中抓来抓去,带着奶香味和体温伸向她,她就觉得心满意足。不过她有种直觉,他们应该会有一个女儿，一个他赐给她的女儿。她想着等会儿找个地方去买点喝的，再看看有什么本地小吃，顺便去旅馆把那条酒红色的裙子换上。

单身仿佛是一种疾病，被整个社会嫌弃，人们用同情的眼光和八卦的心理打量和猜测，那些不结婚的人到底有什么毛病。他们都曾以为自己不会结婚，或者还要等到更晚才会遇到对的人，直到在她三十岁时遇见他。那是一个意料之外的聚会，他们被各自的朋友临时叫去，像两个局外人，靠吃东西和玩手机来安顿自己。她感谢那杯打翻的柠檬水，当他一边说着抱歉，一边望向她时，他们便从此坠入对方的眼睛，他们发现彼此有说不完的话。有很长一段时间，她都被笼罩在温暖明亮的爱情纱幔里。她不满意社会上那些庸俗的做法和观念，但真的与他在一起，又有些庆幸自己脱离那种"疾病"，转而同情起单身的人。她不记得从什么时候起，他眼里的火花逐渐开始消失，他们之间不再像刚遇见时那样火热，她希望这片热带的土地能帮助他们找回那种美好的东西。

"他快到了吗，你的那位朋友？"她把行李箱摆正后问道。

"对，汉文说他还要三五分钟。"他说。

"以前没听你说过在牙买加还有朋友。"她的语气里有些不太满意,她希望他们之间没有秘密,对彼此完全坦荡。

"我们很久没见过面了,高中同学,两年前才来这边工作。"他说。

"他做什么的?"她问。

"我没问,感觉他不太想说。人家只不过是好心想尽地主之谊,请我们吃顿饭而已,第一天过来,干吗打听这些?他想说自然会说的。"他说。

"不会是一些非法的工作吧?听说这里有很多这样的营生,你确定自己了解他吗?我们不会被送到什么奇怪的地方去吧?"她紧锁眉头只是因为阳光太过刺眼,与话题本身关系不大,天上像是在做什么见不得人的事,非要把地上的人晃得睁不开眼。

"想什么呢?你的衣服怎么回事?"他已经习惯她天马行空的脑回路,似乎才注意到她衣服上的酒渍。

"不小心洒的红酒,一会儿去宾馆洗一下。这么久没见,你对他完全不了解,他朋友圈里发过工作的内容吗?"她说。

"他不发朋友圈。"他说。

来接他们的是一个身材瘦高的男人,开了一辆白色的越野车,看起来非常干净,像是来这里之前刚刚洗过一遍。他们热情地打招呼,邹柚帆介绍妻子时,脸上终于露出新婚丈夫该有的甜蜜。这位叫汉文的朋友，也出于礼貌及时回应，送上一些中国人常说的祝福和对女性的赞美，语调里故意表现出羡慕。出国仅一周，但真实感受到的时间似乎比这个要久得多，此时听到的诸如"白头偕老""早生贵子""天仙"这样俗套的祝福，倒让贺佳莹觉得这个盛产咖啡和蔗糖的北美洲小岛突然亲近了许多，她尽力用手臂上的包挡住衣服上的污渍。

去旅馆的路上，两个男人一直在聊牙买加的殖民历史，还有鲍勃·马利这位雷鬼乐的鼻祖和"哭泣着的哭泣者"，还有她完全没听说过的拉斯塔法里运动。"这个1930年代兴起的黑人基督教运动信奉一神论，认为神存在于每个个体之中。其实我们每个人的内在都具有神性。"汉文说。

"你信教了？"邹柚帆问。

"没有，只是简单了解。"汉文说。

除了有关神性的部分以外，贺佳莹对他们的话题不感兴趣，注意力渐渐转移到窗外，远处浮动的云影、繁茂的棕榈树、破损的路肩、看不清神色的黑人、五颜六色的广告牌，牙买加到处都是青绿且绵延的山脉。

"不过我不建议你们去鲍勃博物馆，如果不是特别喜欢他，其实没什么意思。不让拍照，也不能触摸。"汉文说。

"我们确实没有计划，在金斯敦应该不会逗留太久，只预订了一晚的宾馆。我想去尼格瑞尔海滩，我太太计划明天去蓝山买咖啡。我说你在楼下的星巴克也能买，为什么非要跑到牙买加，还要去爬一座山？"邹柚帆说，"女人的脑回路我有些理解不了。"

"女人是用来疼爱的，有时不需要理解。"汉文接过话，笑着说道。

"瞧瞧人家的境界。"贺佳莹从自己的思绪里回过神来。

"看来你很懂女人？"邹柚帆也笑了。

"我哪懂，不懂啦。蓝山还是值得去一下，比较有代表性的地方。金斯敦的话，还可以去达芳大宅看看。"汉文说。

"这两年你在这边忙什么，结婚了吧？"邹柚帆问道。

"和我表哥做点生意；结过，后来分开了。"汉文看了一眼窗外，语调里突然多了一丝凉意，但很快他又笑起来，"我就是犯了所有男人都容易犯的错，太想理解她了。后来发现有些东西是不需要理解的，男人和女人的思维很不一样，女人不需要道理，她们需要爱。但我不是一个会爱的人。"

"真遗憾，实际上没几个男人会。"邹柚帆对汉文递过来的香烟摆摆手,"抱歉,为了要小孩我已经戒了半年烟。"

"瞧我,忘了你们是新婚夫妇。"汉文说。

后来他们就没再继续聊天,汉文放了一首《天涯歌女》,有种老式留声机与现代编曲结合的感觉,周迅哑哑的嗓音如同一阵柔和的凉风,轻轻吹入听者的心。音量开得很小,汉文打开车窗,点燃香烟。"天涯呀海角,觅呀觅知音……人生呀,谁不惜呀惜青春。"贺佳莹握着丈夫温暖的手睡着了。

2.

等到了目的地,邹柚帆先下车取行李,贺佳莹照照镜子,整理了一下自己的头发和衣服。

旅馆在山上,从停车的地方下来,山下的风景尽收眼底,起伏的山脉如同绿色的海洋,水银般的云团在头顶上空盘桓滚动,她可以盯着这片静美的空间发一整天呆,甚至觉得如果余生能这样度过,她愿意放弃很多。身后是几幢白色的三层建筑,有阁楼,院子里有绿得刺眼的草坪和各种鲜花树木,房子像是从这堆植物中生长出来一样,还有一个露天的游泳池,旁边放着椅子和救生圈。他们预订了一个套间,在二层,办理好入住手续,汉文在楼下等他们。

房间里有一些复古的木质家具，沙发、大床、梳妆台、衣柜、书桌，宽敞的浴室，他们想要的东西都有，还有一个完美的阳台，甚至有一架破旧的钢琴。墙壁上挂着一些风景小画，其中有一张航海图，她猜里面那个神情严肃的男人应该就是哥伦布——牙买加曾是印第安人的居住地，1494年哥伦布来过这里。

放下东西，她换好裙子，他们一起下楼去找汉文，他要带他们去品尝当地的 jerk fish，一种用木头烤的鱼。

餐厅进门处，有两只绿色的鹦鹉，尾巴是蓝色的，一只在观察顾客，一只正心无旁骛地梳理羽毛。一个抱小孩的白人试图逗那两只鹦鹉，希望让她的宝宝笑一笑。或许是个美国人，贺佳莹想，这里的美国人很多。墙上有各种手绘，她不喜欢做选择，点餐的权利让给两位男士，他们点了烤鳕鱼、烤鸡肉和烤猪颈肉，还有朗姆酒、果汁以及加了椰汁的米饭。她不理解为什么要在米饭里搞这些花样，不过她喜欢这家餐厅做的鱼，火候刚好。征询他们的意见后，汉文在鱼的背上滴了三四滴柠檬汁。去年在泰国吃到的烤鱼给她留下很坏的印象，泰国人喜欢在鱼嘴里塞满柠檬草，身上涂满盐粒，那个味道吃进嘴里感觉很怪。她想，也许是当时去的餐厅太糟了。

他们聊起一些共同的记忆，贺佳莹感觉到他们聊天的密度和神态都有明显变化，再加上邹柚帆喝了酒，各自都放下一些防备。他们一边怀念自己的青春，回忆通宵喝酒畅聊的夜晚、追女孩的快乐时光，偶尔一起翘掉自习课翻墙去打桌球。柚帆有一次不小心摔伤右臂，当时快要高考，担心得要命，但最后还是以优异的成绩考上北师大汉语言文学专业，多年以后成为一家出版公司的老板。汉文则没那么顺利，补习一年，考上上海的一所二本院校。另一边，他们都不想再回到青春，青春似乎只有在回忆里是纯粹和美好的，现实中则有太多的茫然和无法排解的苦闷。

"你待会儿不是还要开车吗？"邹柚帆看到汉文也在喝酒，提醒道。

"只喝一杯，这里没关系的。"汉文说。

"你上学那会儿酒量可太好了，有一次东哥过生日，你把所有人都喝倒了。对了，你知道东哥后来娶了隔壁班的班花吗？给他生了两个儿子。"

"知道，那小子艳福不浅，当时好多人喜欢那个班花，我印象中好像是姓梁。我现在不太敢那么喝了，少年时太莽，我身上有痛风、酒精肝。说实话，今天看见你们太高兴，金斯敦虽然美丽，但有时也觉得很寂寞。"汉文笑起来眼睛很有魅力，应该有过不少女人愿意往上扑，哪来的寂寞呢？贺佳莹悄悄在心里嘀咕，不过人在异乡，终究比不上故乡，喜欢他的人再多，终究缺个知心的吧。

"对，梁露。"邹柚帆回忆说。

"就是因为风景太美丽，所以才更容易感觉到寂寞吧？"佳莹突然说道。

汉文笑着点点头："你说得对，良辰美景，却没有能够一起欣赏的人。除了我表哥那个洗澡有时都不带洗脚的糙汉。"

"那他到底是如何洗澡的？"贺佳莹说。

"不得不佩服你这个脑回路。"邹柚帆说。

汉文被逗笑，有一瞬间与贺佳莹的目光撞在一起，竟让她觉得有几分熟悉，说不上来那是种什么感觉——或许，让她想起第一次遇见柚帆的情景。

"有件事，我至今觉得不可思议。"贺佳莹起身去洗手间时，汉文说。

"什么事？"邹柚帆问。

"有一次去迈阿密的飞机上，你猜我遇到谁了？一个我根本没想到会再遇见的人，简直难以置信。"

"我们两个大老爷们，就别在这里玩儿什么你猜我猜的游戏了，直接说吧，你遇见谁了？哪个大明星？"邹柚帆说完，贺佳莹就回来了，洗手间里有人在用，她想等下再去。

"什么明星？遇见好莱坞明星了吗？"贺佳莹接着丈夫的话音说道。

汉文脸上的表情变得有些复杂，他低头喝了一口酒，欲言又止。

"到底谁啊？说说呗，我还真有点好奇。"邹柚帆说。

"不太好吧？"汉文搪塞道。

"有什么不好的，话不要讲一半。到底遇见谁了？"邹柚帆说。

"对啊，说说嘛。"贺佳莹说。

汉文犹豫片刻，还是决定说了，"赵斯雯。"

邹柚帆的脸色瞬间凝滞，紧接着是满脸的惊诧，差一点被自己口腔里的酒呛到。万万没有想到，自己竟会在加勒比海上的一个小岛再次听见这个名字，这个能够迅速勾起他无数种情绪的名字，这个让他歉疚和心碎的名字。他知道她后来去了美国，嫁给一个美国人，之后就断了联系，她把他所有的联系方式都拉黑。他够狠，她更决绝。

"雯雯？"他几乎脱口而出，甚至忘记旁边还坐着毫不知情的妻子。

"对，她得了乳腺癌，想在离开前到处走走。她看起来比实际年龄老很多,样子倒没太变,还长那样,非常瘦。没敢提起你,我想留她的联系方式,被她拒绝,她还是原来的脾气。有意思的是,半年后你就突然联系我说要来牙买加。我一直犹豫要不要告诉你,但是太久没联系,突然跟你说这个太奇怪。不好意思,但如果一直不告诉你,又总觉得哪里不对。"他在杯子里倒上椰子水。

"雯雯是谁?"贺佳莹十分好奇,从来没听柚帆提起过这个名字,为什么叫得如此亲切?

"嫂子不知道吗……"汉文突然意识到自己说了不该说的,非常尴尬。

"一个同学。"邹柚帆说。

贺佳莹借助女人的直觉捕捉到一些东西,没有继续追问下去,邹柚帆也不再解释。汉文说他吃饱了,然后借口出去抽烟,顺便埋单。

3.

贺佳莹察觉到丈夫异常起伏的情绪,她注意到当他说出那名字时的神情,"雯雯"绝对不是一个普通的存在。她好奇自己没有参与的他的过去,那是怎样的风景?她嫉妒那个让她丈夫如此不平静的名字的主人,不管他们之间发生过什么,或好或坏,她爱上的是被另外一个女人塑造和影响过的邹柚帆，他的生命里有她不可磨灭的痕迹，至今尚未消散，或许永远不会消散。她从未见过自己的丈夫为谁这样出神、忧心，她好奇"雯雯"是个什么样的人，内向还是外向，个性十足还是善解人意？尽管贺佳莹嫉妒她，但同样作为女人，一个不算老的女人患上乳腺癌这件事，又让她对她的命运生出几分同情。

回去的路上，大家装作无事发生，两个男人继续天南海北地聊天，聊政治，聊经济，聊国际形势，聊足球。贺佳莹在工作群里给新来的实习生回复消息，她现在是一家互联网公司的文化版块主编。这个大四的女孩每次遇到问题不会自己思考，总是指望别人能给出现成的答案，而且非常情绪化，领导发消息不带表情她都会受挫。有一次贺佳莹批评了几句她就哭了，其实没说什么，只是奇怪名校的学生怎么连独立思考的能力都没有。

回到旅馆，天已经完全黑了。贺佳莹准备先洗个澡，本想叫丈夫一起来，但他似乎没什么心情，她只好快速冲一下就出来。他坐在床边盯着一把椅子的边缘走神，甚至没注意她换了一件新的情趣内衣——橙色的几乎透明的睡裙，身后由几根细带固定。身体的形状和轮廓若隐若现，像一层薄薄的雾笼罩着洁白的她，粉橘的乳晕与黑色的阴影以一种朦胧的形式存在。放在平时，他会想要亲吻和拥抱她，但是现在他却无动于衷，她有些扫兴。她知道，他的脑子里正在想着另外一个女人，以及那些属于他们的回忆。

"你打算什么时候和我解释？"贺佳莹端着水杯，腰部抵靠在钢琴上说。

"解释什么？"邹柚帆茫然地看了她一眼，很快回过神来。他将嘴唇凑近她柔软冰凉的耳朵说道："好啦宝贝，你可真美。但我今天实在有点累了，我们不做了好吗？留在明晚，或者去海滩那天，我订的房间能看见大海。"

"可以啊，不过你得告诉我雯雯是谁？"她说。

"就是一个老同学，别提她了。"他敷衍地说。

"肯定不是普通同学，你的眼神已经告诉我。初恋？前女友？你们发展到什么程度了？我不是傻瓜，自从听到这个名字，你就魂不守舍了。"她怎么容得下他们的蜜月里出现别的女人的名字。

"不要这样追问，我现在真的不想解释。"他摸了摸她富有弹性的臀部，放开她。

"是因为故事太长了吗？你不会还爱着她吧？"他越是回避，越是将她好奇的小火苗催得更旺。

"几百年前的事，她都生病了，你吃她的醋做什么。"这个名字、这个人，仿佛带着火焰，将他炙烤。

"我哪里吃她的醋？我才没有吃醋。只是有些生气，你到底有多少我不知道的事情？你人生里这么重要的女人我竟然都不知道，你们为什么分开？"

"不合适。亲爱的不要生气，生气就会变得不好看。"他尽量让自己耐心和轻松一点，但他很吃力，回忆正在像浪花一样不断地拍打着情绪的海岸。

"哪里不合适？"她问道。

"这么咄咄逼人有意思吗？"他有些愤怒了。

"邹柚帆，你什么态度？"她还没见过他对她如此不耐烦过，她有些伤心。

"我的态度怎么了？我现在想静一静。"他说。

"你已经这么不平静了？雯雯到底是谁？"她毫不让步。

"我不想回答——至少现在。"他语气冰冷地说道。

"你姐姐不喜欢我，不会就是因为她吧？你们差一点结婚？"贺佳莹一步步推理道。

而他已经走进卫生间，把门关上，打开浴室的水龙头。

此时此刻，她觉得这个朝夕相处的人变得有些陌生，他们即将相伴余生，她却发现自己并不了解他。在一起四年多的时间里，她都从未听说过这个叫雯雯的人。来牙买加的第一晚，对贺佳莹来说，注定是个不眠之夜。

她换上泳衣,去楼下游泳。

第二幕:草莓山庄

1.

第二天,汉文开车送他们去蓝山,去蓝山的路他比较熟悉。虽然他也并非这里的主人,但和初来乍到的他们相比,还是想把地主之谊尽到。汉文的眼睛里有鹰的锐利,这么说来,他确实也有一点鹰钩鼻,但是不严重,鼻梁很挺拔。这个男人说话幽默,偶尔又透露出些许忧郁,他的眼神仿佛能把人给看穿,贺佳莹尽量避免与他直接对视,虽然她也没有什么担心被看穿的东西。她对他印象不坏,友善周到,不拿腔拿调,没有国内这个年纪一些人的油腻和焦灼。她认为他是一个有故事的人,无妻无子,独自在北美洲的小岛上谋生,至今不知道他具体的工作内容究竟是什么,他似乎也不准备告诉他们。这让她觉得有点小遗憾,她对他不愿主动透露的生活十分好奇。

蓝山在金斯敦的东北部,据说长在海拔一千八百米以上的咖啡才能算是"蓝山咖啡",其他品种只能算牙买加咖啡或高山咖啡。每当天空晴朗的时候,阳光照射在水面上，山峰就会反射出海水耀目的蓝色光芒。蓝山是加勒比地区的最高峰，最早把咖啡介绍到牙买加的，据说是一个法国大革命的逃亡者，没人会想到这座山最终因为这种植物而被全世界人知道。国内有太多假冒"蓝山"了，贺佳莹想带一些咖啡豆回去，放在家里和办公室，随时享用这来自远方的美味，顺便给朋友和顶头上司也带一些。

汽车沿曲折的山路，弯弯绕绕，一路来到草莓山庄所在的海拔大约九百三十米处的山坡上。山上有三百多种植物，一路太过颠簸，越是想看清沿途裹在薄雾里绿得不含糊的风景，越是容易感到晕车，贺佳莹不敢低头玩手机，后半段她干脆戴上墨镜。她想到他们今晚可能要在这座美得一塌糊涂的山上做爱，嘴角便不自觉上扬，她觉得自己终于有点感觉了，蜜月的感觉。她看了一眼丈夫，他脸部的轮廓分明，略有些长的黑发里混杂着一些白发，没有衰老的感觉，倒像是故意染的，远看接近灰白色。那双眼睛时常还能绽放出孩子般明亮而纯洁的光，他有写诗的习惯，但并不为了发表，他的气质介于出版商和诗人之间，既人情练达，又理想天真。只是近两年他越来越务实，对婚姻来说这是好事，但对爱情来说又难免让人觉得少了一点什么。她很想欠身亲吻他，但想到车里还有另外一个人，只好忍住，推了推眼镜，继续闭目养神。

他们需要先将行李和个人物品送到今晚入住的酒店——这里大约需要提前五六个月预订。蜜月计划有些突然，因为姐姐在多伦多，原本想在加拿大度过蜜月时光，或者去马尔代夫，但是两年前他们已经去过一次马尔代夫，贺佳莹突然想要来尼格瑞尔海滩看日落。邹柚帆不明白这里对他的妻子为何有如此大的吸引力——在他看来，不过都是海滩而已，同时，马尔代夫的安全性更高。一个多月前，他通过一些人脉关系，才好不容易订到一间房。

女人的东西总是最多，邹柚帆拖着装满妻子衣物的超大号红色行李箱，贺佳莹手里的黑色登机箱则装着丈夫的一些简单衣物和必需用品，包括一台十三英寸的笔记本电脑——他们都属于那种随时随地需要工作的人。贺佳莹今天穿了一条墨绿色的长裙，头上戴着在路上买的麦秆编织的遮阳帽，用墨镜挡住因睡眠不足而导致的黑眼圈。背影和侧影看起来比实际年龄年轻许多，二十六七岁的样子，不足一百斤的体重，也让她比同龄人显得更有精神。尽管这一周她的确有些疲惫——昨晚的"雯雯"更加让她如鲠在喉。过了一宿，她不确定丈夫此刻心里是不是仍在惦念那个女人，也不确定他什么时候会告诉她关于他的往事。她控制自己不要想那些不愉快的事，尽量享受当下，侧耳倾听那沾染了蜂蜜色阳光的淡淡风声。她也不想忙着赶景点，准备在这里度过两晚，然后直奔海边，她想要一个悠闲的假期，剩下七天全都交给蒙特哥湾和尼格瑞尔。

牙买加曾经被英国人殖民，十几幢棕顶白墙的别墅仍保留着英国乔治亚建筑风格，重视古典主义与和谐主义原则。他们住的那一间，周边种满紫色花朵和一些小棕榈树。伸出的阳台上坐着一些神色怡然的旅客，他们围着白色小桌聊天、大笑、喝咖啡，从肤色和头发的颜色可以知道他们来自不同的国家。有一个独坐的亚洲女人，一直在打量他们，或许对方也在判断他们来自哪里。

贺佳莹对房间内部的陈设感到欣喜和满意，简单雅致，种种贴心迷人的装饰，又不多此一举。一张舒适的大床正对敞开的窗户，白色百叶窗外是天然的绿野蓝山，以及一整个微缩的金斯敦市，棕色的地板，波希米亚风格的毯子，白色床帐用四根桃花心木固定在四周，房间里弥漫着淡淡花香。

他们放下东西，贺佳莹连上无线网，想查询周边有什么值得去的地方。她发现那位雷鬼音乐鼻祖曾因政治言论遭遇极端分子暗杀，在此养伤，她想象那个满头脏辫、充满个性、汉文口中极具传奇色彩却英年早逝的男人，他似乎也为蓝山蒙上一层神秘的面纱。她想明天去做水疗，等下还想去吃冰激凌。这时她抬起头，另一扇窗外，汉文正坐在花园的白椅上吸烟，他望向这里，他在想什么？她越发有些好奇这个人，她对他点了点头。

"我们走吧。"邹柚帆提醒她。

"好，马上。"贺佳莹打开小镜子，补了一点枫叶色的口红说道。

雨后的草地蒸腾出温热的水汽，笼罩着他们的脚踝、小腿、膝盖，阳光把她手臂上每一根细小的汗毛照得闪闪发亮，蓝色无边游泳池里倒映出房屋、树影、云影。这种惬意的感觉让她想起已故的父亲。小时候他经常带她和母亲一起去踏青，父亲喜欢爬山、旅行，母亲这个内向的人在他豁达外向性格的照耀下，也变得开朗起来，她的家庭也曾充满欢声笑语，只是这种美好的时光在她十四岁那年戛然而止。此后，她和母亲都变得沉默寡言，母亲是个不爱社交的人，慢慢她也变得恐惧和人建立关系，直到遇见她的丈夫邹柚帆，她重新敞开自己。

很多年里，她为了证明自己不是一个古怪孤僻的人——她不社交只是因为她有其他重要的事情要做，把别人聚餐、恋爱的时间都花在提升自己上，于是在学习和工作中格外努力，似乎优秀可以弥补性格上的缺陷和不足，也确实堵住了许多非议，但不是全部——总有一些声音和偏见会顺着生活的缝隙，流入她精心维护的安全之岛。她仍旧坚持认为，只有通过自己努力获得的一切，才是安全和可控的，爱情就不是靠努力就能得到，它是多么虚无缥缈？有一次在洗手间，她意外听到两个下属悄悄议论她，说像她这样冷酷的女人，通常婚姻不会幸福，她们猜测她的性生活应该是枯竭的，接着是一阵窃笑。她假装没有听见，直到她们离开，她才从里面出来。当时刚升职，有了属于自己的办公室，她每天都工作到很晚才回住处，也确实没有时间和机会去邂逅谁。坐在这间放满绿植的办公室里，她哭了很久，为自己尚未到来，或许永远不会到来的不幸婚姻。

2.

用过午餐，他们坐在户外聊天，面对一片宽阔的翠绿草坪，讨论关于百慕大三角和时空穿越的问题。汉文似乎非常喜欢这类神秘的事情，贺佳莹很高兴他们终于谈论一些她也感兴趣的话题了，她听得有些入迷。

"这片海域存在一股神秘而强大的、看不见的力量，很多飞机和船只在这里出事。有一架私人飞机掠过魔鬼三角时，飞机上的几个人正在用餐，结果发现盘子里的刀叉突然变得弯曲，罗盘指针偏转了几十度，于是加速逃离这个可怕的航区。返航后发现，录音机磁带里录下了强烈的海的噪音，海水为什么会突然发出噪音，很让人费解。"汉文说。

他接着说："在亚速尔群岛以西的地方发生过一件怪事，一艘名叫玛丽·赛勒斯特号的无人船在此出没。被发现时，船上空无一人，船舱里的餐桌上却摆满丰盛的食物，茶杯里还有没喝完的咖啡和水。"

"该不会是蓝山咖啡吧？"邹柚帆突然说道。

"有可能，这个广告可以。"汉文笑了笑，"而且，墙壁上的钟表也在正常运转着，舱里很明亮，舷窗打开着，东西都有些潮湿，家具也都好好的，几件衣服挂在舱壁上，桌上有半打开的地图。在灯座的旁边有一架缝纫机，放着未完成的小孩衣服。储藏室存有足够全船半年食用的食物：熏肉、火腿、蔬菜、大块黄油、面粉。这艘船没有遭遇风浪袭击的痕迹，无人驾驶，却一直在海上漂泊航行。"

"这很像我看过的一部电影《恐怖游轮》，大概也是讲了类似的事情：一个不断循环的噩梦，游轮上创造出一个介于生与死的空间。"贺佳莹说。

"对，灾难很恐怖，但是一个超越了生和死的地方，封闭的、不断循环的时空，其实更可怕。无限的孤独，无限的有知。"汉文说。

"我还听说过一个有点像日本神隐的故事：一只热气球突然从这片海域上空消失，再次出现时，发现时间已经过去几十年，但热气球上的人却一点儿没老。他回忆说自己只是感觉过去几秒钟而已，回家发现父母早不在了，环境和街道也变了。"贺佳莹说，"这个才是最孤独的吧，出门一趟，再回家发现时间过去那么久，世界已经不是他出门时的那个世界。"

邹柚帆对这类事情似乎并不感兴趣，他更关心股票和足球这些与他真实生活息息相关的东西，贺佳莹努力回想最初他身上究竟是什么东西那样吸引和打动她。她竟然有些想不起来，心里莫名飘过一丝怅然若失的感觉，但很快，这种感觉又消失不见。类似这样莫名的情绪常涌上心头，就像一艘幽灵船，她不是这些情绪的船长，它们没有主人，但总是在她心灵的大海上时隐时现。

"在牙买加遇到任何问题，随时联系我。"离开前，汉文热心道。

"我们应该会从桑斯特国际机场回多伦多，然后再回北京，所以可能就此分别了。什么时候回北京提前告诉我，囤了些很好的红酒，到时给你接风。"邹柚帆说，"这两天真是太谢谢你了，还能在这么远的地方遇见朋友。"

"应该的,其实也没做什么。"他说,"一定一定,没问题的。到时一定提前告诉你,红酒我还是可以喝一点哈哈,祝你跟嫂子在牙买加的蜜月之旅幸福愉快!"汉文挥了挥手,然后上车。

他们望着他离开。

"他是个挺好的人,很热情,"她说,"很有趣。"

"是的,但他过去不这样。"他说。

她转过头看向他,他似乎不准备进一步解释,只是笑了笑。

3.

他们来到咖啡厅,服务生将她心心念念的蓝山咖啡端上来,蓝色骨瓷杯里冒着淡白的热气,为了不破坏口感,里面既没有加奶,也没有加伴侣,她迫不及待地品尝了一口。仔细回味,觉得这咖啡的口味确实有些不同,有更丰富的层次感,在唇齿间久久留香。但邹柚帆认为这纯粹是她的心理作用,他不觉得和星巴克买的有什么过于特殊的不同,他甚至更喜欢星巴克的咖啡。

她终于回想起一些感受,他们有过一段最为沉醉的时光,第一次见面分开后,便在彼此的脑海中再也挥之不去。那种爱情不像是两个三十多岁的成年人会有的,非常心动,非常纯粹,像是回到了中学时代,两个青春期的孩子被突如其来的爱意折磨到失眠。他们都感觉对方喜欢自己,却又都不确定,每天紧盯着对方的朋友圈,恨不得在那些毫不相干的只言片语里找出证据和答案,偶尔也的确会得到一些隐晦得不能再隐晦的线索。直到有一天,她主动给他点了个赞,那是一篇讨论法国新浪潮电影的文章。当晚,他就给她发消息了,他们聊天到凌晨三点,讨论了一大堆关于电影的内容。她发现他们的审美偏好有很多相似之处,认识却有很多不同,对事物的判断又比较接近,他的兴趣面更广,而她对事物的理解更深。

他们刚在一起时,他会陪她做很多她喜欢的事情,比如:一起看恐怖片、坐过山车、喂流浪猫,他觉得她很可爱。她问过他为什么喜欢她,他说他喜欢她身上那种反差,让人着迷。他喜欢她沉静的性格,喜欢她的聪慧;她虽然看起来冷酷,内心却比谁都柔软,仍旧保持着孩子般的童真,想事做事却又无比周全妥帖;她严谨,有时又会冒出一股不管不顾的洒脱和浪漫。"你让我永远猜不透,时常觉得像和不同的人在谈恋爱,却又知道都是你。"他说,男人都是喜欢新鲜感的。事实上,邹柚帆不喜欢恐怖片和游乐场的惊险刺激,也没兴趣喂那些毛色脏兮兮的流浪猫,他觉得这一切非常幼稚,但他愿意陪她去做。

当得知他心里的真实想法后，她有些失落，又有些感动。

上一个追求者是因为非常欣赏她的工作能力，喜欢她工作时所绽放的魅力，但他们并没有走到一起。她最后愿意嫁给柚帆，是因为他看到她工作背后的辛苦。他不想让她这么辛苦，他不是很缺钱，父母的经济条件很好，他希望她婚后能轻松一点，愿意努力就努力，不愿意就当是去公司丰富生活了，不需要在物质方面担忧，大可不必为了机会和职位跟谁尔虞我诈心机算尽。他希望能保护她身上的天真和善良，她和他在一起之后，改变了对物质的看法，但她改变不了自己的性格。贺佳莹骨子里还是一个工作狂，一个希望靠自己努力获得一切的人，算命的说她这辈子运气不错，但会很辛苦。劳碌命吗？她想，似乎也不是，她享受那种亲自付出和努力的快乐，但这么说，好像也确实是劳碌命。

邹爸爸很欣赏贺佳莹的性格，觉得她是一个独立要强的女孩子，不是那种坐等着依靠谁的人，因此非常尊重她。但是挑剔的婆婆不是很待见她，婆婆希望自己的儿媳妇最好是个家庭型的女人，她不欣赏贺佳莹身上过强的事业心，那意味着她不能把大量的精力和时间花在她的儿子和未来的孙子身上；而且她太聪明太有主见了，这一点婆婆也不喜欢。但是贺佳莹想不通的是，邹柚琳有什么理由不喜欢她？柚帆认为是妻子太过多疑和敏感，他不认为姐姐哪里表现出不喜欢她了，但是那种女人之间的敌意和心思，只有女人明白。所以她非常想知道，雯雯是个什么样的人，是不是与她有关？

4.

她用湿润的指腹在布满水汽的镜子上写下一个大大的"love"，又画了一个笑脸，取出旅行装的刷牙杯，在粉白色的牙刷上挤上一颗绿豆大小的薄荷味牙膏，对着镜子微笑，然后心满意足地刷牙。他洗完澡在外面等她，柚帆今天的状态比较好，她不想破坏气氛，暂时不去想那些让她不能释怀的事情。

她简单了解一些他的童年及少年时期的情况，他们热恋时互相看彼此小时候的照片，每对情侣似乎都经历过这样一个阶段，恨不得把彼此过去的人生全部吞下，让对方完完全全地属于自己。她很矛盾，毕竟她不是一个愿意完整分享自己的人，她也接受他有一些秘密，当秘密不小心露出重要线索时，她难免也会表现出强烈的嫉妒和占有欲。他在小学毕业照里看起来有些害羞，头发稍长，很秀气，有几分女孩相，站在一群比他矮的男孩堆里，大概是因为个子长得太快，他总想靠驼背把自己隐藏起来。

等到了初中毕业时，他真正的性格开始呈现，变得自信，善于社交，但又有些自信过头，眼神里流露出一种深沉的骄傲与笃定，于是在人群中显得过于成熟和出类拔萃。那一年，他考上省重点高中，但是优秀的成绩能代表一个人的学习能力和智力水平，也意味着可以拥有不错的学历，可人生远比试卷上的那些题目要难解得多，这是他后来才明白的，甚至永远没有答案，你又不能停下说："我不做了。"如今的他没有那么傲慢，疲惫许多，也谦卑许多，身上多了许多责任，如果小孩到来，这份责任则更沉重。沉重？或许比一般人更沉重，毕竟他心里曾埋下过不负责任的遗憾和悔恨。

她爱他所有的样子，那些经历构筑了现在的他，即使他有时不理解她，她也慢慢接受。她觉得，只要他爱她就好了。汉文说得对，很多时候女人只是想要爱，而不是充满逻辑和辩证的理解。他有时太想搞明白她脑子里的想法了，以至于让自己受困。每当她感受到他的不耐烦，那些时隐时现的"幽灵"便会出现在她的心灵大海——没错，她把那些说不清道不明的情绪称之为"幽灵"。

至于那方面，他们总体来说还算和谐，但贺佳莹有时觉得他过于保守，她会试图引导他，她总是能够给他带来刺激和新鲜感。他们婚前的某一次事后，他曾对她坦言，如果不能把她娶回家,他在这方面也会很遗憾。她有时会暗想,在卫生间说她这方面枯竭的年轻女孩一定想不到,她不仅没有枯竭,或许比她们更有精力,花样也更丰富。这件事和工作,对她来说都很重要,她觉得女人也能大大方方在这件事情上享受甜蜜和快乐。

如同绽放的白色睡莲,她舒展而优雅地躺在大鹅绒被上,裹挟着零星虫鸣的晚风吹进屋内,窗外晃动的棕榈树树影透过掀开的纱幔,刚好落在她洁白的腿上,像一条光滑游动的鱼,来回摇摆。他吻了吻她的肚脐,温暖的双手轻轻滑过她的肌肤,一寸一寸地爱抚,一寸一寸地亲吻,表现出少有的耐心。时间变得缓慢,她静静感受他温柔而炽热的爱意,她抚摸他的睫毛,吮吸他的手指。他有一双迷人的眼睛,当初,她就是被这双棕色的眼睛给迷住,只要与他对视,她便会感觉浑身触电一般。这是她一直梦寐以求的爱情的感觉,在她的幻想中,爱情就该是这种滋味,他将她的梦想照进现实。

她捧着他的脸庞,轻咬他的耳朵,他突然用力掐她的屁股,她发出呻吟。她想让他轻一点,但她的嘴巴已经被他用嘴唇封住,他的舌头在她温暖的口腔里环绕、探索,她能隐约品尝到刷过牙的薄荷味,他的舌头灵活、清爽,他第一次吻她时,她就无力自拔,那是一个多么深情又带有侵略意味的吻啊！让她有一种又爱又恨的感觉。她能感觉到，他今天的状态非常好，但不确定是不是出于某种愧疚而产生的补偿行为，他让她在前戏里得到充分的满足。她管不了那么多，只想在这个夜晚，把全部的柔情献给这个即将与她共度余生的男人。

在夜色的笼罩下，她卸去白天的严肃和矜持，将自己想象成一个荡妇，一个痴情种，一个被俘虏的人。她完全放弃抵抗，让他深深地进入她身体里那个隐秘、湿润、黑暗的宇宙。她是如此爱他，爱他在工作中的领导力和预判力，爱他有远见有谋略，爱他明亮的眼睛，爱他嘴角弯弯的笑容，爱他对她的温柔和深情，爱他的占有欲，爱他的一切。此时此刻，她愿意把自己的一切都献给他，愿意为他痛，为他隐忍，为他放弃抵抗。如果时间之神来和她做个交易，让她永远活在这一刻，无休无止，不分不离，她也会毫不犹豫地说：我愿意！

月光下，柔柔的晚风中，他在她的肚子里埋下种子，等待它发芽、开花、孕育果实，最终成长为一个漂亮的人类宝宝。她希望它是个女孩，最好能够拥有爸爸的眼睛和智商……但她冷静下来想了下，希望她不要像爸爸一样，慢慢变成一个过于实用主义的人。要像妈妈一样拥有吃不胖的体质，温柔和独立。她将享受充分的爱和包容，他们会尽可能为她提供最好的条件，让她这一生能够过得轻松愉快些。

第三幕：卡丽

1.

再次遇见卡丽是他们意想不到的，这个在加拿大留学的中国姑娘曾给这对新婚夫妇留下过深刻印象——她运用自己所学的急救知识，救了一位老人。

那天晚上他们待在候机大厅，去多伦多的飞机晚点了，贺佳莹靠在丈夫的手臂上，想要小睡一会儿。起初，这个打扮新潮的女孩只是坐在他们对面听歌、拍照，戴了两只形状和颜色都十分夸张的耳环，邹柚帆注意到女孩脚上的两只袜子颜色不同，三里屯不少时尚的女生都爱这么穿。他对这一类的时髦女孩有偏见，觉得她们把所有时间和精力都花在穿衣化妆上了，对生活的理解扁平、单薄。女孩左手边是一位衬衫笔挺的老人，膝盖上搭着一件棕色外套，手里是一本经济学的小书，与女孩之间隔着两个空座位。老人举手投足显得有知识和修养，感觉像是在什么大学里教书的老教授。广播在催促去往迈阿密的旅客尽快登机，邹柚帆摸了摸妻子的发际线，她的头上有一根又粗又硬的白发微微翘起，那么特立独行地站在发丛中，像一根小天线一样伸向虚空。他想帮她拔掉，她觉得没必要，她不回避衰老，零星的白发可以提醒她珍惜时间。

妻子刚刚睡着，就被突然的响声吵醒，对面的老人抽搐着倒地，呼吸急促，后来晕了过去。周围旅客不多，大家都还没有反应过来是什么情况，登机口的工作人员不知道去哪儿了，一些人围上来。旁边的女孩摘下耳机，把书包和外套丢到一旁，迅速而冷静地蹲下来帮老人解开衬衫的领口，快速检查他的呼吸和脉搏，确认口腔内没有异物或呕吐物，紧接着给他做了心肺复苏。邹柚帆找来机场的工作人员，他们联络了急救站，等医生赶到时，老人已经慢慢恢复微弱的呼吸。他们又为他进一步做了检查，然后把老人送到医院。因为没能及时赶到，医护人员很庆幸有卡丽的帮忙，如果没有尽快抢救，老人身体会出现不可逆的后果。

登机后，邹柚帆觉得既有趣又意外，这个女孩的座位刚好挨着他们。贺佳莹与她搭讪时，得知她叫卡丽，在加拿大攻读医学专业。医生在北美是很吃香的职业，社会地位和薪资待遇都比较高，但邹柚帆很难把这个穿得花里胡哨的女生与医生这个职业挂钩，他难以想象病人把自己的生命安危交给这样一个看起来似乎仍处于叛逆期的女孩——虽然她已经接近三十岁。贺佳莹一直在称赞她的勇敢和专业，说她就在刚刚那么一会儿，救了一个人，就在他们的眼皮子底下。有意思的是，卡丽父母家竟然与他们在同一个小区，随着父亲的工作调动，她十一岁时和家人一起从河南来到北京。邹柚帆对女人的友谊感到困惑不解，为什么两个才刚认识的人可以聊涉及隐私的话题？卡丽对他们似乎也没有太多防备的心理，她对这个世界的敞开程度让他大开眼界，她大概觉得这些内容稀松平常，只是一些大致的信息，不会对她造成什么不好的影响。或者，她觉得他们不像坏人，不会绑架或勒索她。再或者，她觉得自己是一个不值得被伤害的人，你无法从她身上获得伤害她带来的好处。

卡丽化了很浓的妆，又黑又粗的眼线和眉毛，粘了浓密的假睫毛，金色棕色的眼影，眼尾还有一撇闪动光泽的雾霾蓝，脸上打了过量的高光和阴影。下了飞机后，妻子跟他吐槽，她觉得欧美妆并不适合身材矮小的亚洲女孩。卡丽的嘴唇性感丰满，涂了车厘子色的口红，贺佳莹问她要了品牌和色号。从卡丽的五官来看，贺佳莹觉得她如果卸了妆，应该并不好看，她觉得这个女孩不像是医学专业的学生，倒有点像艺术院校里的女孩。她不主动和你交流，但如果你主动，她会知无不言，言无不尽。她甚至不介意袒露自己的性取向，还跟贺佳莹吐槽学校里她的前女友，劈腿了一个低年级的男孩，卡丽管她叫 baby bitch。所以，她应该还是爱她的吧？这方面邹柚帆倒是蛮能接受，他觉得爱就是爱嘛，性别不应该成为无法跨越的门槛。

他从来没见妻子和谁这么热络过，大概是因为见证卡丽救人的一幕，他相信，放在平时，佳莹不会愿意主动搭讪别人。如果仔细听她聊自己的生活，会觉得卡丽是个非常有意思的人，丰富而真实，他对她的偏见有所减少，但是绝对不会想靠近，还和她成为朋友。她的生活充满戏剧性，这意味着待在她身边很容易发生故事，而真实幸福的生活从来不需要太多故事。他们的人生本不该有交集，他办公室里的那些年轻女孩都爱穿白 T 恤、背帆布包，大部分有社交恐惧症，性格也比较相似，朋友圈的画风基本上都是各种书籍摆拍，转发一些社会新闻、活动链接或者貌似有深度的文章。他很难喜欢卡丽这类人，也没怎么真的接触过，感觉像是来自外太空的马戏团，没错，外太空的，马戏团。新奇有趣，但抗拒。也或许是因为这类人太多姿多彩，他不想承认自己的无趣。

尽管一路上聊得非常愉快，但飞机真的抵达多伦多后，大家都很自然地等待空姐指令，解开安全带，收拾东西，起身离开，甚至没有刻意告别，只是点头示意。毕竟只是陌生人，二十多小时的接触，并不能让人真正接纳一个新认识的人。他想，或许在卡丽的眼里，他们是那种习惯于和人保持距离、刻板而充满优越感的人，她也并不想和他们成为朋友。下飞机时，卡丽戴了一副很酷炫的骨传导耳机，音量开得很大，从他们身边走过时，里面正在放一首快节奏的英文歌。

望着卡丽时尚艳丽的背影，他们大概都想不到，在各种肤色的人群中，会再一次遇见彼此——她将手持一杯蓝得晶莹的鸡尾酒，对他们挥手、微笑。

2.

邹柚琳是柚帆的亲姐姐，比他大九岁，很多年前来多伦多读研究生，在这里遇见她的韩裔丈夫，两个人一起读完博士，结婚后生下一对聪明可爱的双胞胎儿子。下过雨的多伦多，地面是潮湿的，空气里透着冰凉。韩国姐夫接他们到家的时候，两个青春期的阳光男孩正在自家门前的街道上玩滑板，穿着加绒的连帽卫衣，他们碰倒一辆停放在路边的自行车，正要扶起时看见迎面过来的爸爸、舅舅和舅妈，又站起身来打招呼。邹柚帆常常分不清他俩谁是哥哥，谁是弟弟，贺佳莹更是分不清。哥哥的眼睛似乎更大一些，弟弟的性格更活泼，但每次还是认错。很多年前，有一次姐姐带两个孩子回北京过年，他们小的时候长得几乎一模一样，邹柚帆负责帮哥俩洗澡。哥哥的性格相对内向腼腆，结果等到晚上才悄悄问妈妈，舅舅为什么要给他洗两遍澡。

他们在多伦多待了一周，贺佳莹与邹柚琳实际上没有真正相处过，只在视频里见过面。因为说好蜜月要过来，婚礼也没有去现场，不过全程都在直播。婚礼一切从简，但吃的、用的，他都为她提供最好的，贺佳莹不想搞太多花里胡哨的形式，他们不喜欢被围观的感觉，更不想把人生中重要的婚礼变成一场大型尬聊现场。浪漫、有纪念意义即可，只邀请真正熟悉的亲人和朋友参加。佳莹总说姐姐不喜欢她，刻意回避她的朋友圈。他觉得她太敏感了，所以想借这次近距离相处消除误会。他也注意到妻子所描述的细节，她们互相加了微信很久，姐姐确实一次赞都没给她点过，也不评论，但是偶尔会给他点，即使他和佳莹发了一模一样的内容。他倒不觉得这有什么，毕竟每次家庭群里她也都有及时回应佳莹，还给她寄礼物——一只古驰的小号托特包，尽管佳莹觉得花色有些老气。他家人的消费习惯有时也让佳莹感到有压力，尽管她的收入还可以，但给母亲买了新房搞完装修之后，其实没太多余力，而且她没有购买奢侈品的执念和习惯。他则不同，到现在父母还时不时会给他和姐姐打些"零花钱"，或者直接买东西给他们。他偶尔会以她的名义，买些小礼物送给爸妈或姐姐，尽量不让佳莹承担这份压力。

姐姐为他们准备了丰盛的晚餐，有中餐，有牛排，还有一些虾贝。姐夫全程安静地吃饭，听他们聊天，尽管听不太懂汉语，只会说"谢谢""没问题""别""干啥呢"，拥有的汉语词汇量不一定比他父亲养的鹦鹉知道的多。波波头让他显得过于乖巧——邹柚帆不太理解，一个快五十岁的男人为什么要留波波头？佳莹倒是觉得这个发型很有喜感。姐姐喜欢就好了，他没资格对不常见面的姐夫提出发型上的建议。他看出来这个家里谁说了算，家庭地位一目了然，姐夫宠爱姐姐的样子，有时像宠爱一个小姑娘，什么事情都爱参考她的意见，小到牙膏口味，大到人生决策——比如买下这栋房子，第二年整个街区的房价就上涨不少。姐夫在客厅里用电脑，姐姐有时会坐在姐夫的大腿上，和他一起浏览网页，也不避讳他俩，还时不时回过头来跟沙发上的弟弟、弟妹搭几句话，夫妻关系看起来十分亲密和谐，倒让他俩显得有点不自在。

"非常梦幻，蓝色的，很浪漫。"姐姐一边剥虾，一边建议他们去牙买加一定要看看发光的海,"从蒙特哥贝出发,开车差不多四十多分钟。你们都打算去哪里啊?"

"我们不一定会去很多地方,现在的计划里只有金斯敦和蒙特哥湾。"邹柚帆说。

"你们不是要去十多天吗?去都去了,为什么不多走走?"

"佳莹只想待在海边。"邹柚帆解释说。

"希望每天睡到自然醒,吃吃东西,然后在海边散散步看看风景,就近去一些地方,但不会去太多城市。"贺佳莹说。

"如果只是想看海,在三亚找个海景宾馆住就好啦,何必花那么多钱折腾这么远呢。"柚琳不解地说。

佳莹没有回话,事后认为姐姐是在责备她浪费钱,但柚帆觉得姐姐只是单纯不理解他们的安排而已,每个人对旅行的定义和要求不同,按照自己的计划进行就好,不必想太多。柚琳的性格和佳莹实在不同,比如:柚琳喜欢分享自己的生活,热爱聚会,愿意和朋友在一起聊生活琐事、男女八卦,喜欢对一切社会新闻发表评论和见解,果酱做多了会给周围的邻居送去,经常和他们互换美食和经验……她身边交到的朋友也基本是这样的;佳莹讨厌人多的聚会,不喜欢过于频繁地与人互动,更不喜欢自己的生活被各种指指点点。

"她每天发那么多条朋友圈,晒这晒那的,就是故意不想给我点赞,我都不知道自己到底哪里惹她讨厌了。"佳莹说,她有时很想屏蔽她。

"是你比较有距离感,所以别人才不好靠近吧?"柚帆说。

"我有试着和她聊天啊,但她总是能用一句话就把我噎住。她说我的发质不好是因为洗发水不够好,然后拿出一瓶新的洗发水,给我看配方表,说要用什么纯植物的。我以为她要送给我,结果看完之后她又收起来。"

"哈哈好啦,回头我给你买瓶一模一样的洗发水。"柚帆摸着她的头发说,顺势吻了一下,"我不嫌弃你的头发。"

"我的头发明明保养得好好的!她总是很喜欢评判别人的选择,没有一次认同过我;有时她什么都不说,我也能感觉到她正在心里 diss 我。她总要扮演一个正确的角色,明明自己也有很多问题。"佳莹没好气地说道。

"多虑了吧?你还会看穿别人的内心?"柚帆说。

"很简单啊,就是一种直觉,很清晰的直觉。"她说。

他努力想让她们相处融洽些,对彼此多一点了解和沟通,但妻子和姐姐的聊天总是十分尴尬。佳莹想要深入追问的,姐姐都会奇怪为什么她会想这么多,她们对彼此的聊天内容都提不起兴趣，或者完全就是不同的频道。柚琳喜欢给佳莹提建议，柚帆认为姐姐只是热心肠而已，没有真的讨厌或否定佳莹的意思。佳莹想住宾馆，柚帆不同意，担心临时改变主意会让姐姐难堪。姐弟俩很久没见面，柚琳也希望他们能住在家里。佳莹很不开心，每次共进晚餐都像是完成一个不愉快的任务。她不明白新婚蜜月为什么要在别人家里过，柚帆不喜欢她用"别人"来称呼姐姐："我们只待几个晚上而已，有那么难以忍受吗？"

柚帆在许多事情上都会让着佳莹，但是这次他没有站在她这边。后面几天，佳莹只要醒来，他们就会去外面。十一月的加拿大已经很冷，他陪她去了美术馆、动物园、卡萨罗马城堡。接下来，他们打算去落基山脉山脚下美如童话的班芙小镇。加拿大有非常多美丽的地方值得留下很好的回忆，他不理解佳莹为什么还要坚持去牙买加，这样太折腾了，他觉得整个路线的安排有些莫名其妙的傻气，但也只好顺从妻子。其实面对一些事情和观点，他是认同姐姐的，尽管柚琳身上也有很多让他感到不耐烦的地方，比如她总是热衷在群里给大家安利很多没必要的东西。

在多伦多的最后一晚，积压在佳莹心里的不满终于爆发。起因是她弄丢一条手链——柚帆送给她的结婚礼物，和脖子上的项链是一套。她本来想戴另一条出门的，一条更便宜点儿的，没有过多纪念意义的。晚上吃饭的时候柚帆说起这件事情，姐夫在厨房里做饭，姐姐在客厅带双胞胎男孩看纪录片，讲宇宙奇迹的。

"怎么这么不小心？这么重要的东西都搞丢了。你们找过吗？"姐姐的反应让佳莹有些吃惊，佳莹觉得她有些过于激动了，瞪大的双眼仿佛当真看见了什么奇迹。

"当然找过了，怎么可能不找？"佳莹说。

"你怎么一点儿都不着急呢，丢在哪里？那可是结婚礼物啊，都没戴热乎，这种东西怎么好丢？"

"吃午饭的时候，可能丢在饭店的洗手间里了。我记不清了，回头买条一模一样的。"

"你可真的太大意了，就算一模一样，含义也完全不同啊。我要是你，早都哭死了。"柚琳说。

"但是已经丢了，能怎么办，哭有什么用？你就不能别管了吗？难道我不难过吗？也不是我愿意丢的啊！完全没有印象它什么时候不见的，我们把去过的地方都走过一遍，什么也没找着。今天本来还有一个地方要逛，就是因为找这条破手链，没时间也没心情逛了。难道真的要为一条手链哭吗，至于吗？再有意义，也只是一条手链而已。"佳莹平时说话声音都很小，突然提高的分贝把柚琳和两个孩子都吓到。

过了一会儿,柚琳无奈地笑了笑:"破手链?我又没有管你,而且成年人就不可以哭吗?哭是表达情绪的方式,有什么好丢脸的?"

柚帆及时终止了这个话题,带佳莹去外面散心。

晚上回来,柚琳给他俩准备了一些不容易坏的当地特产,算好他们回去的时间,打算寄回国内。佳莹路过商店时,给两个孩子买了漂亮的针织围巾和手套。她们用各自的方式向对方示好,希望能缓和一下刚才的不愉快。一直到第二天离开,佳莹和柚琳几乎没再讲话。柚帆不再期望这两个女人能够喜欢上对方,他有些后悔没有从一开始就答应佳莹去住旅店,她们对彼此的印象或许不会更糟。

3.

在海滩的第四天,他们遇见卡丽。

尽管周围的人群也都穿得五颜六色,但还是一眼就认出卡丽来,主要是佳莹认出她,因为那对造型奇特的大耳环和她整个人所洋溢的气质,以及有些沙哑的大嗓门——卡丽正在和卖鸡尾酒的老板聊天。而邹柚帆,实际上并不记得她的脸,毕竟初次见面时她化了大浓妆,他根本不知道她真正长什么样。卡丽穿了一条豆沙色的短裤，白色裹胸，夹脚拖鞋，满头的脏辫和小麦色的皮肤，让她与周围的环境迅速融为一体。靠在半透明的玻璃吧台前，贺佳莹试着叫她的名字，卡丽与他们的目光对上时，尚且没有反应过来这两位是谁——他们的辨识度明显没有她高，而且他们换了夏季服装，她未必能想起——但她还是想起他们是谁了，脸上的表情从茫然困惑转为惊讶，她难以置信他们竟然再次相遇。她手持一杯蓝得晶莹的鸡尾酒，对他们挥手、微笑。

"天哪，是你们！太不可思议了。这是缘分。"卡丽惊讶地说。

"对啊，太巧了！你从多伦多直接过来的吗？"佳莹问。

"没有，先是去了金斯敦，然后去奥乔的神秘山和海豚湾玩了几天。本来还有一个人和我一起来的，她去了另外一个地方。"卡丽说。

"女朋友吗？"佳莹不由得八卦了一下。

"不是，打羽毛球认识的朋友。"卡丽说，"你们呢？从哪里来的？"

"金斯敦，那你不上学吗？"贺佳莹问道。

"说实话，其实我休学了，这一年都不用去学校了。"

卡丽无所谓地说，"我觉得我不会是个好医生的，我爸每天都担心我将来会整出什么医疗事故。机场遇见的那个老人，说不准是我这辈子唯一救过的人，估计也是我唯一干过的没过脑子也正确的事。"

看出来了，邹柚帆想说。

对于这个答案，他似乎感到满意，这证实了他的判断，她不会是个安分的医学院学生，她一定是做了什么让学校难以忍受的事情，才会突然休学，他很好奇她究竟做了什么。转而，他又有些同情她，小小的姑娘——虽然也不年轻了，为什么不能让自己看起来踏实靠谱一点？他总是劝他公司里的那些"95后"和"00后"们，要踏实一点，未来的路还很长，不要每次入职屁股都没坐稳就想着跳槽，跟对老板比做对事情更重要，他会给他们一个光明的未来——但谁都知道，出版业没什么光明的未来，但在这个一切坚固的事物都可能烟消云散的时代，图书行业由于没那么坚固，所以也不至于一下子消散。总之，他希望年轻人能够耐心一些，尤其是他的员工——不要整天想着让领导听话，或者指导公司的运营。

"你才多大呀！都不到三十岁，怎么就'这辈子'了呢。你会是个好医生的，别对自己那么没信心。"佳莹鼓励卡丽。

"希望吧，但我不是很想当医生，我不想看别人的内脏。"卡丽说。

"那你为什么选择这条路？"邹柚帆感到好奇。

"因为医学专业难考，只是想证明自己可以做到，即使不改变自己也可以做到那些所谓'让人羡慕的事'就是我的初衷。但后来我发现，大家如果讨厌你，不会因为你变得优秀就喜欢你。相反，他们会恨你。"卡丽喝了一口蓝色的鸡尾酒。

佳莹一时竟也找不出什么措辞来安慰她，因为卡丽是对的，这个世界的游戏规则有时不仅仅是残酷的，还会有点恶心，所以她从不对自己以外的人抱有过高的期待。

柚帆知道佳莹的过去，她跟他讲过，自从父亲去世后她就变得非常自闭，开始有几年，她都非常害怕别人发现这一点，然后借此来攻击和伤害她。他能够理解佳莹此时对卡丽这句话的共鸣，她在学校里成绩还算不错，个性方面又独来独往，整个初中阶段备受女生排挤。有人私下给她取外号，叫她"长颈鹿"，因为她走路时总是昂首挺胸，她们嫉妒且讨厌她那硬邦邦的自信。有一次，班里总是和她成绩不相上下的一个女生，因为关系不错，所以也是唯一知道这件事情的人。等到初三，这个女生的数学成绩被贺佳莹甩掉一截后，对方开始与她渐渐疏远，把她父亲去世的事情告诉了很多人，毕业时差不多全班都知道了。失去父亲这件事对她的打击已经足够大，更加让她难以忍受的是，父亲死得并不光彩，甚至有些乌龙——他死在一个陌生女人的家里，准确地说是猝死在床上。她完全想象不出来如此爱她和母亲的父亲竟然出轨，并且为此付出生命的代价。刚开始的两年，她对父亲避而不谈，所有的困惑和苦闷，她只能独自吞下，母亲被巨大的痛苦遮蔽，难以抽身来安慰她，那个女同学便成了唯一可以倾诉的朋友。那时的她还不明白，有些事永远不可以讲给"朋友"听。她仍然记得父亲最后的样子，铁青、僵硬，浑身冒着寒气，她已经完全认不出他，就像是另外一个人。因此，悲伤不能准时抵达。痛苦的情绪在她的身体里酝酿积累了很久，临近中考前的某个夜晚，她彻底崩溃，站在楼下的花园里失声痛哭，像只找不到家的瘦骨嶙峋的流浪小猫，可怜巴巴，却得不到一个真正的拥抱。由于情绪崩溃，佳莹在中考中发挥失常，伤害她的女生却顺利进入市里的重点高中。

"人们总是喜欢以貌取人，为什么一定要让自己看起来像个老实人呢？"卡丽撇撇嘴说。

"你很优秀，一定刺痛过不少人，但这不是你的错，我们根本就没必要取悦那些讨厌我们的人。"看她是真的有点不开心,贺佳莹安慰道。

"爱你的人不一定永远爱你,但该来的恨总是如约而至。"邹柚帆说,他不知道自己为什么要对这个女孩说这样一句话,头脑里突然蹦出来的。

"让讨厌的人都见鬼吧!等下我要去跳水了,你们来吗?"卡丽说着举起酒杯,仿佛他们的手里也有酒杯似的,"如果今天有了安排,那就明天,明天我请你们喝 Piña Colada。"

邹柚帆担心妻子答应卡丽。他并不讨厌卡丽,但对这个女孩根本就不了解,也喜欢不起来。他始终觉得她身上有种让人不平静的能量,他不希望接下来的蜜月之旅和卡丽绑在一起。他希望他们之间最多只是喝一杯 Piña Colada,一种菠萝味的甜酒,然后大家各玩各的,再次消失在茫茫人海。

佳莹拒绝了一起跳水的请求,她想要享受与丈夫的二人时光。卡丽做出遗憾的表情,给他们推荐了一些附近好玩的地方,告诉他们自己住在哪家酒店的哪个房间,欢迎他们随时找她玩——卡丽与他们住在同一家酒店,不同的楼层。她拿起佳莹的右手,看着她光秃秃的白指甲,忍不住摇头。

"天哪,新娘怎么连指甲都不做?你们打算待到什么时候？我房间有几瓶新买的指甲油，猫眼渐变，还有夜光的。如果你不介意，我可以帮你涂。"卡丽说。

"不用不用，谢谢你，我没有涂指甲油的习惯。"佳莹被卡丽的热情弄得有点不知所措，"你们专业也允许做美甲吗？医生的手不是应该白白净净的吗？"

"也不留很长的指甲，自己涂着玩儿，没人管的。"卡丽说。

柚帆替这个大大咧咧的女孩感到担忧，她什么都愿意告诉他们，如果他们是坏人，她就危险了。卡丽坚定地相信缘分这种东西，一定要把自己的联系方式留给他们。他们互相加了微信，约好第二天一起去看日落。

4.

最后一次见到雯雯，也是在海边，在北戴河。

他们在一起七年，从高中到大学毕业，分开的时间早已大于他们共同度过的时间。邹柚帆仍记得浑浊的海水如何没过她的脚踝，她用力地踢着海水，又被来自海浪的力量钳制，像极了他们当时的关系。他们在那段感情里既无法推进，也难以释怀，被彼此的要求和情绪严重消耗。那一刻只想要快点结束，他对痛苦失去耐心，他后悔自己甚至没有给她一个带有安慰和温存性质的拥抱。一想到她瘦小的身体如今正在遭受病痛的折磨，想到她穿着吊带裙站在脏兮兮的海水里，想到那具身体曾经孕育过属于他们的小生命——尽管它戛然而止，他就有种莫名的心痛和内疚。当汉文对他说出她的名字时，他如同被一道闪电击中，大脑里存放的所有和心痛有关的回忆和感觉都被唤醒。他曾以为，自己再也不会爱上任何人——直到遇见贺佳莹。

佳莹和雯雯是完全不同的女孩。和雯雯分手后，他曾试着找一个与她相似的人，但无论如何，他都无法真正爱上对方，心里总觉得对不起在一起的女孩，最终还是分手。只是，他没想到会爱上一个完全不同的女孩，对视时有电流穿过他的眼睛和身体，那种感觉很剧烈。雯雯的性格就像个小辣椒，对这个世界的一切都充满好奇，什么都愿意尝试，常常让他感到棘手和上头，但哪个男孩不爱小辣椒？还是个会弹吉他、唱歌好听、腿长腰细的小辣椒，长得像刚出道时的王菲，追她的男孩排长队，他曾是胜出者。高中三年让他感到骄傲的，除了高考成绩，就是雯雯。最初认识的佳莹则是一杯酸酸甜甜的百香果蜂蜜茶，有时又像只小猫咪，独立的样子冰冰凉凉，做事的样子温暖靠谱，愿意长久品尝，随身携带。当佳莹抬起眼睛望向他时，他的目光就无法轻易移开了，那是一种似曾相识的感觉，可是他明明没有遇见过她这样的女孩。后来他意识到，那是一种照镜子的感觉，他在佳莹身上找到一种归属感，仿佛有一个稳定又充满期待的未来在召唤他。

大学毕业，赵斯雯去了一家广告公司，邹柚帆被保研，继续上学。有一天她来学校找他吃饭，告诉他自己怀孕了，想把孩子生下来。这个消息对还在读书的他来说太突然了，他完全没有准备好成为谁的父亲，他的心智还是个孩子。他承认自己当时非常幼稚，甚至不能保证现在的自己就完全成熟——他那时体会不到拥有一个小孩的快乐，只是感到无尽的压力和负担，甚至是恐惧。恐惧什么？那是一种液体人生被放进冰箱模具的感觉，有了固定坚硬的形状，没有任何流淌的可能，他的未来只能是一个孩子的父亲、一个女人的丈夫，他会成为寝室里唯一的已婚男人。虽然父母可以帮忙带小孩，但是他们应该也不希望他这么早就进入婚姻生活。邹柚帆不明白，他们当时还那么年轻，尚且没开始发展自己的事业，为什么要突然生个孩子？孩子又不是宠物，不只是吃喝拉撒。而且他真的不是故意让她怀孕的，他明明做了安全措施，这纯属意外。他还想读博，但雯雯希望他能早些工作。她给了他两个选择：要么生下孩子，研究生毕业后出去找工作；或者打掉孩子，然后他们分手。二十三岁的柚帆更加困惑了，为什么这个女人在这件事情上如此极端和不由分说？他希望她能放弃这个小孩（毕竟以后还可以再有），他答应她毕业后就结婚，三十岁以后再考虑要小孩。但她对他的反应和态度非常失望，她坚决按照自己的意愿行事，雯雯一向如此固执，有一套自己的标准和哲学。大二时，她坚持收养一只没人要的断了两条腿的猫，他劝她不要养，甚至愿意买一只健康的小猫送给她，但雯雯拒绝了，她说她不是要养猫，而只是想要帮助这只残疾的小猫。她认准一个选择就一定要执行，他们在它身上花了很多钱，半年后猫死了，她差一点得抑郁症。

他确实很难在那个时刻接受这个孩子的到来。雯雯提出分手。他曾试图挽留，但当他真实的态度流露时，已经彻底伤了她的心，她坚信他没有那么爱她。她去做手术的时候，甚至没有告知他，像是在报复他的迟疑和抗拒。

"柚帆，你知道吗？你骨子里是个极度冷漠自私的人，心里只想自己。任何事情阻碍了你对未来的规划，你都会义无反顾地清除或是放弃。你根本没有给我和我肚子里的宝宝，留出一点点意外的空间。"雯雯曾经这样评价他。

"就是因为考虑孩子的未来，你的未来，我们的未来，所以才这么担忧。我们完全可以过几年再想这些事情，先好好让自己成长，难道不好吗？"他试图说服她，但如果她坚持生下来，他也只好接受。

"我们可以和小孩一起成长啊！你以为打掉一个孩子像挤掉脸上的一颗痘痘那样轻松？"雯雯说。

"我只是在和你商量，没让你一定打掉。我是说我一时半会儿有点难以接受这件事，对我对你来说，现在都不是正确的时候。"柚帆说。

"什么是正确的时候？"她质疑他，"人生又不是考试，你真的该离开学校这些书本知识了，不要整天沉浸在那些没用的考试里，抬头看看我们真实的生活好吗？"

"总之不是现在。我们不能任性，真实的生活就是要稳稳地握住方向盘才行。"

"可人生的道路，不是握紧方向盘就能一路按计划进行。如果你真的爱我，为什么不能为我改变原先规划的道路？你怎么知道不会出现一条更好的路呢？你以为我不想先发展事业吗？既然宝宝来了，我原本的计划就可以为宝宝让路，而你选择牺牲宝宝来成全自己的计划。我不想和做出这样选择的人共度余生。对不起，柚帆。"雯雯说。

从北戴河回来，他们彻底分开。大约过了一年，她删掉他所有的联系方式。几次高中同学聚会，她都没有出现，他不确定她是不是在故意躲他。有同学说她去了迈阿密，嫁给一个喜欢吃四川火锅的老外，这些消息看来是真的。

分手对他伤害很大，但又有种松口气的感觉，他们终究没能熬过所谓的"七年之痒"。这份感情其实早就存在许多问题，他和雯雯的性格并不合适，随着越来越成熟，越来越了解自己，他们只会越走越远。但谁也不愿意正视这些多如牛毛的小问题，因为所有的小问题都指向更大的问题，但凡正面面对，必是伤筋动骨。没有雯雯的生活失去很多激情和乐趣，他也逐渐意识到，自己真正想要的是踏实且充实的生活，这一点，贺佳莹也是这样想的。他不再到处蹭课，不再迷信和依赖讲台上的老师，开始专注地阅读、健身和写作，更重要的是，他不想一味地沉浸在悲痛中。在哪里花费时间和心血，哪里就生根发芽，研究生期间他发表了不少诗歌和评论文章，认识了许多校园外面的朋友。邹柚帆没有继续读博，学术道路并不适合他，他想要实践，想要和雯雯所说的"真实的生活"实打实地交流和过招。这些年，他的方向盘握得够稳，但还是与曾经心爱的人分道扬镳。毕业后，邹柚帆做过时尚杂志编辑、撰稿人，他受不了那个圈子过于攀比和浮躁的风气，后来毅然决然放弃这份工作，转而进入一家大型图书公司，成为一些知名畅销书的编辑，为后来创立自己的品牌积攒了优质的口碑、经验和资源。

他动过再联系雯雯的念头,并不是旧情复燃,只是想看看能不能给她一些帮助。他扪心自问对她还有没有感情时,发现回忆仍然在他心里翻江倒海,但也只剩下残缺的回忆,他的感情止步于他们的过去,他对她有很多愧疚,只是想不到,这个名字有一天重新出现在他生活里,并选择在这样一个时刻——新婚蜜月。来牙买加的第一晚他就做噩梦了,梦见雯雯去世,她的鬼魂拼命地控诉他,要把他所有的体面都给撕碎。她咒骂他的道貌岸然,是他间接害死了她,如果他们在一起,或许她的结局会不一样。他在恐惧和忧伤中,反复敲打自己的灵魂:难道真的如她所说,他是个冷漠的人吗?可雯雯呢,她选择伤害和离开他时,也丝毫没有半点犹豫,亲手将他推向黑暗而孤独的深渊,并给他的人格从此贴上自私自利的标签。

第四幕:蜜月的终结

1.

婚礼现场,贺佳莹发现母亲在人群中显得灰白而落寞,同喜悦的氛围不搭调,与柚帆父母脸上露出的灿烂笑容形成鲜明对照。她在现场时竟没有发现这点，只是习惯于母亲的不擅长交际，在这种人多需要应酬的场合里，她通常都表现得十分安静而局促，只是回看婚礼视频时，她才品咂出一些别样的滋味，苦涩的滋味。结婚前，她后悔将父亲的死因告诉柚帆，但热恋时的冲动让她没能保守住这个秘密，柚帆虽然没有嘲笑她，也很心疼她，并且答应不会告诉任何人，不让家里知道。但如今想起，佳莹觉得自己再一次出卖了母亲的秘密，感到愧疚和不安。

她知道，柚帆父母的心里其实是看不起她和母亲的，他母亲从一开始就不太满意她这个儿媳；在跟他的家人相处时，她也时常感到鸡同鸭讲的力不从心，尤其是和邹柚琳。她与柚帆各方面的家庭条件都存在差距，她仔细留意公公婆婆的神情，礼貌而疏离，还混杂着一些说不清道不明的东西。已经是一家人了，她觉得婚礼现场至少要表现出平等和亲热，母亲看起来却像个局外人一样，婆家清晰的界限也让母亲像个局外人。她心疼母亲，但想到自己身上也埋藏着母亲的那份局促，又心疼自己，不由得对母亲生出一些怨恨：她为什么不能打起精神好好生活？为什么不肯再找个人过日子？为什么坚持不让她雇保姆？为什么不能走出父亲留下的阴影，积极自信一点儿？犯错的人又不是她，余生何必用自我封锁的方式惩罚自己？贺佳莹感到无奈和自责。她把视频关上，给母亲打去电话，询问母亲十字绣做得如何了。退休以后，母亲就迷上做十字绣，有时还会卖点钱，她在帮他们绣一幅非常漂亮的孔雀。佳莹叮嘱母亲不要一直盯着，注意眼睛和腰，多休息。最近两年，母亲总喊腰痛，每次回去佳莹都会带她去做理疗和按摩，医生劝她不要久坐。

佳莹告诉母亲，这里的酒店很舒服很方便，而且酒水食物都是免费的，等下他们要去看日落，会给她拍照片，录海边的视频。母亲"嗯嗯"地回应着，问了些牙买加好不好之类的话。母亲还没有出过国，有几次想带她出来，都被她拒绝了。母亲还问起她和柚帆的姐姐相处得怎样，她回答挺好的。她嘱咐母亲一个人也要把生活过好，不要吃隔夜的剩菜，顺手给母亲转了520元的红包。过了很久，母亲才确认收下，她发来一个拥抱和一朵鲜花，这表示她很开心，大部分时候她只发茶杯。

卡丽的头像是一个鬈发女人牵着一条小狗，她发微信问佳莹是否准备出门，她已经在楼下了。她觉得这趟旅程实在是太戏剧化了，目睹这个叫卡丽的女孩救了一个老人，她们飞机上的座位刚好挨着，又住在同个小区，一起去了多伦多，又在牙买加的海滩上相遇。这样的缘分，如果不好好认识一下,实在说不过去。

丈夫柚帆不是很喜欢卡丽,她能感觉到,但他没有反对和她们一起去看日落。

卡丽是个神奇的人,不到三十岁,却拥有非常有趣而丰富的人生经验。佳莹愿意和她聊天,听她讲述自己遇到的各种五花八门的人和事,她的生活感觉像是来自另外一个世界,在卡丽面前,佳莹觉得自己的人生显得过分平淡。卡丽的恋爱对象出轨了一个低年级男孩,假期里她知道这个消息时正在北京的家里剪脚指甲(卡丽仿佛记得一切细节)。她上网购买去多伦多的机票,由于仓促,最终花了两倍的钱选择了最近的一趟,只想要个说法,想听她亲口说分手才肯死心。但对方知道后,为了躲她,直接关机玩失踪。卡丽在对方公寓楼下等了一宿也没有等到。"那天还下了雨,我就像个傻子一样站在楼下,甚至没有带伞。那晚过后,虽然没见着面,但我好像接受了分手这个事实。"现实礼貌地来到面前,人往往是不接受的,总要被现实重重打几拳,说不定还得吐两口唾沫,才能勉强接受。"其实也不是接受,我到现在都不接受,但是太痛了,也不想继续恶心自己,搞得我好像没谁就活不了似的。她说自己未来还是要跟男人结婚,男人有什么好?抱歉,我不是否定异性恋的意思。感情怎么说散就能散了呢,明明在一起需要两个人决定，凭什么分手只要一个人同意？我感觉我的心又要碎了。"卡丽难以释怀，她说自己再也不会爱上任何人了。贺佳莹也经历过类似的心境，她知道，卡丽总有一天还会遇上让她心动的人。佳莹其实很好奇，她们是如何处置亲密行为的，但也不好意思问出口，毕竟才刚认识不久。

"哇，裙子好美！好像把加勒比海穿在身上了。"卡丽一看见佳莹，就对她天蓝色的露背裙发出由衷的赞美。

"谢谢，像你这样火辣的身材，根本不需要用裙子来掩饰自己。"佳莹看着卡丽防晒衣里的比基尼说，"在听什么歌？"

"《Coming in from the Cold》(《寒冷中来》)，鲍勃唱的。对了，你们去他的博物馆没？"卡丽把右边的蓝牙耳机分给贺佳莹。

"朋友向我们推荐来着，但我对雷鬼音乐不是很感兴趣，也不懂。我们只去了蓝山和达芳大宅。"佳莹说，她想起汉文，她甚至有种想要把汉文介绍给卡丽认识的冲动，但她不确定两个有趣的人见面，互相会不会觉得对方有趣。

"如果汉文也在，今天一定非常有意思。"当他们从餐厅出来时，佳莹悄悄对柚帆说。

柚帆并不认同她的判断，汉文很大概率会觉得卡丽很吵。卡丽长得不算好看，而且对男人也不感兴趣，但如果真聊起天来，汉文倒是很少会让别人的话落空。他们和卡丽分开后，柚帆告诫佳莹："千万不要因为汉文擅长聊天，就误以为他是个容易接触的人。他比你想象中复杂。"

"你看起来在吃醋。"佳莹说。

"吃醋很正常啊。"柚帆说，"谁家老公会喜欢自己妻子和别人眉来眼去的样子。"

"我什么时候和他眉来眼去了？"佳莹一脸困惑。

"不要在你老公的面前不停地赞美别的男人，你对他太热情了。"柚帆说。

"我对他热情，是因为他是你的朋友，人家热心招待我们，难道我要摆一张臭脸吗？人家会怎么评价你？找了一个没礼貌不懂事的老婆？"佳莹觉得柚帆的情绪有些莫名其妙，"雯雯的事还没有说清楚，你却来怀疑我？"

"他有些歌还是很好听的，律动感和节奏非常棒，适合早上冲一杯咖啡，然后光着脚在地板上扭来扭去，相当醒脑。你可以试试，也许会发现鲍勃的好。"卡丽说。

佳莹点点头，把耳机还给卡丽："等回到北京试试。我觉得我会在某个早晨，端着咖啡想起你的。"耳机里的歌词大概在说：为什么要悲伤，当生活关上一扇门，就会为你打开更多。从寒冷中走出，迈向甜蜜的生活吧。

"你真浪漫呀佳莹姐，这么说不怕老公吃醋吗？"卡丽坏笑着看了一眼满脸严肃的邹柚帆。

她不太确定刚才这么说是不是合适，她没有和拉拉朋友相处的经验："你这么让人记忆深刻，任何人想忘记你恐怕都很难做到吧。你脚踝上文的是树吗？"

"一棵圣诞树。我也会记得你们，等回北京，找你们约饭。"卡丽真诚地说。

邹柚帆始终和卡丽保持距离，他并不希望回到北京回到现实后，还要跟这个五颜六色风风火火的姑娘有什么交集。他感到困惑，佳莹不是一个愿意对陌生人敞开自己的人，面对卡丽，却展现出难得的兴趣与耐心。

"当然啦，没问题。"佳莹说，"你们打算喝什么？卡丽，你昨天说的那个叫什么？P什么？"

"Piña Colada，椰林飘香。当地一款很受欢迎的鸡尾酒，其实就是菠萝椰奶朗姆酒。西班牙语的意思是，菠萝茂盛的山谷。"卡丽用手指轻轻转动耳边落下的碎发，她今天编了两根小麻花辫子，显得俏皮。

来到餐厅门口，一个三百斤左右的黑人露出洁白的牙齿对他们微笑，拿着菜单招呼他们落座，旁边的露天泳池里有一群小孩正在玩耍。

"两位美女，你们想要坐里面还是外面？二楼视野效果更好些。"邹柚帆问道。

"去里面吧？外面有海鸥拉的屎，它们可能还会抢我们的食物。"卡丽皱着眉头说道。

"我觉得海鸥还挺可爱的。"佳莹说。

"我不喜欢鸟，特别是海鸥，它们狡猾得很。随便啦，你如果喜欢外面，我们就在外面吧。"卡丽看着地面上的斑迹说。

"算了，我们还是去楼上吧。"佳莹说。

太阳已经贴近海平面，二楼有七八张桌子，人不太多，大家几乎都去里克斯咖啡馆了，据说是牙买加欣赏日落的最佳地点。贺佳莹不喜欢人挤人的感觉，于是卡丽推荐来这里，一样能看到日落，还有好吃的烤鸡。所有的窗户大开着，足够让每个人看清楚太阳是怎样从加勒比海上空消失的。海风伴随着海浪拍打海岸的声音，吹拂过他们的额头、脸颊、手臂。除了卡丽推荐的朗姆酒饮料，他们点了餐厅里热销的啤酒，还有一些小吃。橘色和紫色的天空纠缠不清，那么和谐又不经意，就像拥有色彩天赋又初学绘画的小孩用蜡笔涂上去的。夕阳的光照勾勒着海岸线、屋檐的轮廓，以及摇曳的树影，他们享受着沾染了行人声音的绝美空气，等待一颗腌蛋黄般的太阳缓缓隐没于一片透亮又深不可测的海。

"怎么样,这地方不错吧?"卡丽问道。

"挺好的,外面的风吹进来好舒服啊。"佳莹闭上眼睛片刻,感受风带来的触感和味道。

"不要每次都是我说,我想知道你们是怎么认识的?"卡丽问道,"一见钟情,还是日久生情?"

贺佳莹与邹柚帆看了一眼彼此,柚帆说:"在朋友的生日聚会上认识。我是一见钟情。"

"我也是。"佳莹害羞的样子像个刚谈恋爱的女人,似乎那些旅途中的不愉快在此刻都消失不见,时间回到他们第一次相见,"那是谁的聚会?我完全没印象,我不认识那个房子的主人,毛毛叫我去的,婚礼她也来参加了,就是那个小个子说话很嗲的女人,笑起来眼睛弯弯的。"

"她真名叫杨馨吧?那次是许彦的生日,我记得很清楚,房子是他表哥的。而且他跟杨馨谈过恋爱,这个你不知道吧?时间很短。"柚帆回忆说。

"对,杨馨,我们平时很少叫她大名。我不认识许彦,他是谁?怎么从来没听你说过这些。毛毛看起来非常年轻,你肯定想不到她已经有三个小孩,两个儿子,一个女儿。"佳莹说。

"我是因为许彦知道她的,但不知道你说的毛毛就是她，直到婚礼上才知道你俩认识。许彦是我以前的顶头上司，人还行，但不是个好领导，跟下属的边界感很差，脾气有点大。我那天顺路去送几份材料，被他叫进去，反正没什么要紧的事，我想坐会儿就走，结果你突然抬起手臂，碰翻我手里的柠檬水。"柚帆回忆说。

"我没注意到身后有人过来。"佳莹说。

"不行不行，你们的柠檬水太甜啦，"卡丽说，"我不该问这些，听多了又该伤心了。不过还是祝你们蜜月快乐！"

"谢谢，你推荐的饮料很好喝呀！"佳莹说。

"你们有没有过那种感觉？"卡丽问。

"什么感觉？"佳莹说。

"会想要完全属于彼此，两个人的生命形成绑定和契约，你们之间的时间是永恒的，不会随着流逝而改变。这是我理想中的爱情。"卡丽说。

"这不就是婚姻吗？不过一个人是不可能完全属于另一个人的，偶尔爱情上头的时候可能有这种想法，但很快就不会这么想。我不希望自己的控制欲太强，那很病态。"佳莹说。

"我说的不是婚姻，是一种理想状态，但好像现实世界并不存在。要不我们再来些薯条吧？刚炸出来脆脆的，蘸酱超好吃。"卡丽提议,"你们快看,太阳好像被海水吃掉了。"

他们顺着卡丽激动的声音,望向远方的天空,太阳已经隐没一半,另一半几乎是滑下去的,很快就不见了。周围的灯光渐次亮起,风的温度降低,贺佳莹的心里却莫名漾起一种孤独的情绪,而爱的人分明就在眼前,就在身边。

2.

卡丽一大早发来消息,问他们要不要一起去海边游泳,同时发给她一张昨天的合影,柚帆帮忙拍的,两个女人笑盈盈地看向镜头。放大细看,她们的眼角都出现明显的细纹,贺佳莹突然有些焦虑,不由得用手指抻了抻自己的眼角,虽然一松手那些细纹又会复原。不过快乐透过屏幕溢出来,这竟然是蜜月旅行里最让她开心的一晚。聚会进行到后半段,他们回到酒店的私人沙滩,从免费餐厅里又拿了一些啤酒出来,聊到很晚才结束。两个女人甚至玩起用细软白沙将对方的脚掩埋起来的游戏,柚帆无法参与进去,也不理解其中的乐趣,整个晚上都在对着大海看手机。

"佳莹姐的眼睛好好看,我觉得我应该去做个双眼皮。

昨天喝了太多啤酒，洗完澡就睡了，忘记发你。"卡丽沙哑的声音穿过手机的听筒。

"你昨天说的灵异故事是真的吗？还是逗我玩呢？"贺佳莹问。

卡丽微醺的时候，说自己第一晚住的房间闹鬼，所以才换了现在的房间。凌晨，她在睡梦中听见厕所里有窃窃私语的声音，本以为是隔壁房间，就没在意，接着听见里面传来歌声，她被吵醒，发现厕所的灯亮着，她清楚记得自己睡前关了的。给前台打电话投诉，被告知隔壁是空房间，没有住人，于是连夜更换房间。佳莹问卡丽他们窃窃私语了什么，她说自己听不太清，好像是"别跳，别跳"。

"我其实也有点恍惚，可能是那天太累，产生幻觉了。我们别聊这个了，怪吓人的。"卡丽说。

贺佳莹跑到洗手间询问正在刷牙的丈夫，要不要去游泳时，遭到反对："干吗非得和其他人凑在一起？这是我们的蜜月旅行，又不是姐妹联谊会。我听够了卡丽的那些故事和八卦，她的话太密了，而且我总是被你们的话题排斥在外，其实昨晚早就想离开，怕扫了你的兴，才一直忍到最后。今天，我们就不能自己去吗？"

"卡丽只有一个人，我们去海边各玩各的，海滩那么大，互相也没影响啊。难道要把海滩上的人都赶走吗？"佳莹说，"另外，我们没有故意排斥你，你也可以说你感兴趣的话题。"

"那分开去不就好了。"柚帆说，"我说了我感兴趣的事，问题是，每次没聊几句，你们总会绕回到自己的话题。"

"我们住在同一个酒店，人家既然发出邀请，一起去又能怎样？"佳莹露出不满的神色。

"奇怪你为什么这么喜欢卡丽，明明以前不爱和这种人打交道的啊。"柚帆说。

"哪种人？我觉得你对卡丽有偏见，你也亲眼看见了，她在我们眼皮子底下救了一个人。我觉得卡丽很热情，而且愿意袒露自己，三十岁以后就很少遇见这样真实的人了。我和她相处很自在，也很放松。"佳莹说。

"说实话，我不喜欢她。年龄也不小了，怎么感觉还在游戏人生。好好的医学院不念，谁知道她究竟做了什么出格的事，才会被学校要求休学。"柚帆说。

"卡丽休学大概是因为失恋吧，不要恶意揣测别人。她太看重感情了。柚帆，我不知道你为什么变得越来越实用主义，刚认识你的时候，你还愿意陪我做些没意义但很可爱的事，现在你只做对生活和工作有帮助的事，过于在意结果和效率。我们的生活又不是一条直线，我不希望活着到死是一条笔直的路。"佳莹走到窗边的沙发前,坐下。

"你才刚认识她,怎么知道她没有对你撒谎?何况,你不也是和我一样的人吗?否则你不会愿意嫁给我。卡丽总让我感到不安,生活要稳稳地握住方向盘才行。"这句话宿命般地从他的喉咙里一跃而出,他甚至都没来得及反应,他对雯雯说过一模一样的话。剧烈的情绪在他的体内震荡,甚至有几秒钟,他感觉周围的时空发生了错位和折叠。

"你怎么这么热衷怀疑?卡丽让我意识到自己过去活得太正确,也太无趣了。我们都不愿意给任何意外留出时间和空间。"佳莹说,"我承认我欣赏你身上的稳定感,但把它变成唯一的标准就有点可悲了。这意味着我们的生活没有任何其他可能,只有必然的衰老和死亡。你不觉得卡丽很愿意和我们一起玩吗?算了。"说完,佳莹给卡丽回复了拒绝的信息,她说他们整个上午都会待在酒店的房间。

"我为什么一定要更多可能?我只要我想要的可能。"邹柚帆仿佛想清楚一些事情,坚定地说。雯雯的声音在他的记忆中慢慢安静下来。

卡丽似乎意会到什么,于是回复说:"好啦,没关系,那就不打扰你们夫妻之间创造未来了！"

佳莹不准备解释，给卡丽发去几个坏笑的表情。

"现在，我们可以聊聊雯雯吗？"佳莹放下手机，对柚帆说。

"可以。"他也准备好了。

他把如何在校园里认识雯雯，雯雯是个什么样的姑娘，他们在一起多久，跟佳莹一五一十讲述一遍。他抹去雯雯怀孕的事实，因为他知道，让怀孕的女人伤心离去这件事本身，无论如何，都是他的不对。他不想为这件事情过度狡辩，也不想再次因为这件事伤了眼前心爱的女人。但归根到底，他知道，他害怕的其实是再一次被撕破体面，他害怕"自私自利"四个字，因为他知道自己确实是自私的。可是他感到憋屈，这世上谁不是自私的？雯雯不是吗？佳莹不是吗？卡丽不是吗？所有人难道不是吗？

"你还爱她吗？"贺佳莹问。

"都是往事，已经过去了。现在我的心里只有你。"邹柚帆说。

佳莹对这个回答似乎还算满意，她轻轻解开睡衣的纽扣，它们沾有她身体的温度和气味，丝绸睡衣被抛向沙发，又滑落到地板上。光线透过棕榈树柔和的绿荫照进他们的房间，点燃了他们心里的欲望与爱意，此刻的她，是一朵完全绽放的玫瑰，自信而诱人，散发着二十岁女孩所没有的那种温热的芬芳。他将她揽入怀里，纵情亲吻，如同喝下一杯绝好的红酒，他体会到了酒精的灼热，酸的尖锐，糖分的黏腻。他们想要完全与对方融为一体，像是本来就长在一起似的——树木的两个分杈，8字糖的两端，蝴蝶的双翼。

3.

下午两点半，太阳被乌云遮住，卡丽死了。

这个消息让贺佳莹差点把在酒店自助餐厅吃完的牛排、沙拉都吐出来，她紧绷的肌肉承担着这个难以被消化的事实。邹柚帆显然也受到猛烈的情绪震动，她文了圣诞树的脚踝露在外面，那棵树被海水淋湿，涂着粉红猫眼渐变指甲油的脚指甲里还残留着细碎的沙粒。卡丽的身上蒙着东西，不知道是谁给她盖上一块花纹奇怪的毯子，一只东张西望的海鸥落在膝盖的位置。救援人员赶到时，卡丽已经完全没有心跳和呼吸，整个人凉透了。尸体停留的位置，还能看到他们昨晚一起喝酒、看日落的餐厅。他们站在五颜六色的人群中，他抱住痛哭的佳莹，将她的头按在自己的肩膀上，尽量不让她直视那具和她一起聊过天喝过酒的尸体。

尸体。佳莹再一次看见尸体，它不久前还是一个充满活力的姑娘，上一次与尸体近距离接触，还是父亲去世的时候。多么无常，上午邀请她一起去游泳的人，下午人就没了。救护车将卡丽接走，她最后鲜活的样子只存在于两个陌生人的记忆之中。贺佳莹的内心深处充满愧疚，如果一开始答应陪卡丽去游泳，她就不会改变计划一个人去玩悬崖跳水，就不会发生意外了。她突然想起那个闹鬼的房间，那些鬼魂或许在友善地提醒她，不要走向冰冷的命运，不要跳下那个悬崖，她的头就不会撞向坚硬无比的岩石。

"我们应该去游泳的，你不该拒绝她。我们害死了她。"佳莹说。

"不要乱说，我们并没有伤害任何人。我们没有义务非得和谁游泳。"邹柚帆脑袋里有无数声音正在谴责他，一个写着红字的白色板子正在追着他跑，上面写着"自私自利""杀人凶手"。他难以承受这样的重量，他无法彻底否认是他间接伤害了卡丽，雯雯的声音再次覆盖了他的声音。

"话虽然这么说，但你知道，如果没有拒绝她，结果会不一样。"佳莹对丈夫，对自己，都感到失望。她不敢相信，因为他们的冷漠，导致了一个不可逆的结果发生。

卡丽救了一个老人，他们却害死了她，一个未来的白衣天使。

他们先是去了医院，后来整个下午在警察局里度过。

邹柚帆尽量让自己保持冷静和理智，他们在两名警察的询问下，回顾了一遍与卡丽的相遇，以及死亡前的谈话细节和行为举止。不排除自杀的可能，但警察更倾向于认为这只是一次意外，至少她没打算通过这种方式自杀，她的头撞得不轻。贺佳莹的情绪濒临崩溃，警察给她递了两次纸巾，她时不时掉下眼泪，无法正常清晰地表达，基本上所有的问题都交给邹柚帆来回答。警方联系上卡丽的学校，还有她在北京的家人，她的父母已经在来牙买加的路上。

"卡丽还是个学生，她在多伦多读书。"佳莹说，"但是她休学了。"

"你们知道她为什么休学吗？"警察问。

"她没说。"他们默契地决定不透露卡丽的性取向，不是所有人都能接受，这属于死者的隐私，尽管她本人没把这些当回事。

"但学校的老师告诉我们，上周班里失踪了两个女生，其中一个就是卡丽。另外一个是昨天下午找到的，在学校附近的私人公寓，被发现时浑身是血，身体不同部位加起来被捅了十七刀，内脏流得哪儿都是。卡丽有重大嫌疑，加拿大的警察正在找她。"右边的黑人警察挠着自己的腮帮子说道，语气像在说一家倒闭的超市，而不是一桩残忍的凶杀案。

"你是说，卡丽杀了一个人，一个女孩？"邹柚帆努力不让自己显得惊讶过度，"我就说卡丽是个危险的人，从看到她的第一眼，我就觉得会有什么不好的事情发生。"

"可能是因为情感纠纷。"警察用夹杂口音的英文冷冰冰地回答。

"也就是说，她并没有休学？"贺佳莹向他确认。

"你为什么还在关心她休学的事，她大概率是个杀人犯。不，她应该就是个杀人犯，她杀了自己的女友。"邹柚帆激动地用中文对妻子吼道。

"你怎么知道那就是她女朋友？"佳莹说。

"这不是重点，重点是她杀了一个人。卡丽的死罪有应得。"邹柚帆说。

"先别这么说，他们一定是搞错了，卡丽怎么可能做出这么残忍的事？只是嫌疑，还不确定。她明明在我们面前救了一个人。我应该陪她去游泳的，卡丽活着，我们就会知道这一切都是误会，她不是凶手。"贺佳莹有些头晕，她不愿意承认自己看走眼，错把罪犯当朋友，她不想蜜月就这样毁掉，不想在完美婚姻的初始，就埋下如此巨大的瑕疵、败笔。仿佛只要她坚定地相信什么，什么就是事实。

"清醒一点，如果你继续和她待在一起，她有可能会杀了你，或者我。她一定看出来我不太喜欢她，所以应该会先杀我。杀人犯一般都不会满足于只杀一个。我的直觉是对的，要握紧自己的方向盘。"邹柚帆惊诧之余，带着一丝心满意足地说道。

"就算真的是卡丽，也一定是因为发生冲突，迫不得已才这么做。"贺佳莹说，她曾为父亲在心里开脱，他不甘心忍受母亲的无聊，偶尔犯了一次错，人都会犯错，他已经为自己的行为付出过量的代价，她强迫自己释怀。转而，她又为自己不合时宜的共情感到自我厌恶。明明在下属眼里是个冷酷无情的领导，而她的另一面偏偏是个过度共情的人，时常想把感情的阀门彻底关上，这样她也不用觉得委屈或是厌恶，索性做个冷漠的人。这会儿，她竟想起卡丽那副浮夸的耳环，一直在猜它到底像什么，现在她终于猜到了，它的形状酷似显微镜下看到的球形细菌。

"十七刀！怎么可能不是蓄意杀人！幸好我没有让你继续和她待在一起，否则我们根本没有机会知道卡丽是个杀人犯！"邹柚帆说。细思极恐和如释重负的感觉同时扑面而来，他对自己的预判感到自信，但尽量显得低落或义愤填膺，也确实是义愤填膺的。难以想象，他们前一晚还跟一个杀人女魔头共进晚餐，玩沙子埋脚的游戏。

贺佳莹最终还是忍不住吐了，难以抑制的恶心一直在她的嗓子眼里翻。牙买加的警察对这类反应大概司空见惯，很平静，没有立刻找人进来打扫。

邹柚帆有些担忧地看着贺佳莹，对警察说："可以让我的妻子先出去休息一下吗？"

"我没事的。"贺佳莹说。

"她从学校逃课跑出来的。"左边的警察在纸上写了些什么，看着他们点点头，"好了，和你俩没关系了，你们可以走了。"

两人从警察局出来后，天色已经黑透，头顶上方连一颗星星也没有，感觉随时有可能下雨。贺佳莹后知后觉的恐惧才刚刚爬上心头，牙买加治安混乱的各种传闻在耳边呼啸，仿佛小偷、抢劫犯、瘾君子、强奸犯正躲藏在某个漆黑的角落，等待一个正确的时刻，好给哪个倒霉蛋降临一点儿不幸。好在那个时刻并未到来，两人顺利回到酒店，他们不是那些人需要的倒霉蛋，他们今天已经足够倒霉，没有值得被瓜分的运气。

"你还好吗?"邹柚帆问。

"不用担心我,你记得把浴缸里的泡沫冲干净。"贺佳莹说。

洗完澡,他们早早上床睡觉,谁都不打算在今晚谈论卡丽,尽量让生活看起来没有这个人出现过。他们背靠着背躺下,像一对结婚三十多年的夫妻,没有浪漫,没有激情,没有爱抚,仿佛早就看透了人生的本质,看透彼此,没有好奇需要借助语言的梯子爬上对方的心灵,那不过是一小块熟悉到无聊的风景。从卡丽的头撞向岩石,她的鼻子和嘴被灌进咸腥海水的那一刻,随着她呼吸的慢慢消失,他们的蜜月也被现实的浪潮终结。

尾 声

新的一天,太阳照常升起。贺佳莹把昨天穿过的连衣裙放进脏衣篓里,换上衬衫和牛仔裤,和丈夫邹柚帆一起去自助餐厅。这是他们来到尼格瑞尔以来吃的第一顿早餐,黄油炒鸡蛋配白吐司,还有不加糖的咖啡。

"宝贝,回去带你上游乐场。"邹柚帆语调故作愉快地说,"你不是一直喜欢那个像钟摆一样的东西吗?我答应陪你坐一次。"

"但是北京现在的天气太冷了,没几个人愿意上游乐场。"贺佳莹咀嚼着面包片说。

"我同意你养一只猫,你最喜欢的金吉拉。"邹柚帆说。

"不,猫毛会掉得到处都是,还可能会抓坏新买的皮沙发。"贺佳莹坚定而平静地说。

一夜之间,她惊讶地发现自己对过去的爱好变得没那么喜欢了,她没有什么想得到的,风平浪静的生活本身就是礼物。热爱的人、事、物被蒙上新的色彩,对于眼前与她分享炒蛋的丈夫,即使她洞穿了他的心性——一个严重自我中心的人,但她却不能完全了解这个人,这种感觉让她抓狂。就好比掌握了冰箱制冷的本质,却不了解那扇门里究竟存放了哪些物品,你可能偶尔会打开冰箱门,但当它再次关上,门里物品的种类和位置都有可能发生变化。卡丽的死让她明明白白地糊涂了,她意识到,即使一个人赤身裸体站在你面前,告诉你她的过去,她喜欢的食物,她的心情,你仍然不可能了解她。你可以知道她昨天穿了什么衣服,说了什么话,但是你不知道她心里滑过的所有想法,你不知道在你看不见她的时候,这个笑容灿烂、愿意对别人的苦难施以援手的女性,竟然用极其残忍的方式结束了另外一个女性的生命。贺佳莹想起卡丽关于"永恒的爱"的说法，在法律和道德面前，卡丽或许是个罪犯，但她试图做的是另外一件性质截然相反的事情，用扭曲的爱证明永恒。但她认为卡丽太傻了，死亡和暴力并不通向爱，尽管它们看起来都接近某种无尽。她来过，又离开，但无法再来过。

贺佳莹坐在这张平淡无奇的桌子前，思考什么是爱，什么是婚姻。他无数次进入她的身体，他们感受彼此的温度，可是又无法真正长在一起。他们是用法律和"夫妻"概念所连接的共同体，在这段关系里，他们既是自己，又不是原来的自己。她怀念刚在一起时的爱情，那种没有自我的感觉，彼此放心大胆地仰躺在一个巨大的粉红果冻上，没有愚蠢的多虑和沉思，只是享受爱情的甜蜜。她确信，那玩意儿已经变质，早就转变成其他什么东西，只是她一直不愿意承认和面对。

她从座位上站起来，走出餐厅，来到户外。丈夫仍旧坐在里面，他们隔着玻璃能够看见彼此，他没有起身过来追她的意思，只是定定地望着她，似乎相信她不会走远，嘴巴还在品尝着剩余的苦咖啡。

清晨的海风裹挟着淡淡的雾霭，她打算提前结束这次旅程，她太累了，想要回到熟悉的没有故事的现实里去，即便她的未来笼罩在一片更厚的雾里。她不渴望大雾之外的事物,她只想与玻璃里面这个不能完全了解的男人共度余生,他们见证过彼此的愚蠢、狭隘、难堪,又深深地被门里的东西给吸引,即使那早已不是爱情,但她坚信,那是一种比爱情更坚固、更重要的东西。

2607

水形物语

**Particle
Girls**

1.

最后一场演出结束，秀妍脱掉粘在身上的橘色渐变硅胶鱼尾，大腿外侧被划出一条约四五厘米长的口子，不算深，红得没精打采，像一条不新鲜的红丝虫，呈淡淡红褐色，父亲养的孔雀鱼很喜欢吃这种黏作一团的红虫子，它们总是散发出一股腥味，秀妍并不讨厌这股味道，她小时候觉得很像海洋馆，不过海洋馆里还有另外一种味道，来自消毒水。秀妍用手指按了按伤口，有隐约的痛感，不明显，完全回想不起来是在什么地方划伤的。工作中遇到这种情况属于常态，她的手臂和腿常常会出现莫名的伤口和瘀青，手臂有时会被一些体形很小的鱼咬到，在水里很难发现，也感觉不到痛，好在都不严重，一般几天就会消失。今天游客有些多,秀妍总共下水三次，每次表演十分钟，但实际待在水里的时间要更长。她担心伤口在咸水中浸泡这么久会感染，听说有人脚趾被海边的贝壳划伤后导致整条腿截肢，但也不想小题大做，毕竟能够出现在新闻里的情形，生活中并不常见。

秀妍扯过挂在储物柜门上的毛巾，擦拭眼睛周围的水，又从柜里取出一个透明小包，里面装着小瓶的洗发水、护发素、沐浴露、茶树精油和洗面奶，还有牙杯和牙刷，柜里还有超大瓶的身体乳，经常泡在人造海水中，一天要洗多遍澡，皮肤和头发很容易变得干枯，每次工作完她都要涂很多乳液在身上，再滴两滴精油在手心，揉到头发上，为了穿鱼尾时更容易，也会在身上涂一点精油。海洋馆里本来有四位美人鱼，女浴室的淋浴头却只有三个，总有一个人要在外面等候别人洗完再进去。一位来自安徽的美人鱼因为受不了目前的收入（全职人鱼有五险一金，到手工资差不多六千五百块），上个月离职，剩下两位本地人鱼和一位陕西姑娘，现在大家不用担心抢不到淋浴头了。秀妍和陕西姑娘慧珍的关系更好些，她俩是同一天来到海底世界，秀妍是八九年的，慧珍比她小七岁，大学辍学，进入社会比较早，在很多城市的海底世界做过美人鱼。莎莎是北京人，来得最早，比慧珍更小。

秀妍和慧珍除了拥有共同的潜水爱好之外，还喜欢追各种动漫和剧，按说她这个年纪不该再迷恋这些东西，但三年前婚姻破裂，动漫和潜水某种意义上挽救了她，让她在暗无天日的时光中获得些许安慰。关于慧珍，秀妍只知道她喜欢喝澳白，曾一个人去很多地方旅行，至于为什么辍学，莎莎问过一次，被慧珍搪塞过去，给的理由是跟自己想象中的大学差距很大，没必要上，所以就不念了。想来想去，秀妍都觉得这个理由很不靠谱，心里对这个热情率真的姑娘有好感，但面对游戏人生的人却想要敬而远之，她有过沉痛的经历，明白人生并非游戏。秀妍不是会主动交友的性格，每次都是慧珍上前和她搭话。第一天上班慧珍就忘记带洗发水，问秀妍借的，第二天来的时候请秀妍喝了一杯咖啡，后来每次见面，慧珍都会主动打招呼。秀妍不知道澳白与拿铁、卡布奇诺到底有什么区别，她觉得喝起来都差不多。

"卡布的奶泡最厚，澳白的咖啡浓度更高，奶泡比例比拿铁低，很多地方的澳白都不做拉花，星巴克里的叫馥芮白，其实就是澳白。我最喜欢 Manner 的澳白，不喜欢很厚的奶泡。"慧珍说。

"可是我觉得厚厚的奶泡才好喝。"秀妍说。

"卡布适合你。"慧珍说。

慧珍讲话时正在用毛巾擦拭那一头秀丽的短发，身上一丝不挂，秀妍有些不好意思直视她，但慧珍却毫不介意。慧珍白得发光，秀妍忍不住看向她的胸部，随手臂摆动，奶冻般的团子跟着轻轻弹动，秀妍觉得很可爱。生完彬彬后，她的胸部已经有些松弛，眼前的慧珍让她感叹之余，也多出几分沮丧，女性不仅要承受生育之苦、母乳喂养之苦，还要失去紧致有弹性的身体。她从不觉得大胸有什么好，整个学生时代都感觉到累赘，大胸女孩的烦恼旁人不懂，秀妍害怕上体育课，害怕自己过于突出而总想要驼背，想把自己隐藏起来，害怕男同学叫她"大波"，很多可爱的少女内衣她都穿不了，只能穿成人的胸罩，一度觉得自己是异类。大学时曾努力减肥，胸大的女孩必须特别瘦，穿衣服才能显瘦。生育前甚至咨询过缩胸手术，但也没有付诸行动，婆婆和老公都不接受，不能理解女人为什么会讨厌自己胸大。生完小孩后发胖二十斤，就没再减下来。与汉文刚离婚的那段日子，秀妍为了让真实沉入海底的感觉打败头脑里那种无休止的沉没，她迷上潜水和游泳，想要自救，想要与陆地上的烦恼隔绝；每天吃不下任何东西，再加上各种健身，逐渐从一百二十斤瘦到一百零二斤，拿到由德国签发的SSI国际美人鱼潜水证。听起来似乎很励志，实际上这一切不过是因为遭遇了人生重创，只有她自己知道。

　　从小到大爱跟她比较的表妹看见秀妍减肥成功，身材和气色越来越好，也想瘦下来，每天拼命节食和跑步，两个月瘦了五斤,两个月后又反弹十斤。表妹家里比较富裕,她认为自己本该比秀妍过得好,但学习成绩始终不如秀妍,嫁的老公不仅没有姐夫帅,而且刚结婚第二年就出轨,小三上门大闹一通,家里想瞒都瞒不住,但表妹坚信这件事别人不知道,完美演绎掩耳盗铃。表妹表面上对她爱搭不理,暗地里又与她较劲、模仿她。自从彬彬生病,表妹对她的态度有所好转,离婚之后,更是对秀妍多了几分亲近,有些言语上的安慰,表现出对她际遇的关心和同情,吃饭偶尔还会帮她夹菜,搞得秀妍很不适应。自从秀妍的生活重新恢复运转,慢慢好起来,尽管心里依然没有走出那些阴影,却让表妹很不爽,重新打起精神的秀妍与表妹失去重归于好的基础,自从表妹减肥失败,她们的关系比原来更冷漠,也更加微妙。

"秀妍姐一直这么盯着我,我要不好意思了。"慧珍把小腿上的乳液球用掌心轻轻推开,抹匀。

"抱歉,刚才在想事情,没有注意到自己一直盯着你。年轻可真好,羡慕你,真希望人能一直这样年轻下去。"秀妍闻到一股浓郁的玫瑰香。

"哪里年轻,我跟秀妍姐差不了几岁,倒是你,保养得才好,如果我们不认识,会以为你比我要小些。"慧珍说,"喏,更年轻的来啦。"

"你们在聊什么啊？是在说我吗？"莎莎披着一条巨大的粉色毛巾出来，问道。

"我们说你是这里最年轻的美人鱼。"秀妍说。

"很快我就不是最年轻的了，明天有个二十一岁的混血美人鱼要来面试，八成会留下。好烦啊，暑假又快来了，很多外面的熊孩子要来体验潜水课了。"莎莎说。

"怎么了？为什么烦，多热闹啊。"慧珍说。

"你不知道，有人素质很差，有一次我亲眼看见一个十几岁的男孩屁股后面的海水出现一些曲曲折折的黄色液体，害我连续两天都没敢下水。"莎莎说，"太恶心了，不聊这事了。"

"混血美人鱼？混哪儿的血？"秀妍问。

"好像是俄罗斯，具体我也不太清楚。"慧珍说，"秀妍姐今天开车来的吗？"

"对，小武还没走吗？"秀妍笑了笑说，"看来以后又有人要在外面等淋浴了。"

慧珍用的吸管杯有点像奶瓶，有一次被企鹅饲养员小武看见后嘲笑了一番。其实秀妍早就看出来小武喜欢慧珍，他有时会做一些事情试图引起慧珍的注意，但又总是让慧珍感觉尴尬。慧珍每次都躲着小武走，直到不久前，小武开始有意无意地等慧珍下班，创造机会要与她一起去地铁站。昨天又"凑巧"一起下班，慧珍谎称自己有东西落在储物柜里，便回去拿，结果出来发现小武还在门口等她，一时找不到理由拒绝。秀妍正好经过，看出慧珍为难，便让慧珍坐她的车。

"他昨天又等我了。你说小武该不会是变态或者什么跟踪狂吧？"慧珍悟到了什么，张大嘴巴。

"我觉得应该不是，别紧张，不过你还是小心一点，防人之心不可无。或者你和他挑明，就说你有男朋友了之类的，如果他再等你，你就说男朋友来接，让他先走。"秀妍说。

"还好他不住宿舍，我其实也挺想搬出去的。"慧珍带着一点点装出来的哭腔说。

"你可以搬出去啊。"秀妍说。

"秀妍姐说得容易，我哪有钱啊，交完房租什么也不剩了。你这个本地人，不懂我们的苦衷。"慧珍说。

秀妍没有说，其实自己也是租房住，她这个本地人，过得也跟北漂族没差别。

"别担心，我送你回宿舍。"秀妍说。

"不用啦，把我放在上次吃米线的地方就好，我去商场里买条裤子，天气好，等下骑小黄车回去。秀妍姐最好啦。"慧珍模仿《樱桃小丸子》里小玉的语气说（其实秀妍并不记得小玉,是慧珍告诉她这是小玉的声音),她有时还会模仿其他卡通人物讲话,偶尔会用配音软件录一些视频发到朋友圈里。

两个比自己年轻的姑娘继续聊天,互相安利饭店、化妆品,她们的身体没有被生活打碎过,保留少女的质感,秀妍就不想加入这场裸体聊天的行列了。她穿好衣服,走到洗漱台的镜子前,拍了护肤水,涂好面霜,又涂了点润唇膏。拿起吹风机开始吹头发,巨大的噪声打断身后美人鱼们的聊天,莎莎用自带的吹风机吹干头发,慧珍忘了什么东西,又回到浴室去找。莎莎换好牛仔裤和吊带背心,踩着凉拖吧嗒吧嗒离开——有个男生正在卖力追求她,最近每天都会来海底世界接她,有时还会送花。

"年轻真好!可以奢侈地享受被追求的滋味。"慧珍坐在副驾驶的位置上感叹道,"过了红绿灯,秀妍姐把我放在那个7—11门口就好。"

"你也可以享受啊,小武其实长得蛮帅的!"秀妍侧过头,试图捕捉慧珍脸上的表情。

"哎呀,怎么说起他了,我不喜欢情商低的男人。秀妍姐喜欢让给秀妍姐好了,我去帮你说啊。"慧珍说。

"姐比他大快十岁了,开什么玩笑,人家喜欢的可是你。"秀妍停下车。

"姐弟恋也不错哦！不要讲显老的话，越说老越容易老，我们还都很年轻！"慧珍打气加油似的说道。

"没错没错，我们还都很年轻！"秀妍学着慧珍的语气点点头说道。

2.

离婚第二年，秀妍搬到父母家里住，把她和汉文住的那套两室一厅通过中介卖给一对夫妻。寄居在父母的屋檐下，让她有种重回青春期的感觉。这个两居室的房子曾让她和汉文背负过沉重的房屋贷款和利息，这些贷款和利息原本需要更漫长的时间来偿还，提前结清倒是一身轻松。交易完成，她把卖房子的钱与汉文协商后进行分割，还给父母一部分，剩下的存入银行，以及购买理财产品，还能产生一些利息。这个在她看来无懈可击的选择，却无法得到父亲的支持和认同。她与父亲对待很多事情的看法都不一样，父亲不能理解她为什么要与汉文离婚，研究生学历，放弃外企二十多万的年薪，跑到海底世界当美人鱼，不仅工资待遇差别巨大，还担心她被鲨鱼或是别的动物咬伤，有一个环节是人鲨共舞，虽然并不是她来表演，但她也会接触到那些鲨鱼。

"我真搞不懂你，真的以为自己是美人鱼吗？人是生活在陆地上的生物，你成天泡在水里能好吗！"父亲说。

"并不是整天都待在水里，每次表演的时间很短，而且我喜欢在水里的感觉，整个人非常平静。海底世界的鲨鱼也很温和。"秀妍说。

"鲨鱼也很温和？鲨鱼能有什么感情！它只知道你是它的食物。三十五岁了，做美人鱼能有什么前途和发展？"父亲说。

"以后准备做教练，我喜欢这份工作，每天可以跟可爱的动物打交道。我要那些发展做什么？我的生活已经成这样了，只想做点想做的事情。"秀妍说。

"是你自己把生活过成这样的，孩子没了，两口子也要继续生活啊，共同面对啊。你却偏偏要走上离婚这条路，我搞不懂这是什么操作！我根本就没同意你俩离婚，为什么把人生过得孤零零的，自己给自己雪上加霜？"父亲说，"你不是很怕看到小孩吗？在那里，你经常会看到很多孩子，何必要这样自我折磨？"

"这是我和汉文的决定，您不需要非得同意。我不可能一辈子不看见孩子，总要面对的，就是因为每天都能看见孩子，所以现在不那么怕了。这是我治疗自己的方法，就是去面对，去脱敏。"秀妍说。

"汉文跟我表达过，他不想离婚！"父亲提高分贝说道，并把茶杯重重地放在桌上。

由于跟父亲争论很凶，谁也不能说服谁，几个月前秀妍又重新搬出去自己住，彻底孤零零了。没有属于自己的房子，秀妍的心里空落落的，顿生一种漂泊感，但又觉得，人活在世上终究是漂泊的。她在没那么黄金的地段租了一间四十六平米的房子，丽景花园，一室一厅，每月四千七百元房租，卖房子的钱，加上自己的存款，每月还有一份美人鱼的工资，虽然吃力，但短期内秀妍养活自己没问题。后面撑不下去了，她会考虑和别人合租，或者把车卖掉，不过那辆车并不值几个钱。这是她目前想过的生活，不去跟任何人卷，不被主流的话语牵着鼻子走，不被父亲和过去的自己绑架，不做暴富的白日梦，不想在办公室里钩心斗角，未来只希望过平静规律的生活，有属于个人的空间和存款。她破碎过一次，这破碎抹掉了她的大部分人生，让她的婚姻归零，她早已不是过去那个秀妍。

过去的秀妍，渴望有一个温暖的家，一切以家庭为重，属于观念上比较传统的人，是父亲的乖乖女。从小到大什么都听父亲的，一路走来没出过什么大错，顺风顺水。

或许由于过去的生活过于顺遂，霉运降临时她措手不及，如果不是命运将她的生活打碎，她看不见自己的人生还存在别种可能。过去，她想成为有耐心负责任的母亲、温柔识大体的妻子、孝敬老人的女儿和儿媳，认真陪伴小孩健康成长，与丈夫白头偕老，把三个人的小日子经营好。至于事业，秀妍倒不属于事业心很强的人，这方面没有特别大的追求，稳步前进即可，能到什么位置到什么位置，不刻意逢迎，只在工作层面努力，把分内事做好。那时，秀妍的运气还算不错，迎来一次升职加薪的机会。结婚后，婆婆帮他们支付了一套九十多平米二手房的首付，秀妍的父母出钱支持他们装修，两个人将每个房间按照自己的喜好和意愿重新设计，贷款由她和汉文共同承担，也算是有自己的家了。不久后，他们有了彬彬。可以说，二十八岁的秀妍过上自己理想中的生活，虽然承担着房贷的压力，但一切似乎都顺风顺水，踏踏实实过便是。

　　三十岁起，秀妍的生活却悄然走向人生的另一篇章，而另一篇章是她根本无法预料，也难以忍受的。"人生不如意，十有八九"这句话仿佛是说给三十岁之后的秀妍，人如果开始倒霉，喝凉水都会塞牙。坏事接二连三地发生，不管当事人是否可以承受，命运总是能够出其不意，在你崩溃的边缘试探，一次次挑战承受的底线，然而人的承受能力也常常是超乎自己当初所能够设想的。

从彬彬两岁起第一次发烧，秀妍的心里就时常涌起一种隐隐的不安，却又觉得这些不安不过是做母亲都会有的胡思乱想。夜里，看着额头滚烫的沉睡中的孩子，他小小的身体蜷缩在天蓝色的棉被里，幼小脆弱，像一枚等待蜕变的蛹，大部分时间静止，偶尔动几下。她盼望他能顺利蜕变成一只闪闪发光的蝴蝶，翩翩飞越自己的生命之河，幻想他未来考上大学、结婚时的情景，猜想他会娶哪种类型的姑娘做妻子，她猜会是活泼的性格。同时，她无比担心自己会失去他，无论是将来远走高飞，还是中途遭遇不测。想到各种糟糕的可能性，光是想象这种失去，就让秀妍感到痛苦和窒息，尤其害怕看到微博里弹出的关于校园暴力的热搜，无法忍受孩子受虐待的新闻或消息。

卧室墙壁上挂着一幅落雪梅花的图画，秀妍不记得是谁新年时送的装饰画，觉得好看便挂上。孩子发烧时她一个人在家，穿着外面的衣服整晚陪着，观测体温，随时准备上急诊，那晚竟担心画里的雪会落在孩子身上。第二天，孩子退烧，重新变得活泼起来，秀妍心中那块柔软的地方又恢复温暖，看着体温正常的孩子，秀妍暗自嘲笑自己的那些顾虑和不安纯属多余。自嘲过后，却又悄悄将墙上的落雪梅花摘下，放进一只平常几乎不会打开的抽屈。汉文甚至没有注意到墙上的画不见了,男人大概都是比较粗心的,秀妍想,那些不会落下的雪,只有做了母亲之后才会在意和忧虑。秀妍想,彬彬一定会健康长大,她会竭尽所能保护好他。大家不都是从脆弱幼小的孩童阶段过来嘛,她不是也顺利长大成人,并做了母亲吗?秀妍那时没办法想象失去彬彬的生活,更不会想到自己有一天会与汉文分开,她以为这两个生命中重要的男人会陪自己很久很久,她忘记蝴蝶的生命是短暂的。

周三不用去海洋馆,难得能睡个踏实的懒觉,九点钟醒来,秀妍给自己做了早餐。过去没有吃早饭的习惯,反倒是从事美人鱼表演之后,开始习惯于每天早起,做完瑜伽后吃顿简餐,然后再去工作。演出通常是在上午十一点和下午两点,中午吃饭有点赶,吃饱后入水容易出现胃痛或反酸的情况。秀妍从冰箱里取出隔天的牛奶,冰箱门上贴着她和汉文在不同的旅游景点买的纪念冰箱贴,他们在一起时每年都会旅行。这是从家里冰箱上扒下来的,汉文没有带走,每块都携带一段回忆。她不知道是汉文不在意这些小物件,还是不在意那些回忆,既然是她提出离婚,他大概认为是她想要割舍他们的过去。事实上,她想割舍的是那些痛苦的过去,并非全部。

秀妍觉得社会对离婚的女性很不公平。公司里四十几岁的男人离婚，大家普遍认为他会娶一个更年轻的女人回家，如果连小孩也没有，那就更好了，像中彩票，获得了一次重新选择人生的机会；有了前面"失败"的经验，更了解自己想要什么样的婚姻和生活。秀妍看到网络上一个很不靠谱的调查说，二婚的男性感情生活更稳定也更幸福，既不会害怕离婚，也不会轻易离婚，面对妻子时更通情达理，不再追求完美，反而接近完美。有一首歌唱的就是三十岁的女人，在那首歌里，三十岁也可以替换成六十岁，毫不违和，歌词和旋律将三十岁的女人视为寂寞而荒凉的存在，没有走样的身材在歌词看来像是秃顶上最后的一缕发和一丝尊严。这是直男普遍对三十岁还没结婚女人的看法，更不要说秀妍这个快三十六岁还离过婚的女人，压根儿没有机会被写进歌里，直男们或许觉得她已经可以入土，余生皆是灰烬。但事实上呢？——秀妍站起来，走进卫生间，仔细瞧着镜子里的女人：眼部长了些细纹，有眼袋，嘴唇轻微起皮，鼻翼两侧长出淡淡的法令纹，至于那些小雀斑是她十几岁时就有的。总而言之，对面的女人没有曾以为的三十五岁那么糟糕，精神状态还不错，比实际年龄更年轻。秀妍比三十岁以前活得更像自己，不再对外界抱有过高的期待，能从纷杂的话语里辨别出属于自己的声音。慧珍说得没错，她还很年轻。

走回餐厅，秀妍倒了半杯牛奶，放进微波炉里加热一分半钟，煎了鸡蛋、鸡胸肉、香肠，放在涂满牛油果酱的全麦面包片上，又切了两片西红柿。透明的玻璃餐桌倒映出杯盘的轮廓，以及正在咀嚼的秀妍，她望着窗户对面的楼和树，窗台上摆了几盆很小的多肉、生石花、鹿角海棠、玉露。身边的两把椅子空空荡荡——有趣的是，这里刚好有三把椅子。她每天在这两把空椅子旁吃饭、追剧，看看小红书上关注的博主有什么更新，有时什么也不做，一个人发很久的呆；很少跟人聊天，微信里能畅谈的人似乎没有了，虽然她相信朋友的关心是真诚的，但她能从好友的关切和回避中感受到强烈的不自在，能说的话很少，她沉默起来就像只水母，在这个小小的寓所里呼吸和存在。而这个小小的寓所已经不能算"家"，与过去的日子无关，四十六平米的空间里只有一位女性，秀妍完全符合新时代女性的特点：单身、独居、经济自由。这个小巧的房子倒是什么都不缺，必要的家具电器配备齐全，唯独少了人味儿。冷冷清清也没什么不好，秀妍甚至打算就这样生活下去，如今能伤害她的不是冷清，反而是热闹。

儿童节那天，海底世界特别多父母领着孩子来看美人鱼表演，有一个看起来很像彬彬的男孩，大概也同彬彬一样的年纪，四五岁的样子，两只手扒在玻璃墙壁上，来回晃动脑袋和一只鹰嘴鳐打招呼。据说鳐鱼是由鲨鱼进化来的，也叫"平鲨"，它的身体看起来扁扁的，是为了适应在海底的生活，总是藏在沙地里。鳐鱼没有鳃盖，嘴巴位于腹部上端，仰头看它时总像是在微笑，一个来自侏罗纪的微笑。那是秀妍第一次在表演时出现特别剧烈的情绪，通常潜入水下，她的情绪都会变得微小，水如同结界，隔绝掉陆地上的人事物，所有的情绪都被一种巨大的平静笼罩，没有愤怒，没有悲伤，也没有狂喜。秀妍为了看清男孩的脸，擅自离开美人鱼的队形，靠近玻璃后面的孩子，小孩被突然游向自己的美人鱼吓到，原地愣了一会儿，然后跑开，抱紧站在身后的妈妈，只留给秀妍一个小小的背影。

她仍记得将这么小的人抱在怀里是种什么感觉，那感受离她远去，她的怀里只有二十三摄氏度的人造海水。橘色渐变的鱼尾随之黯淡，摆动得有气无力，时间停止，秀妍再次体会到一个人明明在眼前却够不到的那种滋味。她才知道，人在水中也是可以崩溃的，她知道自己在哭，却感觉不到泪水，眼泪似乎失重，连同她的悲伤一起失重，流向宇宙，那种体验十分奇妙。哭了像没哭一样，悲伤溢出去又重新回到心里，她还在，伤口还在，消失的只有眼泪。秀妍忘记自己是一条美人鱼，当时正在表演，外面还有那么多观众在看着，观众也感到奇怪。一条长达两米的鹰嘴鳐从身边经过时，秀妍呛了水，鼻子和嘴巴里进了很多水，被同事送回岸上。海洋馆里的水又涩又腥，和游泳馆不一样，里面有鱼的排泄物和食物残渣，呛水后心理和生理都非常难受。

同事们对秀妍的人生经历并不了解，关于婚姻、关于彬彬、关于那些沉痛的遭遇，秀妍会牢牢锁在自己的心里，锁在过去。秀妍过去在一家新加坡控股的公司上班，为了照顾彬彬，公司同意她停薪留职半年，孩子没了之后，她不想继续回到原来的公司工作，想去往一个没有熟人的环境，过一段无人知晓的生活。她无法忍受每天被别人的同情和怜悯浇灌，伤疤暴露在同事的目光和指指点点里——他们会说"她就是那个失去孩子又离婚的女人"，她的名字会渐渐被淹没，没人关心她是谁，是一个怎样的人，除了工作属性，大家只会记住发生在她身上的那些不幸的事。她不希望余生都被不幸缠上，虽然她无法摆脱已经发生的命运，也不能否认自己是个不幸的女人，她心里的伤口一辈子也不会愈合，可是这些她自己知道并独自消化就好了。

秀妍的胃正在努力消化吞下的面包片、香肠和鸡胸肉，属于她一个人的爱心早餐正在成为碎屑，在身体里分解，变成一堆没营养的东西。吃早餐的习惯让她感觉自己还在生活，她喜欢每天早上起来认真吃东西的过程，会有种重启生活的仪式感，仿佛又能打起几分精神。热牛奶落入胃里，秀妍感到温暖，怀孕时她完全喝不了牛奶，孩子似乎不喜欢，喝完牛奶一定会吐，或是拉肚子，汉文说这是乳糖不耐受的表现，可是现在她的身体却能承受住这些乳糖。她曾希望孩子能朝自己期望的方向发展，她致力于将他培养成一个优秀的人，生病之后，她改变主意，只希望他能平安健康地长大。后来才知道，生命如此脆弱，活着本身已是最大。

那幅落雪梅花后来从抽屉里失踪，秀妍找了很多地方也没有找到，或许汉文走时将它带走，或许在父母家里，也可能在搬运物品时弄丢。但终究，那世上的雪还是落下来，落在孩子身上，落在秀妍肩上。

3.

汉文上周将微信头像换成自己的照片，或许也想和过去的生活告别，他很多年一直使用一张外国男人的照片做头像,那个戴帽子的男人给人一种严肃思考者的印象,曾获得诺贝尔文学奖。汉文告诉过她,但秀妍还是忘记那位作家叫什么名字。如今突然想去看看他写的书,却怎么也想不起来。秀妍从未见过现在这张照片,她可以肯定这是离婚后拍摄的近照,汉文晒黑了,瘦了,戴墨镜,坐在一个开放式的花园餐厅,白色的凉亭和椅子,周围全是棕榈科的植物和热带花卉,虽然嘴上带着微笑,秀妍还是透过那副眼镜看见他心里的破碎。汉文的样子看上去有些陌生,与那个曾经同床共枕的汉文不是同一个人了,过去,他脸上的笑容充满感染力,讲话风趣,似乎有用不完的精神能量,又有几分叛逆色彩。如今,悲剧加重他身上的阅历感和忧郁,又多了些许审慎的温柔,照片里的汉文开始接近那个深沉的思考者,二十出头的女人恐怕很容易被汉文身上的忧郁、破碎、幽默、温柔所带来的反差吸引,况且他五官长得又很英俊,秀妍想。有经历的女人会知道,这样的男人通常很难真的爱上谁。

照片里静止的男人,倒是让秀妍回想起最初遇到汉文时的情景,他总是一个人戴着耳机看书或是敲击一副彩色键盘,衣服样式简单,穿各种纯色没有图案的T恤或衬衣,他本人气场足够强大,周围总能形成一圈与其他地方不同的气场空间。在上海,有段时间汉文每周都去一家名为

"薄荷"的咖啡馆看书和办公，咖啡馆在秀妍学校的附近，她在人群中注意到这个男人。她和汉文都喜欢坐在各自固定的座位，两人的桌子中间隔着一棵装饰树，上面还缀有一些红色的塑料苹果。她发现他出现的规律，星期三和星期五下午他一定在。因此，这两天时间她若没什么安排的话都会提前去占座位。汉文也注意到她，有一次人很多，秀妍来晚了，汉文表示不介意与她一起拼桌。两人闲聊起来，秀妍才知道咖啡馆是汉文朋友开的，汉文也参与投了一点钱进去，更详细的他就不讲了，他真正的工作是和电脑软件打交道，当时已经辞职。

"是程序员吗？"秀妍问。

"不一样，不过在外人眼里看来也差不多吧。"汉文说。

秀妍想看看他手里正在阅读的书，汉文正好读完了，随手将那本书送给她，是一本探索斯大林时期社会结构和个人生活的书。秀妍对斯大林并不感兴趣，但还是收下那本书。

"这本书倒不是在写斯大林本人，重点在于讨论渗透进人们心里的斯大林主义，这种渗透又是如何作用于个人的观念和生活，我觉得有意思的是，全面控制的时代让人们既恐惧权力，同时也比其他时候更加崇拜权力。"汉文说，"你可能不喜欢，女生对政治似乎都不怎么感兴趣。"

"你的头发长得很好，看起来不像是传说中的码农啊。"秀妍说。

"首先，不是所有的码农都没有头发，其次我不是码农，准确说我是 test engineer。再直白点，就是负责检查一个软件运行起来有没有 bug，听起来很无聊对吧？"汉文说，"但其实还蛮有意思，我经常觉得我们所在的世界也像是一个巨大的程序软件，它肯定也存在 bug，一些隐藏的缺陷可能正是这个世界的真相所在。"

"我觉得这份工作很有趣，小时候经常感觉自己不像是真实存在，感觉不能完全掌控自己，比如我渴了要喝水，其实不是我要喝水，而是我的身体需要喝水，身体什么时候需要喝水或吃饭，并不取决于我自己的想法，实际上是身体机能的算法。我们以为自己在行使某种人生的控制权，其实只不过是自己人生的执行者罢了，上高中有一段时间，我也怀疑有更高意志的存在，是更高维的生命在控制我们每个人的生命走向。但现在我不愿意相信那些看起来不太现实的事情，我是双鱼座，大脑里本身就有很多天马行空的东西，不希望自己再做白日梦，否则很容易就感到抑郁和疲惫。"秀妍说。

"没错，是算法。有时我一边工作，就会猜想我们这个世界的后台可能也有一个人正在盯着系统的运转，包括现在，我们说的每句话应该也在他的程序设计里，及时发现漏洞并修补，也有来不及补的时候，于是有些地方就会发生灾难或是科学难以解释的事情，当然，灾难也可能是为了程序需要而设定的。一个人会爱上另一个人，或做出某个重要的人生决定，或者不停犯同样的错误，可能都是基于程序设定。你特别恐惧什么或对什么东西上瘾，是身体里的设定在驱使你爱或恨。原来你也曾怀疑过这个世界的真实性。"汉文仿佛没有听到秀妍后面说的话，兴奋于遇见一个"志同道合"的人。

"如果按照你的这种说法，更像是宿命论，我倒是有点相信宿命。小时候确实好像看到过 bug 的存在。就像显示屏出了故障，或是程序的某个连接点中断，世界的成像出现雪花或是空白，一闪而过，再或者出现画面的重叠、重复。我妈说肯定是因为我眼睛看花了，还带我去检查了视力，但其实只有过那么两次啦，毕竟 bug 不能出现太频繁，如果被太多人发现，系统会崩溃。这种经历只在我很小的时候出现过，现在没有了，我已经不会往这么中二的方向去想。不好意思，不知道这么说是不是很冒犯你。命运没有因果，也不讲道德。"秀妍顺着他的话题继续说。

但她讲这句话的时候，事实上并不明白宿命是什么，直到现在，秀妍才有所领悟自己话里的深意。他们真正在一起，是秀妍毕业之后的事了，那次拼桌甚至没有留下彼此的联系方式，后来每次在咖啡馆碰见，他们都会聊聊近期搜罗到和神秘话题有关的内容，互相推荐科幻电影或悬疑小说，他们都喜欢柯南。第二年重新在北京相遇，然后开始约会，汉文去了一家游戏公司。后来秀妍才知道，汉文原本不会每周都去咖啡馆，但因为周三和周五的下午秀妍会在，就想着过去与这个看起来聪慧又安静的姑娘相遇。

有一次秀妍躺在汉文的臂弯里问道："如果让你用一种动物形容，你觉得我是什么？"

"水母吧。"汉文脱口道，"安静，温柔又神秘。"

秀妍每次经过海洋馆的水母池，都会停下脚步，欣赏片刻它们优雅游弋的样子，从一侧缓缓游向另外一侧，聚在一起，或是独自悬浮。有一种大型的粉红色水母，伞帽与成年男性的头部差不多大，泛着香槟色光泽，每一次翕动都像是一颗跳动的心脏，长长的触手上如同开满樱花。水母存在至今有上亿年历史，古老而神秘，虽然她没想到汉文会说水母，她觉得至少会是陆地上的什么动物。汉文的说法，倒是让现在的她觉得更恰切，想想，她与水的联结似乎更深，每一次入水，都有种回家的感觉。他是懂她的，没有人比他更了解她，可是她却觉得他的爱太少了。失去最为看重的婚姻，秀妍在潜水中重新找到归属感。

人们通常认为只有拥有大脑的生物才需要睡眠，但是科学家在澳大利亚箱形水母身上发现了类似睡眠的现象，它们有时会出现悬停或非常缓慢的状态，打破人们的固有认知，睡眠的原始核心功能看来并非只是让大脑休息，水母的神经系统也需要休息。还有一种惊人的假说，认为世上原本没有动物，所有动物都是由植物变成，而睡眠或许是生物本来的状态，只有睡眠时人才真正与自己在一起，而不是被各种社会事务支配。每次经过水母池，她都会想到汉文。

"水母啊，想不到你会说水母。"秀妍说。

"不喜欢吗？"汉文说。

"没有，只是有点意外。"秀妍说，"你像一只很酷的鹰，你的眼神看起来很锐利，一直盯着的话会把人给看穿，以前我不太敢直视它们，我是说你的眼睛。"秀妍用食指指尖从汉文的鼻子一路滑到他的下嘴唇，停住。

"很酷的鹰？"汉文莫名被戳中笑点。

"对，猫头鹰就不酷，是那种很酷的老鹰。"秀妍说。

"我还是更愿意做猫头鹰，比较有喜感。"汉文将她的手握住，温柔地看着她，轻轻吻了一下那根手指，"你没那么容易看穿,水母看起来是透明的,它的存在才更难以理解。"

秀妍回过神,想到汉文此刻或许正和别的女人在一起,做着他们曾经做过的一些事——照片或许就是她拍的,秀妍心里的祝福是真的,酸楚也是真的,毕竟过去这么久,他的身边一定有了新的伴侣,她希望他遇见一个能够带给他许多阳光的女人。汉文去了牙买加的金斯敦,因为卖房子的事他们通过几次电话,他的身边倒是不缺少阳光,秀妍在电话里听到来自热带岛国的人声和自然声。她过去一直觉得自己是幸运的,能够遇见汉文这样的男人,她也的确是幸运的,能够遇见汉文。但是为什么分开,连她自己也想不明白。她觉得他太乐观又过分理智,她挑不出他有什么明面上的错,可是又感觉哪里不对劲,面对孩子的事情,他把悲伤隐藏得太好,让她感觉自己像个傻瓜。日渐憔悴和沉默证明他心里是有悲伤的,但他没有抱怨和愤怒,没有眼泪。沉默是汉文表达负面情绪的方式,她希望他能向她倾诉自己的痛苦,把悲伤说出来,这种要求似乎很奇怪。

"面对生活积极一点,难道不好吗?"汉文也同样感到困惑,"我为什么一定要向你证明我是悲伤的?彬彬不是你一个人的孩子,也是我的,他死了我怎么可能不痛苦?"

"我希望你表达出来，憋在心里会生病，如果你把情绪都放在心里，我会觉得自己被你排除在另外一个世界。"秀妍说。

"我没有刻意隐藏什么，或者说克制就是我表达情绪的方式，只是接受孩子死了的事实，你为什么会这样认为我？我一直在试图理解你，你怎么能觉得我把你排除在别的地方？"汉文把卧室的门重重关上，这是他仅有的表达愤怒的时刻。

"死了"在秀妍看来太沉重和冰冷，她希望他能换种说法。过去，她欣赏他的逻辑和理智，但这些也成为他们离婚的一个重要因素。她每天早上醒来只要看见汉文，生活仿佛就没办法继续往前转动，孩子的死亡清晰横亘在他们之间，像一条无法跨越的滚烫的河。她第一次提出分房睡，她以为他会有很大的反应或者提出反对，但是汉文没有，他对她表示理解，这让秀妍非常不能理解。分房两个月，生活寂静得毫无波澜，汉文没有提出任何抗议，像什么都没发生一样，这件事令秀妍感到更加诡异。她开始质疑这样的婚姻到底还有没有必要继续维系，汉文始终维持原来的生活习惯和生物钟，即使失眠，到时间他也会躺下。汉文没有因为分房睡而产生什么变化，她的存在、孩子的消失，似乎都没办法撼动他的日常生活。

直到提出离婚，他才表现出惊诧，他不明白她为什么突然要离婚，他觉得自己给了她足够多的理解和包容。

"你为什么要这么理解我呢，你至少也要站在自己的立场考虑问题才对，而不是一种观察者的中立立场，或者纯粹迁就我,有些事你不需要那么迁就我！"秀妍说完，也觉得自己不可理喻，但她也说不清两个人到底谁更不可理喻。

在她看来，彬彬的离去和她的婚姻破碎就像一个bug，一切都按部就班，人生本该完美运行，她没有做错什么，但有些事情就是发生了。她想放弃宿命论，从而相信虚拟世界的说法，这样好像不那么容易堕入虚无主义，她不希望承认自己的悲剧是一种注定。她想有一个可以质问的人，那个负责检测的工程师，为什么让她的人生出现如此大的漏洞，为什么夺走她的孩子，让她心里产生一个永远无法填住的巨大空洞，以至于要再次付出牺牲婚姻的代价，她有时害怕这个洞连她也一块儿吸走。秀妍感到痛苦时，就会咒骂那个不存在的看不见的工程师，但痛苦的浓度过高时，她就变得疲惫而平静，现在她有些理解汉文的反应了，但为时已晚。

汉文的微信朋友圈只有一条信息，从来不发社交媒体的他破天荒在今年元旦时发送了一条新年祝福，配了一张海岛的照片，地理位置显示是在牙买加的尼格瑞尔。或许是想给关心他的朋友和家人看，告诉他们他很好，或许只是为了告诉自己，一切都是新的了。发这条朋友圈时，他心里出现过她的名字吗？秀妍想。她没有去过牙买加，照片里的海蓝得透明，树绿得发光。和她一样，他也去了一个没有人认识他的地方，汉文将痛苦的过往留在世界的另一端，潜入另一种无人知晓的生活。除此之外，他的朋友圈什么也没有，空空荡荡，没再发布任何内容，她害怕他连这一张照片也删掉或是改成一段时间内可见，但他似乎没有兴趣做这类事情。秀妍很想问问他最近过得好吗，但她不能问，给别人制造完伤口，不能再去揭人家伤疤。他好与不好，都与她的人生无关，她无权过问。

4.

周二下午五点半之后，游客被疏散掉，海底世界的餐饮区和纪念品区正在陆续打烊，由于没有培训和加演，慧珍和莎莎下午四点半表演完提前下班，那个混血美人鱼上班时间不固定，有时来有时不来，似乎是个关系户，馆里只剩下秀妍和一位潜水员，以及负责清洁的工作人员。海底世界突然安静下来，回归它本来的样貌，潮湿、安静，又多了几分危险和神秘。洗完澡的秀妍决定换上脚蹼和泳衣，重新回到水里，游一圈，再回来。

没有游客的海底世界，更像是一个梦幻的童话世界，水在灯光的照射下波光粼粼，如同有气泡的蓝色果冻。巨大的海龟从透亮的头顶上空掠过，制造出层层波纹，几十只黄金鲹（身体呈鲜艳的黄色，有许多黑色条纹）向她涌来，将秀妍包围，她戴着钢丝手套的手中拿着一只方形的白色塑料筐，装着一些问潜水员要来的饲料鱼，但这些不是给它们的食物，是给一条叫彬彬的护士鲨准备的。名字倒不是她取的，纯属巧合，更巧合的是，它出生的年份与彬彬走的那年一致。表演与鲨共舞的潜水员告诉秀妍，这只鲨鱼有些特别，由于被它妈妈咬过，它对鲨鱼有阴影，所以格外黏人。秀妍觉得孩子或许变成其他生命形态，继续陪伴在她的身边，这只鲨鱼的存在寄托了秀妍的部分思念。鲨鱼的平均寿命很长，和人类差不多，有些比人类还要久，迄今为止最长寿的纪录来自一条将近五百二十岁的格陵兰鲨鱼，也就是说，它活过五个世纪那么久，从明朝一直活到现在。它生活在靠近北极的海域，几乎没什么天敌，本身又携带毒性，它可能还会再活几个世纪。用人类的思维和情感去共情一条鲨鱼，秀妍感受到巨大的孤独，有时半夜醒来上洗手间或是去客厅里喝水，环顾无人的公寓，她常常对那条格陵兰鲨产生同情，但或许它很惬意。

灰色的护士鲨看起来就像一条巨型鲇鱼，性格比较温和，是海洋中社会属性较高的一种鲨鱼，随着夜晚降临会更加活跃。叫彬彬的鲨鱼大约有两米长，好奇心很重，背鳍上有一处伤疤，每次见到，她都会摸一摸那块伤疤，表示安慰，她不明白它的母亲为什么要伤害它。它似乎认识秀妍，从她身边游过去，然后贴着地面来来回回游了几圈，偶尔上来，很快又下去，既不离开，也不靠近，像是在和她做游戏。秀妍游上去，站在仿真礁石上换了口气，重新潜入水里。母亲的子宫大概也如同一个海底世界吧，孩子和汉文不会想到，有一天她的工作会是和一群海洋生物待在一起，渐渐把自己也变成某种海洋生物。

她很希望儿子能看到她现在的样子，他应该会很开心他的妈妈是一条美人鱼，他喜欢《海的女儿》里关于人身鱼尾的这种设定，但这个故事跟她的人生一样，是个悲剧。祖母告诫小美人鱼，水里的生活更安全也更适合她，靠近人类意味着危险靠近，海巫婆为了阻止姑娘们对岸上的生活产生不切实际的幻想，设置了不可逆的痛苦作为障碍，但还是没有扛住命运对她的诱惑。女权主义者引用海德格尔的观点来证明美人鱼必然走向悲剧，是因为"语言是存在的家园"，她为了追寻王子而放弃自己说话的权利。秀妍认为语言才不是什么存在的家园，语言是存在的虚拟家园，有语言的地方就有虚构或谎言，现实中的悲剧不都有充分的理由。

或者说，小美人鱼的悲剧不是什么女权主义的悲剧，分明是安徒生赋予她的，故事的结局可以是另外的版本。就像她根本不明白孩子为什么会患上白血病，她怀疑医生只是把他在教科书里学到的知识硬塞给她，什么一种儿童最多见的恶性肿瘤，常见的诱发原因有遗传方面的因素，还有可能是化学、辐射引起的。她和汉文的家族里根本没有患病的先例，吃的用的都比较正常，房子装修完一年半之后才让孩子住进去，此前一直住在姥姥家，新房检测时甲醛并未超标，汉文还买了空气净化器。如果说是奶粉或食物里面的添加剂存在问题，家里别的小孩也都在吃，并没发现异常，每个都活蹦乱跳。那么到头来，生病只能归结为自身免疫力低下，进而自认倒霉。为了避免受伤，秀妍将筐里的饲料鱼抛给护士鲨，吃完后，彬彬从她身边蹭着游过去，似乎是在故意示好。外表冷酷的鲨鱼，其实也是有感情的，秀妍想。

离开海底世界时，秀妍特意从海底隧道穿过，蓝色的水晶莹剔透，鱼群从她的头顶和两侧游过。穿白色短袖的工作人员正在清扫地面上的雪糕棍和碎垃圾，以及擦拭展缸的玻璃，她们后背上分别印有一条海豚，还有"海底世界"的字样。其中一位跟秀妍打招呼，问她怎么才下班，秀妍没有过多解释，只是笑了笑，对方也只是出于礼貌才询问的，并非真正需要一个答案。叫彬彬的护士鲨个头比别的鲨鱼小，秀妍一眼就认出来，它游过去，秀妍想伸手触摸玻璃壁，想到别人刚擦干净，又收回来。一路看过去，俄罗斯鲟，珊瑚区，海星和海葵，海苹果，各种小型鱼。饲养员小武正在企鹅区里喂几只脏兮兮的企鹅宝宝吃鱼，穿着白色雨靴，身上套着很厚的棕色外套，小武冲秀妍挥手。虽然戴了口罩，秀妍仍能通过他的肢体动作感受到他的阳光和开朗，秀妍觉得小武看起来不像是什么变态，新闻里的变态通常都配有一张阴沉苦涩的脸。

秀妍在海底世界附近吃了单人份的香辣牛腩煲，不在商场里，是一家很小的门店，她经常过来。牛腩分量有限，倒是给了很多配菜，腐竹、木耳、红薯片、撒尿牛丸、鱼豆腐。回到公寓已经快九点，在那张明黄色的双人沙发上坐下，整个人像泥巴一样松下来，滑进沙发里，打了一个嗝。眼睛闭上一会儿，又睁开，看见卧室门口的一箱玩具，秀妍坐起来。那个纸箱有点破，秀妍从淘宝上新买了一个很大的塑料玩具箱回来，昨晚本来要收拾，看到那些玩具情绪有些失控，转而洗澡睡觉。

　　箱子最上面躺着一只紫色的穿背带裤的毛绒兔子，孩子叫它彼得·潘，因为给他买兔子前不久，汉文给他讲述了关于彼得·潘的故事，是一个省略的版本，抹去成人世界的痕迹与阴影，尽量让故事只呈现天真积极的一面，插图里的小男孩穿着树叶和树浆做的衣服，看起来顽皮而富有冒险精神，整天在空中自由地飞来飞去，故事里也有美人鱼。那时彬彬已经生病，秀妍为此和汉文吵了一架，那么多童话故事，为什么偏偏要给他讲彼得·潘——这么一个不吉利的野孩子。苏格兰作家的原著是秀妍大学时才读的，即使已经成年，故事里的残酷也是在很多年后进入社会才真正领悟。那个小男孩总是骄傲任性，随意伤害爱他的人，需要他人的爱，却又从不记得爱他的人们。秀妍有很长一段时间无法走出那个故事带来的感觉，它太悲伤了，她陷入温蒂的视角，无法共情彼得·潘。尤其在做了母亲之后，秀妍更不喜欢这个故事了，她不希望儿子被窗外来的野孩子拐走，从而忘记妈妈。有时，她又会在汉文身上看见那种彼得·潘式的天真，心里闪过一些自相矛盾的想法。汉文解释说书是他妈上次来看孩子时买的，怕彬彬在医院太久了待着无聊，让他读给彬彬听。奶奶也不懂，看到插画挺好看索性就买了。看到汉文一脸委屈的样子，秀妍才意识到自己的反应有些过度。

离婚后，汉文有一次回来找东西，站在书柜前说道："我不讨厌彼得·潘，天真或是不想长大本身没有什么错，至少不是他一个人的错，他和温蒂的个性不同，他有自己的坚持和困境。"

孩子最喜欢的两个故事都带有悲剧色彩，秀妍想，或许不该给他讲那么多伤心的童话，但好童话似乎都是伤心的，他也成了一个永远长不大的男孩。如今，她倒希望彬彬是被带到一个童话般的世界，她总是设想各种可能性来代替"死亡"这一事实。她过去一直觉得自己强烈的悲伤比汉文的克制更能体现爱，但现在，她对这样的认识产生巨大怀疑。汉文是在单亲家庭里长大，母亲是市医院里的主任医师，他从小没有父亲，小学时还遭遇过校园霸凌，经常被两个高年级男孩放学后拦住要钱，两只口袋空空就会被扇耳光，只要控制好力度就不会留下任何殴打的痕迹。有一次在海底捞吃火锅时秀妍说漏嘴，婆婆只知道有混混小孩管汉文要钱，由于母亲要强的个性，汉文从来没有告诉过她霸凌的细节。婆婆的做法让秀妍感到迷惑，由于医院的工作太忙，有时不方便去学校接汉文，为了让他安全回家，会给他身上装几块零钱，万一被拦住就把钱给他们，不要发生正面冲突。

"可这是校园霸凌，您给钱算怎么回事啊，这不是默许他们继续霸凌吗？您当时不担心坏孩子变本加厉吗？"秀妍感到费解，"都不和学校、老师沟通反映的吗？"

"九年义务教育，也不可能让他们轻易退学啊，我们甚至不知道那几个孩子是哪个年级哪个班的，怎么找老师？汉文他爸走得早，我一个女人能做什么？给几块钱这个事慢慢也就过去了，他们很快会毕业，如果刻意放大这件事，学校又无动于衷，反而会激怒那些孩子，还会让所有人心里留下汉文被霸凌的印象，这对男孩的成长很不利。"婆婆夹着一片粉白相间的羊肉，在番茄锅里涮了涮。

秀妍想，大概正是这些经历让汉文习惯于去接受残酷的现实，并隐藏自己的情绪，从小被好好呵护的秀妍很难真正理解汉文，以及那个野孩子。也许彼得·潘频繁忘记温蒂，只是他假装自己忘记，他害怕对一个人念念不忘，那会让他想起母亲，过往的伤痛让他不能忍受自己变得柔软和脆弱，但爱就是会让人变得柔软且脆弱，真正的强大也来自这里。那么，温蒂又是否记得那些彼得·潘带给她的快乐时光？就算两个人都不记得，他确实带给过温蒂很多不会在这个世界其他地方再获得的快乐。

执意选择与汉文分开,秀妍本是希望时间的轮子向前,但到头来却发现自己真实的意愿竟是希望时间能够停下来,不要向前,这个陡然的发现让她感到崩溃。她害怕自己忘记彬彬,忘记他们在一起时共同拥有的那些其乐融融的时刻,她害怕看见汉文按部就班地继续生活,她希望他能和她一样停滞并久久沉浸在属于他们的悲伤中。秀妍开始对这个伤心的童话故事有了不同的理解,只是这种阴影逐渐变成更大的云雾,弥散在她的周边,她被困在里面,一个类似"永无岛"的地方,那里有彬彬,有曾经的汉文,还有曾经的秀妍。

秀妍大量地看动漫追剧,学习潜水,做美人鱼,卖掉房子转而租房,远离现实,远离过去。这一切,都是因为曾经认识的人都在有条不紊地向前,而她却不能沿着那条轨道继续前进。她在新的职业里体会到一种自由支配人生的快乐,心里压抑许久的"天真"得到释放,连她都感到困惑,她和汉文,究竟谁才是那个天真的人?如今的汉文,看起来倒是越来越接近现实。她以为她是温蒂,却在自己的内心深处看见彼得·潘的踪迹。秀妍将玩具一样一样放进新买的橙色玩具箱内,盖上防尘盖,唯独留下那只紫色的毛绒兔子。

5.

秀妍趴在床上看手机里存储的一些旧照片,她反复观看其中一段视频。手机里传来汉文的笑声,婆婆把生日帽戴在了孩子的脖子上,看起来有些滑稽,重新调整后,戴在彬彬光秃秃的小脑袋上,与他身上那件黄色线衣形成呼应,毛衣是婆婆买的,算是生日礼物之一,还有一辆玩具小汽车。大家脸上都戴着口罩,只有彬彬的口罩上面有长颈鹿图案。孩子眼巴巴望着桌上的主题蛋糕,想要伸手去够蛋糕上的小黄人装饰物,被大人拦住,小手在空中无力地抓了几把空气。秀妍买了最小尺寸,彬彬实际上也不太能吃这类东西,更多是为了让生日能有点气氛。"还没唱歌呢,唱完咱们才能切蛋糕。"秀妍的母亲把孩子抱到床上。房间里所有人一起给他唱生日歌,婆婆的声音有些发抖和哽咽,秀妍提高分贝,希望用欢快的歌声盖住那些哽咽。这是彬彬四岁生日时拍摄的视频,是他过的最后一个生日,每个人都知道这种日子快到头了,但大家努力装作日子还长的样子,谁也不愿意表现出自己知道结局,连孩子也不忍心让大人看出来,其实他知道自己的身体在变糟……

生日前不久,有一天下午秀妍趴在病床上打盹,她感受到一只冰凉的小手轻轻触摸自己的头发。秀妍醒过来,发现彬彬正看着她,那天他的眼神格外明亮,精神状态不像是一个患重病的孩子。他用稚气的声音安慰秀妍,语调却成熟得吓人:"这段时间妈妈辛苦了,我很快要走了,妈妈你就不用这么累了。"

"不许乱说!妈妈不累,这里的医生叔叔和阿姨都非常厉害,他们一定会治好你的病,相信妈妈!"秀妍从困倦的状态中瞬间变得清醒。

"我没有乱说。里面有很多只蚂蚁正在吃我,它们会把我吃光,然后在里面生很多小蚂蚁,我很怕打嗝的时候它们从嘴巴里出来。"孩子拍拍自己的肚子,"胳膊里也有蚂蚁,它们会爬来爬去,从这只手爬到这只手。"他又指了指自己两只手臂的关节。

"没有蚂蚁。人的身体里怎么会有蚂蚁呢?"秀妍压抑着激动的情绪说,"肚子很痛吗?"

"我要死了,之前尤尤姐姐说她的身体里面也有蚂蚁,然后她就死了。"彬彬说。

"谁告诉你尤尤姐姐死了?妈妈不是跟你说,她回家了吗,她已经好了。"秀妍觉得自己的谎言像一根轻飘的稻草，风轻轻一吹就能飞走。

"她就是死了，我梦见她了，她飘进我的病房，告诉我她死了。她说死了，身体里就没有蚂蚁了，但是会很寂寞。"彬彬说，"妈妈，什么是寂寞？"

秀妍一把抱住孩子，哭出来，彬彬却无比冷静，在她的怀里一动不动。尤尤是隔壁病房里的九岁女孩，也患有白血病，不严重的时候还会来看彬彬，带一点别人探病时给她买的水果或玩具。尤尤的爸爸从新加坡出差回来买了一对鱼尾狮的纪念玩偶，彬彬看见后很喜欢，问她这是不是美人鱼，尤尤摇头，把其中一只送给彬彬，虽然不是美人鱼，但也有鱼尾。有一天晚上，尤尤突然被转移到重症监护病房，秀妍再见到尤尤母亲时，人已经不在了。

彬彬说完这些当晚就发高烧，并伴有肠道出血，那些"蚂蚁"将他的肠子咬破，又啃噬他的关节，它们还会继续侵蚀并吞噬他的生命。医生建议秀妍做好心理准备，最多半年，实际上，孩子又坚持了八个月。十一月下旬的一天，凌晨两点多彬彬走了，孩子姥姥一边哭一边骂，说这孩子真是任性，选了又冷又黑的时间走，那么着急做什么，都不肯等到第二天天亮。

第二天一早，北京下了很大的雪。

慧珍突然发来微信消息，打断秀妍的回忆，退出相册界面，跟着那条蹦出来的消息进入聊天框里，背景是一片绿色的森林。慧珍问她喜不喜欢动物，小猫什么的？还没等秀妍回答，慧珍就发来三张照片，像是在她们宿舍楼下拍的，照片里是一只毛色很脏的流浪猫，八成在泥里打过滚，猫毛粘在一起，有点打结。还没等秀妍回答，慧珍又发来一条五十八秒的长语音，讲述自己如何发现它，它有多么可怜，又是多么乖巧懂事，问秀妍要不要收养。

慧珍提供的信息非常碎片化，秀妍听了个模模糊糊的轮廓。慧珍发现小猫时，它正在被两个小男孩用柳条抽打，她平时会喂附近的四五只流浪猫，这只是新来的，胆子小，别的猫生存经验比它更丰富，它被打之后就近找个地方缩着，也不藏起来，也不攻击，她觉得它待在外面很可能会死掉。慧珍和同行的朋友把两个小孩赶跑，刚带小猫去宠物医院做了检查，正在回宿舍的路上，明天还要给它打疫苗。

秀妍：小猫很幸运啊能遇见你，这么晚辛苦了，你为什么会想到我？

秀妍：我虽然不讨厌猫，可是也从来没有养猫的经验，不知道怎么照顾它啊。

由于母亲对动物毛过敏，秀妍家里从来没养过鱼以外的宠物。

慧珍：有一次听见秀妍姐打电话提到交房租，还说一个人住很清静之类的，就猜你可能是自己在外面住。我也好想自己住，宿舍里不能养猫！不然我就自己养啦。

慧珍：秀妍姐可不可以先帮忙照顾一下呀？过两个月我可能也要搬出去住了，到时再把它接走，如果不搬，我就找其他人来领养。

慧珍：它胆子特别小，是个小母猫，跟你熟了之后会很黏人！你肯定会喜欢它！

慧珍发来三条语音，秀妍将它们转成文字，看到那么多感叹号，忍不住点开语音又听了一遍。慧珍每次提要求时都会模仿卡通人物，这次是谁，秀妍没听出来。照片里的流浪猫好久没洗澡了，看起来非常邋遢，它的耳朵有点受伤，右耳缺了个角，正在流血，估计是被狗或别的流浪猫咬伤的。秀妍并不排斥养一只宠物，只是慧珍捡的这只猫长得实在不敢恭维，眼角布满泪痕和眼屎，后背上还缺了一撮毛，可能有猫癣之类的，总之样子滑稽，她不忍心给善良的慧珍泼冷水，不知道慧珍哪来的自信认为她一定会喜欢它。

秀妍：那你今晚打算怎么办？

慧珍：放在宠物医院那里，他们会帮忙收留一晚，最多两晚。

慧珍：秀妍姐，你是一个人住对吧？你能收留它吗？它很可怜，但真的很乖，这两个月的猫粮和猫砂由我来买。

秀妍：没错，我自己住。但亲爱的你太突然了，大晚上的，让我好好想想。明天再回答你好吗？

秀妍把手机倒扣过去，翻身躺下。眼睛望着天花板，昏黄的台灯将卧室笼罩在一种毛茸茸的柔和的光线中，如果这时空荡荡的屋子里有一只猫，跳到她的床上，或是依偎在麻织的拖鞋边上，也不是什么坏事，秀妍想，只是帮忙照看一段时间而已。秀妍盖好被子，伸出一只手臂将台灯关掉，身体调转到另外一侧。她的呼吸慢慢沉下去，沉到半透明的地方去，那里出现一个蓝色旋涡，她坠入其中，并深深坠入，直到一片树林出现……

两只黄色的蝴蝶在眼前追逐，一头幼年的梅花鹿从左侧奔跑过去，秀妍听见几声微弱的猫叫，循着声音找寻，发现一只白色的异瞳波斯猫蹲坐在一棵树下，树上结满像柿子一样的橙色果实。猫眼睛一只蓝色一只黄色，如同两颗放置在阳光下的玻璃弹珠，晶莹剔透，闪烁光泽。它走向她，在脚边转了几圈，装作不经意地用尾巴滑过她的小腿和脚踝，然后朝一条小路走去。每走几步回头看看秀妍有没有跟上来,然后再走几步。树林尽头是海滩,一个像彬彬的男孩正在海滩上玩沙子,海浪冲到他的脚趾尖,偌大的海滩上只有那么小一个人影。眼看海浪一次比一次靠近他,秀妍的腿动不了,只能担心地看着那个背影。这时,波斯猫走向男孩,男孩的注意力从沙子转移到猫身上,他站起来,去捉猫。这时,海浪拍过来,完全淹没男孩刚才坐过的地方。

6.

秀妍难以相信笼子里装着前天在照片里看到的小猫,毛毛蓬松洁白,那块没毛的地方以前受过伤,已经愈合,像个秘密一样被周围的毛掩藏起来。耳朵的伤口比较新,但也已经结痂,好在没有感染,上面涂了些黄色的药。它很像秀妍在梦里见到的那只神秘波斯猫,更让她感到不可思议的地方是,它也有一只蓝眼睛和一只黄眼睛,秀妍觉得这或许真是某种缘分,它要带她走一段路。那个看不见的程序员,大概发现她人生程序里的 bug,想给她一点温暖。秀妍不自觉地学了几声猫叫,想要逗逗这只小猫,它看向秀妍,但警觉地缩紧身体,眼睛周围的泪痕被清理干净，眼神有些忧郁。

慧珍看见秀妍脸上的诧异，笑起来："很漂亮吧？它性格很温顺，我都奇怪这么乖巧的小猫为什么会在街上流浪。给你发的照片是我刚捡到它时拍的，看起来很丑对吧，但我一看就知道它底子很好，是异瞳波斯猫。"

"八成因为它妈妈就是流浪猫，所以它生下来就成了流浪猫。"秀妍仔细端详笼子里的小猫，"它叫什么名字？"

"火龙果。哈哈。发现它的时候嘴巴周围一圈都是粉红色，我以为它受伤了，等到洗完澡就干干净净了，洗澡的姐姐说它应该是吃了红心火龙果，但没人会专门喂流浪猫吃火龙果，估计是别人丢出来的垃圾，它太饿了，就啃了几口。哎呀，下巴这里还残留一点粉红色没有洗掉……如果它妈妈是流浪猫，它应该是杂交猫才对，毕竟流浪的白色波斯猫不好找，我感觉它还挺纯的。"慧珍说完，把小猫抱出来。

"那可能是被人遗弃的，有的小猫生病了不愿意治，就丢掉它，这样的主人多是年轻人，他们没有钱给宠物看病，有的病还挺费钱的。火龙果你给它做检查了吗？"秀妍说。

"查了，只是有点炎症和贫血，做了驱虫，没有别的病。"慧珍说。

"奇怪，这么可爱为什么会成为流浪猫。"秀妍说。

她们坐在海底世界附近的一家咖啡厅户外用餐区，为了说服秀妍收留小猫，慧珍坚持请她喝咖啡吃比萨，咖啡点了慧珍推荐的澳白。遮阳顶上刚好有几只猫咪图案，旁边的男人似乎在等人，独自坐着吸烟，看向慧珍和她怀里的猫。火龙果成功吸引到男人的注意，男人看着小猫问慧珍："波斯猫啊！这是波斯猫吗？"

"是哒。"慧珍语气活泼，大抵是因为男人长得比较好看。

"它的耳朵好像受伤了。"男人说。

慧珍不再回应那个男人的问话，转而问秀妍现在几点了。医生告诉慧珍，小猫的耳朵是被人用剪刀故意剪坏的，切口很整齐。

"好变态啊，我怀疑是那两个小孩干的。"慧珍一边给秀妍看小猫的耳朵，一边小声骂。

秀妍同意收养。

"但是如果几个月后我养出感情，不想给你了怎么办啊？"秀妍有所顾虑地说。

"那你就继续养，偶尔给我发视频看看小猫就好。"慧珍说。

下午四点多，她们去商场负一层的超市买了新鲜的蔬菜和排骨，还有一些蛏子，秀妍请慧珍晚上去家里吃饭。慧珍从小养猫，秀妍想让她教教自己怎么养，有什么需要注意的，比如放多少猫砂，怎么让小猫在固定位置上厕所，她还想知道如何抱猫不会被挠。到了丽景花园楼下，她们把慧珍买的猫砂和猫砂盆从汽车后备厢里取出来。

"我建议你先不要抱它，彼此熟悉一段时间，习惯之后它会主动黏着你。"慧珍说。

"我看它在你怀里挺乖的。"秀妍说。

"可能因为我养猫，猫天然对我有亲近感，而且我比较有经验吧，知道它在什么状态下是可以抱的，一般流浪猫的攻击性和戒备心都比较强，火龙果没什么攻击性，但它被虐待过，所以不敢保证。过段时间，我带它打疫苗。"慧珍说。

给笼子里的猫喂了鸡胸肉罐头，放好水，她们开始洗菜做饭。让秀妍意外的是，慧珍很会做饭，她认识的单身"90后"擅长做饭的很少。慧珍说自己很小就学会了，因为父母上班总不在家，她还要照顾弟弟。两人分工，秀妍做了排骨土豆、外婆菜炒鸡蛋，慧珍炒了麻辣蛏子，另一半用来煲蛏子豆腐汤。排骨和汤都剩下了，秀妍用保鲜盒装好，凉凉后放进冰箱，第二天可以继续吃。

秀妍把小猫放出来，想让它活动一下。秀妍紧张地盯着它的一举一动，防止猫把窗帘或沙发抓坏，但它似乎对这些东西毫无兴趣，只执着于一只装过西红柿的塑料袋，乐此不疲地将自己套进去，再钻出来。塑料袋的沙沙声，猫咪身体里发出的呼噜声，以及时不时响起的猫叫，完美融为一体。除了塑料袋的声音有点吵以外，火龙果暂时没有展示出让秀妍难以接受的破坏力。脏碗盘堆进洗碗池里，秀妍把U盘插在电视上，随便选了一部电影。故事发生在冷战期间，一个装满水的神秘罐子被送进政府实验室，罐子里面装了一只人鱼怪物，很高大，并非想象中的美人鱼，更像阿凡达。它的血液特殊，身体的能量可以让伤口快速愈合，科学家想通过它提炼出能够制造生化武器的东西。起初，秀妍觉得那个怪物长得实在瘆人，蓝绿色皮肤疙疙瘩瘩，当它被这里的哑女清洁工发现并温柔对待时，展露出善良优雅的内在。

"他们语言不通，心意却相通，现实世界里太多相反的关系。"慧珍坐在沙发上感叹道，"我跟我爸就属于这种情况，说的都是中国话，但我说什么他也听不懂，他说什么我都很反感，每次回家都会生一肚子气。他还总想劝我回家，觉得我这种学历没必要北漂，应该回老家给他们养老。这样就能把我拴在身边，任由他们使唤我，让我不停地干家务。"

"家务都是你做吗？你弟弟做家务吗？"秀妍问。

"只要我在家基本是我做，我弟最多负责把垃圾丢下去，然后取个快递什么的，每次回家不是和同学聚会，就是整天打游戏，我爸也觉得无所谓，因为他是大学生，我自从辍学，就什么都不对了。"慧珍说。

"那你到底为什么辍学啊？"秀妍说。

慧珍没有讲话，眼底流露出一丝闪烁和痛苦，皱了皱眉毛。

"如果不方便说就沉默好了。"秀妍说。

慧珍起身去洗碗池刷碗，秀妍也过去帮忙。刷完碗时间已经很晚，秀妍觉得外面不安全，让慧珍在这里住一晚。

秀妍从衣柜深处找来一个买空调被赠送的天蓝色枕芯，也没有配枕套或枕巾，又找来一条薄毛毯、一身睡衣。慧珍洗完澡，站在洗漱间吹头发，秀妍敲敲门，将睡衣递给她。卫生间的门打开一条缝隙，缝隙里漏出一些热乎乎的水汽和光线，以及慧珍赤裸的洁白的身体。

"枕头和睡衣都是新的，我没用过。"慧珍说。

"谢谢秀妍姐！"慧珍从刚才的状态中恢复元气，重新变得活泼。秀妍没见过慧珍那么低沉的状态，此刻与刚刚的慧珍判若两人。

秀妍一米七，比慧珍高，骨架也比她大，睡衣穿在慧珍身上过于宽松。但从观感上,像是慧珍缩小了一号。

"电影里面有句台词很美,水是没有形状的,爱也没有形状,但它们无处不在。很浪漫。"慧珍坐在床上说。

"确实很浪漫,画面也美,我看过好多遍,每次都会有治愈的感觉。"秀妍说。

"你家的被子和枕头也好治愈啊!"慧珍用手按了按蓬松的枕头,"我也想有自己的家,但不想结婚。秀妍姐心里肯定有喜欢的人,真好奇能让秀妍姐心动的是什么样的男人。"

"你怎么确定就是男人?"秀妍趴在床上一只手托腮,转头看着慧珍。

"不会吧……"慧珍脸上露出一言难尽的表情,"秀妍姐是拉拉?我的天!"

秀妍成功骗到慧珍,忍不住笑出来。

慧珍发现自己被骗,转而说道:"秀妍姐不会喜欢我吧?嗐,这也不能怪你,我还是有些魅力的,虽然不如秀妍姐漂亮。"

"你可真会说,开玩笑啦,不过我真挺喜欢你这个妹妹的。"秀妍严肃下来说。

"我也喜欢秀妍姐哎。"慧珍隔着被子抱住秀妍。这个拥抱有些突然,秀妍没想到慧珍会过来抱她。但被人拥住的感觉很好，秀妍很久没有被人抱过了，更没有被这么热情又轻松地拥抱过。彬彬离开后，仿佛带走汉文许多能量，他沉默的时刻更多。汉文的拥抱是温柔而踏实的，即使热恋，汉文在拥抱这件事情上也表现得过于绅士，他总怕弄疼她，或者不想让自己显得很急切。她爱他，但过去总觉得他们的感情里缺少点什么。秀妍知道，她对汉文是鸡蛋里挑骨头。秀妍不想挣脱开这个拥抱，静静待着，房间里的气氛变得似乎有些微妙。

慧珍松开秀妍，有些迟疑地说道："秀妍姐有没有做过让自己特别后悔的事？恨不得时光倒流，重新选择一次。"

沉默几秒之后，秀妍躺下，把身体转过去说道："后悔的事？每个人应该都会有吧，毕竟人生是不能回头的游戏。"

表面平静的秀妍，内心却泛起涟漪，思绪被刚刚那句话带走。她想起与汉文刚结婚时的甜蜜时光，她和汉文都回不去了，时光不可能倒流，她不会再遇见一个像汉文那样珍视她感受的人，又很少给她添什么烦恼，她的那些烦恼很大程度上都是自找的，父亲有些话也没说错，是她自己把人生过成现在这样的。

"我大二的时候被辅导员性侵。他比我大十二岁，他结婚了，但我当时并不知道。"慧珍枕着手臂说道。

"所以辍学了？那他呢，你报警了吗？"秀妍说。

"没有，我过去不认为那是侵犯，我一直觉得我是在和他谈恋爱，但我们实际上并没有真的谈恋爱，师生恋本来也是禁止的，但是他对我很暧昧，最开始以为他对每个学生都很关心，起初理解的就是那种比较正常的关心。"慧珍说。

"他怎么关心你的？"秀妍问道。

"他会问我在学习和生活上有没有困难，有烦恼随时跟他讲，起初没有，问多了，难免会想和他倾诉学校里遇到的糟心事，后来变得有点像还不错的朋友，忘年交那种。"慧珍说。

"也不算忘年交吧，我跟我一个表哥差十三岁。"秀妍说。

"反正就是关系很好，有一次他听说我失恋心情难受，就约我出去吃饭，给我进行心理疏导。"慧珍说。

"然后呢？疏导到他床上去了吗？"秀妍说。

"没错，你猜对了。我们发生关系，我并不是自愿的。当时喝了酒，他说要送我回家，但是把我带到一个破旧的画室，里面有一张床，还有一些画着静物的油画，他周末会在这里画画。我能感觉到他在脱我的衣服，我拒绝了，我说不要这么做，但是喝得很晕，也不确定酒里是不是被下了药。可能因为我没办法直接推开他，他就认为我是愿意的，发生完之后，我特别恶心，特别讨厌我自己，我觉得自己被性侵了，但完全不能接受这个事实。现在回想，可能是为了让这个错误不存在，我就把他对我的行为理解成爱情。后来，我们的关系就变得很像在谈恋爱。他会继续关心我，带我吃饭，发生关系，生活上也真的会帮些小忙。可是他不允许我给他打电话，不许我告诉任何人我们之间发生的事情，也不让别人知道那个画室的存在。他很讨厌我问他我们是什么关系。"慧珍说完，冷笑了两声。

"那他怎么回答你的？"秀妍问。

"他没有回答，你肯定觉得后面都是我的问题，他只犯了一次错，而我用继续犯错的代价弥补他的错。我很婊，是个大傻瓜，对吧？"慧珍说着眼看要哭出来，随后又冷笑两声，将眼泪憋回去。

"我不这么想，你当时年纪很小，不了解一个人的坏可以被包装得有多么好，人性中有很多暗河。没有女孩希望自己被侵犯，大部分女孩在三十岁之前，都或多或少经历过性骚扰，隐性的侵犯藏在生活的各个角落，不易察觉。我小学四年级参加学校夏令营，有个男老师很喜欢打女生屁股，如果我们没有按照他的要求做，就会被打，我和我的好朋友都被打过，我当时觉得很屈辱，却不知道因为什么，甚至觉得大家可能都会经历类似的惩罚，很快就淡忘了这件事。我理解你不敢报警的原因，因为取证的过程很屈辱和烦琐，还会面对周围人的闲话和恶意，更关键的是结果还未必能如意，到头来依然是我们女的吃亏。"秀妍拍了拍慧珍的手臂，作为安慰。

"后来他老婆给我打电话，警告我离辅导员远一点，否则会找我家长，说我是狐狸精，勾引她老公，还骂了些难听的话，什么小小年纪就这么不要脸之类的。我当时都蒙了，第一次知道他有老婆，结婚才半年，也就是说发生第一次关系时他还没结婚，但应该要结婚了。他老婆打完电话，他也开始回避我，并暗示是我勾引他的，因为我穿着裙子去和他吃饭，还喝酒，就是摆明要和他发生点儿什么。我当时气坏了，但找不到还击的角度，因为我觉得自己糟糕透顶，就是个烂人。我不敢告诉任何人，当时很怕他老婆闹到学校，后来得了严重的抑郁症，没办法继续上学。我爸知道我退学后，狠狠打了我一顿，我倒不想自杀了。在家休养的一年，去学了美人鱼潜水。"慧珍苦涩地笑笑，流下眼泪。

同样作为女性，秀妍心疼她，想起自己的婚姻和遭遇。

慧珍哭了一会儿，停下来说道："秀妍姐不要告诉其他人。"

秀妍点点头。

"从那之后，我就没有谈过恋爱，甚至有点厌男。秀妍姐为什么也哭？"慧珍说。

"没什么，被你的坦诚打动，很羡慕你可以比较坦然地讲述自己不好的经历，我做不到，我也有很多难过的事情。你现在有没有想过去报警？"秀妍说，她理解慧珍为什么讨厌小武了。

"我不会，不想和他有任何瓜葛，现在提起他浑身难受，我会诅咒他！他一定知道我为什么退学，我相信报应。我不想因为一次踩到狗屎，就让自己的余生都充满那个味道。"慧珍说。

"恨一个人也会消耗你，我不知道你能不能从这种经历里走出来，尽管很难，但希望你知道这不是你的错，你是那个需要被保护的一方，不要厌恶自己。并且，不是所有男人都那么坏且恶心，也有不错的人。我有过一段婚姻，我老公没有做错任何事，他对我很包容，也很理解我，可我们还是分开了，所以有时命运真是个难以捉摸的东西。"秀妍说。

她给不了慧珍什么有效的建议，她尚且无法安慰自己。秀妍本以为自己已经对命运释然，但关于彬彬的部分，她还是本能地选择缄默，爱有多浓烈，阴影就有多浓重，她知道自己走不出这个"永无岛"了。

"我第一次见秀妍姐，就很有好感，你的话不多，好像经历了一些别人无法承受的事，又挺了过来，虽然我不知道是什么，但能感觉到秀妍姐身上散发着一种独特的魅力和力量感。"慧珍说。

"慧珍，能抱一下我吗？"秀妍忍住哽咽说道。

慧珍愣了几秒，将手伸进秀妍的被子里，隔着桑蚕丝睡裙摸向秀妍的腰，戳了戳她腰上的小赘肉说道："美人鱼最近该减肥喽。"

秀妍沉默地笑了笑。慧珍的手指有些冰凉，或许存在宫寒的毛病，秀妍转向慧珍，在幽蓝的小夜灯中，她尝试看清那张脸的细部，她用手拂开慧珍脸颊上散落的头发，两个人的呼吸几乎要贴在一起。慧珍摸索秀妍的后背、手臂、脖子，像是要从她的皮肤表面探寻到内部的情感和经历，秀妍不敢相信自己正在享受一个女人的触摸，她被来自另一具身体的热度吸引，一种久违的温暖，慧珍大概早就看出这是一具母亲的身体，但没有问让秀妍感到尴尬的问题。这时，客厅传来猫叫和玻璃落地的声音。

秀妍起床去查看，一只黑影从客厅地板上迅速蹿过。秀妍打开客厅的灯，原本放在桌上的玻璃杯被打碎，沙发后面传来几声轻浅的猫叫。秀妍喊猫的名字，火龙果像杂技演员一般跳到沙发靠背上，好奇地围观那些破碎的玻璃，懵懂天真，喵呜喵呜地叫着，看起来仿佛它也并不知情。秀妍想到两分钟前发生的事情，如同这个玻璃杯，变得破碎而恍惚，大脑一片空白，她惊讶于刚刚怎么会那么冲动和疯狂。厕所分别传来铲猫砂的声音，撒尿声，马桶冲水的动静，水龙头放水的声音。

秀妍把小猫逮住，指着不远处的碎玻璃教育它，问它为什么把杯子弄掉，小猫很抗拒，抓了秀妍的手臂之后就跑掉了。秀妍的右手臂被抓了两道，好在微微破皮，没有流血。她把地上的玻璃扫进垃圾桶，打开洗碗池边上的水龙头，捧着凉水洗了把脸。冷静下来的秀妍有些不知所措，慧珍却十分自然地走出来，一副她们共同生活了很久的样子。

"我刚刚被吓了一跳。"慧珍说。

"我也是。猫把玻璃杯打碎了。"秀妍说。

"杯子很贵吗？"慧珍问，转头看向火龙果说，"你这只小坏猫。"

"没事，那杯子不值钱，买牛奶时赠送的。"秀妍说。

"告诉你个好消息，我们的小猫会上厕所，我已经铲过啦，秀妍姐不用担心它随便乱拉乱尿了，不过它可能还会弄掉桌上的东西,最好不要把贵重易碎的物品放在上面。这些习惯,应该都是在原来的主人那里学到的。看在它那么可爱的份上,秀妍姐就原谅它吧!"慧珍笑嘻嘻地从身后抱住秀妍。

"我没有怪它。慧珍啊,不好意思,我可能需要一个人在这里待会儿。"秀妍解开缠绕在她身上的那双手,往旁边站了站。

"干吗突然这么低沉,秀妍姐像变了个人似的。"慧珍说。

"不好意思,刚刚,希望你不要误会。"秀妍打断慧珍,双手撑在流理台上说道。她尽量让自己的语气听上去坚定些,又没有多余的情绪,她不希望她误会。

"生气了吗?刚才只是玩闹啦,秀妍姐不要放在心上。"慧珍既抱歉又小心翼翼地说道。

"没事了,你先去睡觉,我想自己安静一会儿。"秀妍说,"谢谢你愿意分享隐秘的人生经历给我,我不会告诉任何人,你也不要轻易告诉别人,如果没办法解决让你痛苦的问题,太过痛苦的事说出去并不会被稀释,只会让它更加顽固地存在。"这是秀妍站在这里洗脸时才明白的道理,她的无名指被玻璃扎破了,但已经不流血。

慧珍沉默片刻,不情愿地独自回到卧室。秀妍倒了杯水，坐在沙发上，小猫坐在不远处的椅子下方梳理后腿的毛。慧珍刚刚说"我们的小猫"时，秀妍有种强烈的不适感，她们的关系突然之间变得过于亲密。秀妍料到，这只猫的到来会让她和慧珍的关系更近，但是没想到变成现在这样。秀妍一时无法分辨清楚，到底是谁先开的头，谁又没拒绝。

大约过了半小时，慧珍没有动静，似乎睡着了。秀妍喘了口气，她被自己的孤独和心中的欲望吓到，无法描述这一刻复杂的心情，只是无比想念汉文。手机屏幕上的时间显示已经凌晨一点多，金斯敦比北京晚十三小时，那边是中午。她打开汉文的微信聊天框，反复思量过后，终于发出一条消息。十分钟过去，没有任何回应，秀妍捂着额头哭出来。她不确定慧珍往后回想起来，会不会将今晚视为另一段糟糕的经历。

7.

早上七点，秀妍醒来，发现慧珍已经起床，坐在沙发上看电视，一边吃一碗玫瑰馅儿的汤圆（昨天在超市里买的）。猫咪卧在沙发的角落里。秀妍看着客厅里这一幕，觉得有些温馨。无论发生过什么，慧珍总能像什么也没发生一样，又变得很开心了，这或许是一种天赋吧，秀妍想。

"秀妍姐醒了啊。看你睡得香，不好意思打扰，擅自用了家里的厨具煮东西。秀妍姐吃汤圆吗？我帮你煮。"慧珍说。

"没关系，不用管我。早上吃汤圆不容易消化，等下我吃面包。"秀妍说，"你几点醒来的？我完全没听见你的闹钟。"

"不到七点吧，六点五十？我没有闹钟。每天都会自己醒来。"慧珍说。

"你是机器人吗？为什么会醒那么早？"秀妍觉得不可思议，走进卫生间，"如果我不上闹钟，差不多都会睡到九点左右。"

说完，关上卫生间的门。猫砂平平整整，慧珍已经清理过，放好水和猫粮。

"九点？我从来没那么晚起过，小时候都是无痛上早自习，同桌说我不是人，因为从来没见过我在早自习上打瞌睡，我天生觉不多，可能是基因优势吧，我爸每天早上五点起来锻炼。从记事起，我们家人都没有睡懒觉的习惯，除了我弟弟，但也不会到九点。"慧珍提高分贝说。

秀妍打了个哈欠，坐在马桶上笑着摇摇头，惊诧这世上居然有人不喜欢睡懒觉。

洗漱完，秀妍吃了两片全麦面包，喝了一杯蜂蜜水。她们需要在十点前到海底世界进行钉钉打卡，十一点半有一场美人鱼表演。为了防止火龙果上床，秀妍关上卧室门，又把所有易碎品锁进柜子或抽屉，祈祷它不要拆家。

一路上，慧珍都没怎么讲话，秀妍不知道她在想什么，或许是昨晚的经历，也可能在慧珍心里昨晚根本没有经历什么，秀妍这么想觉得轻松很多，嗓子里不自觉哼出一段旋律。

"遗失的美好。"慧珍说。

"什么？"秀妍说。

"秀妍姐哼的是张韶涵的歌，《遗失的美好》，我小时候很喜欢看《海豚湾恋人》，霍建华演的。"慧珍说。

"噢，原来是这首，我随便哼的。"秀妍说。

"承诺常常很像蝴蝶，美丽地飞，盘旋然后不见，但我相信你给我的誓言，就像一定会来的春天，我始终带着你爱的微笑，一路上寻找我遗失的美好，不小心当泪滑过嘴角，就用你握过的手抹掉……这歌词太伤感了。"慧珍笑着说。

"人活着，还是要从那些不好的经历里面努力爬出来，去寻找遗失的美好吧。"秀妍说。

"能爬得出来吗？"慧珍更像是在自言自语。

大段沉默过后，她们到达海底世界的停车场。

大门口停了一辆警车，为了限制客流量，只允许提前购票的游客进入，当日现场不再售票。秀妍看看慧珍，慧珍撇撇嘴，两个人不知道里面发生了什么。负责管她们的美人鱼教练陈芳刚好看见，请她俩进去，大致交代了一些突然发生的情况，让秀妍和慧珍做好心理准备，并且不要对外乱说，等下要去公安局做笔录。

"小武失踪三天了，我们联系上他的房东，本来担心他一个人在出租屋是发生什么意外了，结果没有在屋里找到他，倒是找到一个女孩，不是咱们海底世界的。警察来了解一下情况。"陈教练将她俩拉到一旁，小声说。

"女孩？"慧珍惊讶地说。

"对，房东发现时人已经没了，血都干了。太可怕了，平时看起来温温和和的小伙子，怎么竟然是个杀人犯，想破大天也想不到。不过现在人还没找到，也不确定就一定是他干的。你们最近几天也都没看见他吧？"陈教练说。

两个人同时倒吸一口凉气，摇头。

来到休息间，慧珍的脸色惨白，大概是吓坏了，一屁股坐在沙发上，帆布包放在腿上，发了好久的呆。秀妍也感到颇为震惊,周二下班的时候,喂企鹅的小武还跟秀妍打了招呼,想想有些后怕,根据死者的死亡时间推算,女孩说不定就是那天晚上被杀害的。现在他仍然逍遥法外,秀妍坐在慧珍旁边说道:"你要是害怕,最近就先搬到我那里住,相信警察很快会找到他。"

慧珍感激地点点头,说:"我总是不给他好脸,你说他不会回来报复我吧?我第一次看见小武就感觉哪里不舒服,你不觉得小武笑起来很让人发毛吗?平静下面有种古怪,我和他根本不熟,他完全用不着和我那么热情,笑容过于灿烂,眼睛却是冷冰冰的,他总是跟我搭话,却又从不走心。"

"你这么说,我也觉得有些不舒服了,还好你一直比较警惕。"秀妍附和道。

"小武的眼睛下面似乎在琢磨什么事情,比如评估杀掉你的难度系数,或者需要用什么工具敲你的头……每次都是直勾勾地看人,嘴巴又笑得幅度很大。"慧珍说,"电影里的杀人犯、变态都那样看人。"

"好了好了,别再说了,太吓人了。"秀妍说。

她们热完身,换好美人鱼的鱼尾,先下水表演了。慧珍的鱼尾是粉色的,尾巴底部有点蓝色,莎莎的是紫色,有点反光。入水后,秀妍觉得今天的水温有点低,不过下水后很快就适应了。秀妍头朝下来了一个天使下沉，扎到水底，晃动着长长的鱼尾再慢慢游上来。水面波光粼粼，绿色和蓝色的灯光打到水里，不断变换。大群黄金鲹围住慧珍，莎莎和秀妍首尾相连，围成一个椭圆形的圈，慧珍从鱼群中突围，钻过这个圈。三个人分别上去换了口气，重新找到自己的站位，向玻璃外面的观众做出飞吻和比心的动作，然后来回穿梭游动。那只被妈妈咬伤的护士鲨又游过来找秀妍，她和它挥挥手，轻轻推开它，让它不要挡住游客的视线。有个戴鸭舌帽的男人从观看区后面经过，身材和步态看起来很像小武，这时秀妍的小腿肚突然抽筋，强忍着表演完最后两分钟。

上岸后第一时间，秀妍发消息告诉陈教练，刚刚看到一个身高体形很像小武的人，只是很像，不能确定。大概率是自己看花眼了，毕竟在水里，他这会儿出现在海底世界摆明是送上门被抓的，所以没告诉慧珍。当她们洗完澡，来到休息间，却发现茶几上多了一杯咖啡，贴纸上写了澳白，还写了慧珍的名字。秀妍紧张地看了看四周，一个人影也没有。

"是小武，小武来过。我刚刚看见他了。"秀妍说。

那杯咖啡像一枚定时炸弹一样放在茶几上，没人敢碰，更不敢喝。三个人对着那杯咖啡，一言不发，直到陈教练和警察过来,告诉她们,小武在企鹅区那里被抓到了。

与此同时,秀妍收到汉文的微信回复:美国作家,索尔·贝娄。

8.

在办案区做完笔录,从公安局某分局出来,午后的阳光照得空气和台阶都暖洋洋的。警察以为慧珍和小武在谈恋爱,否则小武明明看见警车就停在门口,为什么还选择进去给她送咖啡。小武的母亲两年前因为车祸去世,亲生父亲在他很小的时候生病死了,唯一有联络的家人是在河南老家没有血缘关系的继父。如果这是个虚拟世界,秀妍不是最倒霉的,为什么一个人可以那么惨?秀妍不知道,她只知道命运是不讲道理的,有些事情你不知道是设定好的程序,还是程序出了 bug。

"你们真的不是男女朋友吗?他很喜欢你啊。"送他们出来的警察问慧珍,"他让我转告你,希望你能开心生活。"

"都说了不是,身边发生这样的事,怎么可能开心生活。我才不要被杀人犯喜欢!他为什么要杀害那个女孩？"慧珍感到毛骨悚然。

"目前还不知道，他认为自己是在帮助她，因为她生前过得很痛苦。"警察说。

"也就是说，小武承认自己杀人了吗？他知道自己会被抓吗？"秀妍好奇地问道。

"听他的表达，我感觉他好像不是很在乎会不会被抓，他说就想看一眼每天喂养的企鹅，给喜欢的女孩送杯咖啡，他知道自己无论是否被抓，往后都不会再见面了，即使被抓了也没关系。"警察哭笑不得地说，"怎么还有这种人，不知道他究竟算善良还是邪恶。"

"难道他不怕死吗？"慧珍问。

"怕的吧，他说他不想死。"警察说。

"那他为什么要杀人嘛！"慧珍快要崩溃了。

警察想了想，无语地摇了摇头。秀妍送慧珍回宿舍。

路上，慧珍感到费解地说："奇怪，门口不是有警察吗，小武到底是怎么进去的？他怎么知道我喜欢澳白？他不会一直都在跟踪我吧。太可怕了。"

"可能警察去上厕所了。小武好像是真心喜欢你哎。"秀妍说。

"秀妍姐！"慧珍有点不高兴地说。

秀妍不敢再说什么，这一天过于惊险刺激，不寻常到让人晕眩和失语,小说都不敢这么写。快下车时,慧珍说道:"秀妍姐,小武会被判死刑吗?"

"肯定吧。怎么,你喜欢他?"秀妍说。

"秀妍姐!"慧珍叹了口气,"只是觉得他也是个可怜人吧,当然,那女孩更可怜。如果活下来,他应该不会来找我吧?谢谢你那天帮我解围,谢谢送我回来。我以后再也不喝澳白了。"

原来那个诺贝尔文学奖得主叫索尔·贝娄,出生在加拿大的某个小镇,父母是来自俄罗斯圣彼得堡的犹太移民,他是家里的第四个孩子,1976年获奖。秀妍回家后搜索了这位作家的百科和照片,看到那张汉文以前常用的头像:戴黑色礼帽的男人凝视镜头,穿了一件白色高领衫和一件卡其色西服外套。秀妍下单了他的两本著作——《奥吉·马奇历险记》《更多的人死于心碎》。这时,猫咪跳到沙发上,贴着秀妍的腿卧下来。

"火龙果——"秀妍轻轻呼唤。

"喵——"猫咪回应。

"火龙果——"秀妍再次呼唤。

"喵——喵——"猫咪再次回应。

秀妍打开汉文的微信,想给他发一张猫咪的照片,或者问问他的近况,但又决定什么也不发,不想继续打扰他的生活，重新关上手机。环顾房间里的布置和陈设，吊灯、电视、冰箱、餐桌、垃圾桶、沙发上的猫……生活充满变数，但当下却清晰且温顺地依偎在自己的身边，不会骤然消失，秀妍感受到自己的呼吸和心跳，有序而鲜活，宁静又蓬勃。她觉得所谓人生，大概就是这样吧，这就是最好的时光。

2807

乳酸菌女孩

Particle
Girls

1.

"像我这样的乳酸菌女孩,恐怕死了也没那么快被人发现,发现很快也会过去。"吴优优说。

"发生什么事了?为什么这么说?"她问。

"虽然是益生菌,但本质上还是一种细菌啦,一种微小又脆弱的细菌。"尽管笑着说,信子枫却感觉吴优优快哭了。

2.

信子枫坐在商场门口掉漆的椅子上,手里捧着一杯喝掉二分之一的茉莉奶绿,她仍然不敢相信吴优优已经死亡的事实,但这件事本身并没有让她感到太震惊,可能因为吴优优过去每天都把"死"挂在嘴上,"烦死了""再这样下去我要死了""死了就不用面对这些了""我爸为什么还不死",诸如此类。吴优优的语言如同生物入侵,像是某种繁殖力极强的多年生草本植物一样,快速蔓延整个屋子,争夺她们的空间和氧气,待在她身边,她常常觉得压抑。那些"死"有时是沉沉的黑色,有时是愤怒的红色,有时是蓝色,她猜测蓝色是伤心的意思,还有一种白色接近透明的,她不理解那是什么意思。它们以一种无法被描述的形态存在,爬满整个屋子:客厅地板、墙壁、冰箱门,厨房的洗碗池、碗柜,卫生间的镜子和那块有些发霉的帘子,到处都是。完全不像字面意义上那样,反而看起来朝气蓬勃,有段时间严重影响她的心情和睡眠,她怀疑自己可能患上抑郁症,整晚失眠时会忍不住想象自己死亡的情形,交通事故、食物中毒、患癌、遭遇歹徒……十岁的弟弟用胖而短的手握住自己生前拍摄的照片,手上的汗液粘在照片上,留下指纹,问母亲姐姐去哪儿了,想象中母亲抓耳挠腮,因为不知道如何回答才能让弟弟理解死亡意味着什么,于是陷入悲伤。当她想到再也看不见生前并不想朝夕相处、共处一室的父母时,开始哭泣。

有一次急性阑尾炎,她一个人躺在手术室,闻着血腥味和药味,脑袋里想到的第一件事就是做完手术请假回老家。等到真回去,住了不到一星期,因为各种鸡毛蒜皮的小事吵得不得不提前回来上班。信子枫坚定地选择离开南方，离开那条又湿又冷的被子，离开全家人每天早上争抢的三天两头堵塞的厕所，独自来到北京，就是希望能够远离父母，保持这样的南北距离，但这不意味着她真的永远不想见到他们。

她常常思念他们，思念回忆中的他们，她无法把握现实，但可以知道哪一段回忆是安全的，哪一块童年时碎片的闪光的记忆身后没有暗藏那些令她不愉快的细节，她可以安全地爱他们，而不激起多余的情绪。那些黑色的东西贴在天花板上，有时贴到离她很近的床头柜上，后来变幻为红色。有时，吴优优起来上厕所或是很晚回来，用力地关上卧室的门，这些胡思乱想才会告一段落。明明吴优优才是制造者，才是那个整天嚷嚷不想活的人，但看起来似乎睡眠很好的样子，至少没有困扰，信子枫的黑眼圈却一天比一天重。她不想看心理医生，宁愿身体生病也不愿意得抑郁症，从小被指责性格敏感、内向，如果得了抑郁症她会更自卑，承认肉体虚弱比承认精神虚弱要容易许多。

每次从外面回来，信子枫都要打开窗户换一下屋里的空气，黑色和红色会消失，蓝色也少很多，只留下那些半透明的，它们的数量似乎不会增加也不会减少，是唯一可以飘浮的。刚住在一起时，信子枫完全受不了吴优优的抱怨，以及她总是习惯摔打手边的物品，有时是杯子、碗筷、门，有时什么都没有，她也能制造出一系列不耐烦的声音，似乎想要通过那些声音驱赶走心中的阴影和脏东西。

吴优优的死亡也不是完全波澜不惊，像她自己预言的那样，波澜很快会过去。带来的唯一影响是做噩梦，按照警察提供的时间线索，优优死后第二天，信子枫隐约听见半夜回来开门的声音，早上醒来却看不见人，本以为是自己睡得太死，没听见她出去，后来知道那时她已经死在一个男人的家中，准确说是那个男人的衣柜里。信子枫总觉得吴优优有时还在这个房间里来回走动，她以前很喜欢抱着手机或一本书在客厅、厨房之间徘徊，早上还会在固定的时间去厨房冲咖啡。房租押一付三，还剩一个半月才到期，由于吴优优是在其他房子里死亡的，中介坚决不承认这是凶宅，不肯退还押金。到底要违约，还是继续硬着头皮住一个半月，她选择后者，她不想把辛苦赚来的钱白白给中介。

最近鲜花店的生意不错，刚过完母亲节，又接到几个结婚和开业的订单，老板莉莉的眉头虽然依旧皱着——似乎从出生那天起就拧在一起了，莉莉拿一张小时候的旧照片做微信头像，照片里的莉莉像个小男孩，皱紧眉站在镜头前，眼神里有种茫然和轻微的无来由的愤怒。她给信子枫讲过自己出生的故事：明明超过预产期，却迟迟不见动静，医生担心婴儿憋死在孕妇腹中，莉莉最终是通过剖腹产来到这个世界。

生意好起来，老板莉莉心里是开心的，请信子枫吃了火锅和三文鱼寿司，就在马路对面商场的四楼。莉莉今年三十八岁，没有小孩，倒不是故意想要丁克。大概因为她的到来本身是个意外（母亲未婚先孕），所以自己很难怀孕，两次都流产了，丈夫和别人出轨后有了小孩，和莉莉离婚，她完全不介意谈起这些，像在说另外一个女人的事情。

信子枫觉得这个男人简直是混蛋，替莉莉打抱不平时，莉莉却摇头："也不能全怪他。"

"不全怪他，难道怪你吗！又不是莉莉姐做错了什么。"信子枫说。

"我们当初在一起时，他一直想有个孩子，他是单亲家庭，所以非常想有更多家人。"莉莉陷入沉思，她似乎对这番说辞也持有一些怀疑。

"可是莉莉姐也是他的家人啊！怎么能因为没有小孩就抛弃你？"信子枫无法接受莉莉对前夫的这份谅解，虽然表面上跟她没什么关系，但在得知这些婚姻细节之前，她觉得莉莉就是自己心目中理想的新时代女性，独身，拥有一家鲜花店，还有一只无毛猫——信子枫不喜欢触碰那只猫，每次感觉很像抚摸一个人温热的手臂，她害怕那种陌生又亲密的感觉。

"也许是我上辈子做错什么事情，才会这样。"莉莉的嘴巴像蝴蝶的翅膀一样——蝴蝶并不打算飞走——只是轻轻扇动几下。

莉莉姐和吴优优的遭遇让信子枫对爱情和男人丧失期待，她担心这么年轻就对很多事情不感兴趣，未来的日子要做点什么事情度过比较好。过去觉得父亲挺糟糕的，这么比起来，倒成了好男人，至少精神正常，品行虽谈不上多么高尚，但还算正直，除了遇到困难喜欢逃避，以及偏爱弟弟，其他方面还说得过去，工作体面，性格温和，不抽烟不喝酒，没有暴力倾向。上大学以前，找男朋友的标准能列一张纸，包括身高、职业、性格、星座，大四还剩下半张纸，现在干脆将这张纸扔掉，对方只要性别是男的，身心健康，无不良嗜好，收入能够养活自己即可。

两年前来到莉莉的花店纯属偶然，当时的信子枫与保险公司部门领导吵架后裸辞，结束人生中为期八个月的第一份工作。如果从写字楼的侧门出来，去某个商场的话，就会路过"莉莉的花店"，离保险公司不到五百米，但由于在马路对面，信子枫从没走进去过，完全不知道这个叫莉莉的女人到底长什么模样。直到那天下午，信子枫才恍然大悟，八个月时间居然都没有去过马路对面，但对面确实什么也没有，她没有必要非得穿过那条马路，她的人生在此之前不会因为这条马路产生任何改变，去或不去都没关系，去是多此一举，那不是一条必须横穿的路。

但在辞职前一周，她毫无预兆地想到这个叫莉莉的陌生人，在公司的电梯里、工位上、茶饮间……她不确定同事桌子上的黄色百合是不是来自"莉莉的花店"，即将枯萎的百合花的花蕊弄脏同事的白色连衣裙，留下黄褐色的印记，那印记像是在诉说什么，但实际上毫无意义。最终，同事将百合丢进公司楼梯间的蓝色垃圾桶里。她曾经想象过莉莉生活里的困境：有一个强势的母亲，花店的生意时好时坏，碰到无赖的顾客，丈夫为了工作应酬经常很晚才回家，小孩总是不好好做作业……尽管这个老掉牙的名字富有亲和力，但也说不定是个脾气古怪的老女人，即便如此，信子枫无法不想起这个从未谋面的莉莉。

回公司收拾东西那天下午，刚巧赶上下雨，临时决定穿过马路，她站在花店的屋檐下避雨，看到玻璃门上贴着一张招聘启事：

花艺师助理招聘

工作内容：

1. 为顾客提供花艺设计和热情服务，能完成店长安排的相关工作，辅助完成花束、开业花篮制作，以及婚车布置等；

2. 日常负责照顾店内的鲜花、绿植，按时换水和养护；

3. 做好店面日常销售及收银工作（包括线上订单）；

任职要求：

1. 38岁以下，女士优先，大专及以上学历；

2. 拥有较好的审美，懂得花束和色彩搭配，美术、设计、园林等相关专业优先；

3. 有花艺师或销售经验优先，善于沟通，对各种花卉植物感兴趣；

4. 每天工作八小时，弹性上下班，五险一金，薪资高于行业标准。

花店的门头上悬挂一串紫色风铃，风一吹，发出叮叮咚咚的声音，像山间细细的流水。门两边摆满鲜花绿植，橱窗前停放一辆白色的助力自行车，她猜这应该是莉莉的，自行车把上还插着一个喝完咖啡废弃的纸杯。信子枫走进鲜花店纯粹是因为好奇"薪资高于行业标准"究竟是多少，那时还没有应聘的想法。像她这样大学毕业的女孩，别管薪资多少，在老家人看来都应该是坐在办公室的白领，或者女孩去当老师，男孩去做公务员，时代早就变得和父母印象中天差地别，这套过时的观念仍旧盛行。

离职前，信子枫也找了两个月的工作，投了十家公司，收到一份广告公司的面试邀请，让她回家等消息，但再也没有等到消息。现在想坐办公室都要硕士研究生才行，否则不是工资极低，就是加班严重。父亲希望她当老师，实际情况却是，很多中学老师的学历已经卷到博士，自从考研失败，信子枫彻底放弃继续求学这条路。在保险公司上班虽然拥有自己的工位，但经常要去外面找人聊天、参加活动，寻找潜在的客户，她这个i人不得不e化。最初为了完成业绩，不仅自己买保险，她还说服爸妈和室友都买了。

一个戴橙色发卡的卷发女人坐在沙发上，手边有两盆插花，沙发周围放着一些盆栽的绿植。她的皮肤有点黑，精神饱满，穿了一条花纹复古的纯棉连衣裙，手上戴着一枚硕大的戒指，专注严肃的神态有点像森林里的女巫或精灵。店里还有一个很年轻的女孩，正在给花打刺，她的周围飘浮着一些透明的物体，形状有点像胶囊，一粒连着一粒，室外的雨声衬得屋里格外安静。沙发上的女人没有抬头，问道："要买什么花吗？"

信子枫环视四周，这里有很多品种是她没见过的，蓝紫色球状花簇，火烈鸟色的大花团，还有些造型特殊的花，插在白色或透明的瓶子里。她沿着陈列架缓缓走动，架子上摆着一些小玩意儿，马克杯、八音盒、水晶球、木质的卡通摆件（兔子、熊、考拉）、圣诞树之类的。信子枫拿起八音盒，拧动发条，穿裙子的小女孩做出芭蕾五位手，开始转动，《致爱丽丝》的旋律像一串闪烁的星星，从盒子里飘出来，飞到空气中，落在沾有水珠的绿色叶片上，滑落、消失。

"我没想好。"信子枫觉得直接问薪资又不应聘，很不礼貌，她放下八音盒。

"你是想自己家里摆，还是送人啊，我帮你推荐。"卷发女人停下手里的事情，问道。

"您就是莉莉吗？"信子枫好奇地问。

卷发女人愣了一下，然后抬起头，笑起来说："啊是的，我就是莉莉,这是我的花店。"

"比我想象中更年轻。"信子枫说。

"想象中?你的衣服都淋湿了,没带伞吗?"莉莉站起来,递给她一条毛巾,"一次性的,擦擦头发上的水吧,不然会感冒。"

"谢谢,谢谢您。雨伞在包里,走着走着突然就下大。"信子枫擦拭头发上的水,"这是什么花?"

"帝王花。要一枝吗?"莉莉走到她的身边,她的眼睫毛又密又长,信子枫回忆起来时觉得那双眼睛很迷人,像一种独特的生物,而不是一个人的眼睛,它常常表达出莉莉所没有的情感和思绪,是这双眼睛让信子枫想要留下来。它似乎在说,你属于这里,我认得你。

真的留下来,是半月以后的事情。

"太大了,家里没有可以放它的花瓶。"信子枫走向一束用毛线编织的仿真花。

"那是风信子,我妹妹手工编的,你如果喜欢,买几枝鲜花,我可以送你一枝。"莉莉说。

信子枫想,被鲜花环绕,总比卖保险强。她无法忍受自己未来每天都要挖空心思地算计别人银行卡里的钱,打着为别人着想的旗号,说着自己都不信的话,实际上心里想的却是怎样提升业绩,这个月最好可以达标。那个四十岁的小个子女人整天给大家洗脑，每个人都特别恐惧失败，信子枫受够每周两次的"阳光晨跑"——组里二十多个成年人，年纪最大的都四十三岁了，像小学生一样规规矩矩地排成一列，齐声高喊"攻守兼具，共创佳绩；风险无情，保险有爱"，领队还要举着一面橙色的小旗子，写着保险公司的名字和logo。每次喊着浮夸的口号经过，行人要么觉得好笑，要么翻白眼。结束后，没有完成业绩的同事还要做几组蛙跳，听领队训话，那些话充满侮辱性。她不知道别的保险公司是不是也这样，但是不想再往这个方向探索了。

中文系毕业找不到满意的工作，曾经在社团认识的学长带她进入保险行业，他向她描绘过这份职业璀璨的前景，学长说干得好，年收入百万不成问题，第一年少量KPI加保底，赚二十万没问题，厉害的也可以赚到五十万，很快就能在北京买房买车，爸妈就可以在那些虚荣爱攀比的亲戚面前找回自信和尊严。这些愿景着实吸引了刚毕业的信子枫，没用一年，她赚了十五万，但实际上为了完成业绩她自掏腰包买了三万块的保险。就在信子枫离职后不久，一个男孩因为受不了打击而选择吞下几十片安眠药，好在被家人及时发现送到医院洗胃。据说服用安眠药自杀的概率并不高，胃部却会承受巨大的压力和折磨。男孩的父母闹到保险公司，领队已经离职，口号和蛙跳环节取消，"阳光晨跑"依旧进行。带她入行的学长跳槽到一家更大的保险公司，主要负责新推出的个人养老项目，年收入百万的学长听说她辞职，想拉她过去，学长坚持认为她有卖保险的天赋，但信子枫不这么认为。她讨厌自己的那些话术，努力很久，终于等到客户签字的刹那是喜悦的，每当如果听说同事签了更多单时，就会觉得自己是个废物。

学长轻松说出口的一百万太难赚了，八个月来信子枫褪了几层皮，进公司和离开公司判若两人，人情世故方面有所长进，比起更玲珑且厚颜无耻的人，她仍旧属于社会和职场中的菜鸟，她希望自己的笨拙和诚恳能够不被伤害。信子枫有时分不清功利的笑和友善的笑之间的区别，尤其是遇到足够精明自私的人，他们知道如何利用笑容和巧语来包装自己的功利目的，以及隐藏不好的想法。幸好她不能给人提供太多方便和利用价值，别人不用总对她笑眯眯，免去一些察言观色的辛苦。因为拥有的不多，所以更要保护好自己当下能握住的东西，凡是遇到笑嘻嘻满嘴好听话的，信子枫都会多些提防，顺便揣测一下对方的目的，究竟是想从她这里得到什么，金钱、人力、情绪价值、信息，还是身体。正因如此，总是板着脸不爱笑的莉莉反而让她感到轻松和自在。

莉莉的店比一般临街的花店稍大些，三十多平米，能够容纳下一组冷藏柜、几组花卉陈列摆台、三人座的沙发、一张木质茶几，还有长条吧台造型的收银台，平时可以用来吃饭和制作花束。装修风格有点像欧洲小镇，黑色的铁质陈列架，古朴别致的吊灯，带花纹的小块地毯，抽象画，明亮的橱窗。莉莉请旁边的女孩帮忙看看茶几上的两组花艺造型哪个更好，女孩在一束弯月形和S形的花束中选择了后者，信子枫在心里也偷偷选择了S形。同样是展现线条的流动，后者由白色和紫色花朵搭配，比起另一束艳丽的红，显得更加典雅一些。她想，如果在这里工作，就不用一直坐在一个地方面对电脑，也不用总是跑到外面参加活动，拉着陌生人不停地关心他们的人生大事和家人健康，看起来热情又多管闲事。来花店的顾客心情应该都不错，不是谈恋爱，就是生活里发生什么好事情，能够跟各种漂亮的花打交道，好过看人脸色的工作。

信子枫看了一圈店里的鲜花，最后选择带走十枝和她本人一样平凡不起眼的粉色康乃馨。

"你可以加我的微信，如果要送人的话，也可以提前预订做造型。"莉莉说。

添加了莉莉的微信，回家后信子枫拍了一张买家照发给莉莉,并谢谢她送的风信子:"有点巧哦,我叫信子枫,不过是枫叶的枫。"

3.

吴优优是在信子枫应聘鲜花店那天搬进丽景花园5号楼807的,信子枫刚好不在家,中介管家带她过来时给信子枫打了一通语音电话。按理说她应该在家,吴优优才能搬,信子枫不认为自己有什么昂贵的东西怕丢,也不可能为她临时改变面试的时间。于是收起卫生间的毛巾和化妆品,电脑装进随身的背包,锁上卧室门,客厅里放着的是些不重要的东西,最后将装有卫生巾的垃圾袋扔到楼下垃圾桶。面试时间约在上午十点,九点出门买了早餐,小笼包和南瓜粥,坐在公交车站的长椅上,就着马路上的尾气,等车来了刚好吃完。

莉莉的面试比较轻松,考官只有她自己。三个来面试的,除了信子枫,一个宝妈,另一个是学美术的男孩,大学还没毕业。莉莉拿着简历询问了一些简单的问题,比如过去的工作经历,为什么离职,对植物和花艺有哪些了解,能否保证到岗天数,平时有什么爱好,还做了一个MBTI

人格测试。信子枫的测试结果是 infj，但是之前测试过是 enfp，她感觉这个似乎也不太准，但可以肯定自己是个 i 人。她后来知道自己与莉莉只有两个字母不同，莉莉是 e 人，最后一个字母是 p，意味着灵活性更强，更能接受变化。莉莉说，只要中间两个字母一致，相处就不会有太大问题。网上说，infj 与 enfp 是天选搭档，或许命运要让她来到这里也说不定。信子枫做保险之前，还是一个"P"人，按理说销售更加需要随机应变，但初入职场，为了适应职场氛围和人际关系，以及提高工作效率，养成按计划行事的习惯。

来应聘的宝妈因为要带小孩，不能接受月休五天，信子枫毫无悬念地留下来做莉莉的助理，同时，那个大学生拿到兼职的机会，每个周末和特殊节日都会来店里帮忙。美术男孩很擅长销售，七夕一个人就卖出二十一单，其中一单包含九百九十九朵玫瑰，超过剩下二十单加起来的销量，顾客几乎都是他学校里的同学，他跟莉莉申请了一点折扣。后来听说，那个买九百九十九朵玫瑰的男生最后没有表白成功，玫瑰花就放在女生宿舍楼下，被其他同学看到后瓜分掉，女生拿去插到自己宿舍的花瓶或是矿泉水瓶里，男生则顺手送给自己的女朋友。信子枫有些同情那个男孩，被人当众拒绝肯定很难堪，而且那束花差不多要五千块，用的卡罗拉玫瑰，从昆明空运过来。美术男孩告诉她那个男孩父亲是某家具公司的老板，很有钱，就当献爱心了。

晚上回到家，吴优优不在，她的卧室门关着，三个没拆胶带的大纸箱摞在卧室门口，上面用紫色的马克笔写着物品名称：鞋、杂物1、杂物2。信子枫好奇她为什么会有这么多杂物，担心以后会把公共空间都占满，信子枫的担忧后来成真，吴优优的东西是她的三倍那么多，有时感觉像是四个人挤在这间两室一厅，莫名感到拥挤。当然，最让她感到窒息的，还是吴优优的那些负面情绪，不过第一天并没有碰到。

原来的室友搬去常州和男友一起生活，恐怕会永远留在那座城市，她是这么说的，就像她说自己永远都不会离开北京一样。前室友是那种典型的办公室女孩，长得一般，化完妆之后可以勉强挤进美女的行列，喜欢安利附近好吃的外卖，不吝啬分享好用的脱毛膏和耳塞，也会抱怨领导和同事，前一晚想要辞职不干，第二天还是会准时上班，午饭还没开始就会计划晚上吃什么，离职的想法常常出现，但也可以坚持很久，通常缺少野心，很难做到管理层。似乎每家公司都需要这样的员工——乳酸菌女孩，一茬又一茬。这个说法是在吴优优那里听到的，某电子百科全书里这样介绍——

> 她们极度依赖周围的环境，也很容易适应环境，作为群体时是对社会有益的存在，个体不会做出大的成就，也不会惹麻烦，工作可以按时完成，但没有什么特殊的亮点，单独的个体能够提供的价值常常可以忽略不计，社会运转却离不开这个庞大的女性群体。

信子枫现在觉得自己大概就属于这类"乳酸菌女孩"，做过发财的梦，最初卖保险的时候常把学长画的大饼放在不远的前方，想到几年后自己有可能赚到一百万，常常心动不已，后来发现这个前方其实很远，远到几乎无法实现。几次现实的迎面痛击让她清楚地意识到自己是在做梦，毕竟没人不想发财，想和能之间有一条巨大的鸿沟，蝴蝶也无法飞越，它的生命太过于短暂。保险公司真正能赚那么多钱的人仍是少数管理层，她知道自己的性格很难成为管理层，也不适合卖保险，她不属于少数幸运儿。

在保险公司工作到第七个月时，信子枫越来越不知道自己究竟想要什么，又不甘心这一生只能做个平庸无奇的人，曾经幻想过的人生倒也没有多么闪耀——小时候从不像其他同学那样梦想过当明星或是科学家，早就认清自己的家庭环境很难生长这两种人，除非天赋异禀、运气惊人。母亲觉得，她至少可以像银行职员的父亲一样，将来有份稳定的坐办公室的工作。坐不坐办公室倒无所谓，她只希望离家远些就行，北京是离他们最远的一线城市。所以宁愿读二本，她也一定要去北京，这样可以骄傲地跟家里说：我还是比你们强。

事实上，她不喜欢规矩地日复一日做机械重复的工作，也瞧不上父亲的工作，熬了这么多年只熬成一个资深职员。轮到自己，却也不是非常笃定当下的选择，明明这才是她更想做的事。信子枫有点讨厌这样的自己，起初她不愿意被归纳为乳酸菌女孩，她坚持认为自己是和吴优优不同的人，至少比吴优优的情况要好许多，她不愿意承认自己独自存在的价值微乎其微。

搬家第二天早上七点，信子枫被叮叮咣咣一阵收拾东西的声音吵醒，闭着眼睛忍耐了一会儿，想着等她收拾完，洗漱之后再去打招呼。但吴优优收拾到八点还没有结束，信子枫只好蓬头垢面地从卧室里出来，因为马上还要出门上班。尽管莉莉要求每天十点前到店里就行，但第一天上班，她不想去得太晚。

一个背影瘦小的女孩蹲在地上，穿了一身睡衣，背上有个大大的胶印笑脸,其余部分有些起球。女孩明显还没有梳洗打扮,简单扎了个马尾,头顶有些毛糙,正在专心组装一个简易的白色铁质晾衣架。她的周围也环绕着那些半透明的胶囊,她看见信子枫出来,停下手里的动作,有点不好意思地说:"我是不是吵醒你了?"

信子枫心想,是啊,你吵醒了我,既然知道,干吗一大早就折腾个不停呢?表面还是礼貌地说:"没关系,我是被自己憋醒的,起来上厕所。"

"你就是子枫吧?涛哥说你在保险公司工作,人很好,以后我们就是室友啦。"吴优优说。

"涛哥?噢……"信子枫有点不太高兴,"我已经离职,你东西挺多的,需要帮忙吗?"

"那你现在做什么工作啊?"吴优优问道。

"我在鲜花店,本质上都是卖东西。"信子枫回答。

"东西超级多,没事的,我自己慢慢弄就行,等下可以用用你的扫帚和拖把吗?我把地板弄得有点脏。"吴优优说,"鲜花店喔?可惜我对花粉过敏,不然可以找你买花了。"

"用吧,你不用觉得遗憾,找我买花也不会更便宜,你是对所有花都过敏吗?那个扫帚的头总掉,别太用力,一直没顾上换新的。"信子枫绕过吴优优走到卫生间。她几乎没和管家刘涛说过几句话，大概是看到转发在朋友圈里那些公司公号的推文，她将他设置在陌生人分组，除了广告，看不到她发的生活照。

"几乎吧，主要是对花粉过敏，绿叶类的植物没事，绿萝、多肉都可以。像我这种情况，春天出门不戴口罩会死人的。我动作很慢，可能得收拾几天，不过这些东西争取今天拿到我自己屋里。"吴优优说，"我叫吴优优，叫我优优就好。"

"吴优优？"信子枫说，"蛮好记的。"

实际上，吴优优的卧室根本放不下那么多东西。她有很多双鞋，春夏秋冬都有，有一双白色运动鞋已经非常旧，logo 都磨没了，鞋帮甚至因为老化而起皮，在信子枫看来，这双鞋完全没必要继续留着占用空间，而且后来也从没见她穿过，还有两双价格不太便宜的百丽鞋，是那种放在货架上信子枫会由衷发出感叹"谁疯了才会买这么丑的鞋"，吴优优居然买了。信子枫想，就算设计师闭着眼设计，恐怕也会有人买单吧。

吴优优将原本空荡荡的鞋柜塞得满满当当；搬家用的纸箱也都留着，说是下次搬家时还要用到，于是摞在客厅的墙角，里面装着一些过期的家乡特产和杂物；洗澡筐和几瓶洗衣液整齐排列在卫生间的洗衣机上，毛巾架也被占领三分之二。信子枫每次说完,她都会简单收拾一下,坚持一周又会重新堆满,变得无序,符合这个世界的熵增定律,信子枫一直试图用自律来对抗这种熵增。那个组装好的晾衣架后来被摆放在客厅靠窗的位置,吴优优会一次性洗很多衣服,每次洗完衣服,房间就会从白天变为傍晚,需要靠开灯弥补遮住的光线。吴优优除了喜欢囤积物品,她倒不是信子枫最担心的那种不讲卫生的室友,还比较爱干净,会主动做卫生,外卖盒和垃圾桶的垃圾通常都能及时扔掉。

"不要小看我们乳酸菌女孩,虽然很微不足道,却是大量存在哦,你可能会无视我,但是不能无视我们这个群体。"吴优优有些自豪地说,"我们才是世界上的大多数。"

"为什么是乳酸菌?乳酸菌不是在酸奶里吗?"信子枫第一次听到这个说法感到新奇。

"所有能从乳糖和葡萄糖的发酵过程中产生乳酸的细菌都叫乳酸菌,差不多有两百多种,绝大多数都是人体内重要的菌群,你可以把整个社会想象成一个巨人,让巨人正常生活下去的因素非常多,乳酸菌是帮助巨人消化和运转的重要存在,微小而庞大。我们必须互相协作、聚在一起才能发挥力量。"吴优优用一种天真的语气说道。

"可是我不想生活在别人的肠道里,我也不想当细菌,大多数不是很平庸吗？"信子枫说。

"那又怎么样啊！成为少数很大程度都是出生就决定的，做大多数没什么不好，很安全，可以放心地不完美。每次做了很尴尬的事情，比如来例假弄到裤子上，第一次去西餐厅不知道该点什么而被服务员白眼，工作中犯了很蠢的错误，或是同事讨论什么我买不起的奢侈品，我都是这么安慰自己：我才是大多数，大多数人都这样，不犯错、不尴尬的才是少数。那些对我翻白眼的人，她们也是乳酸菌。"吴优优说，"反正我知道我肯定不属于少数。"

信子枫有时无法概括吴优优属于哪种人格，她没有问过，吴优优的朋友不多，信子枫只见过一个很像男孩的女孩，起初还怀疑过她们的关系，如果不是小武出现，她还以为吴优优不喜欢男孩。吴优优挺爱出去玩的，并不社恐，对于第一次见面的人甚至有点社牛，但有时又会把自己关在家里半个月都不出门。她心情好的时候很豁达，但情绪通常急转直下，比如在接到家里打来的电话后，就会变成另外一个人，脾气暴躁，情绪抑郁，伴随摔打和咒骂，矛头通常都会指向她爸。过后又总是会后悔自己说了刻薄的话，以及表现出强烈的自尊，如果信子枫刚刚好在客厅撞见她歇斯底里的样子，她还会把一部分负面情绪发泄给信子枫，比如没有好语气，甚至翻翻白眼，故意磕碰东西，然后回到自己的房间大哭。

从那些和她父母的通话里，信子枫隐约获得了一些信息的碎片，吴优优的父亲蹲过监狱，出狱两年，母亲是社区医院里的护士，家里只有这么一个孩子。她父亲因为什么事情进去的，吴优优起初没提起过，每次都会用"那件事"指代。"他凭什么管我！有什么资格管我？如果真的在乎我，他就不会做那件事。"吴优优经常会这么说，那头往往是她母亲在听电话。信子枫比吴优优更害怕她家里打来的电话，每次打电话都是一场情绪地震，这给信子枫造成不小的心理阴影，只要听到吴优优设置的来电铃声响起，都会一阵警觉，如果是用四川话接，信子枫就会出门躲一下，避免撞在对方情绪的枪口上，去楼下逛逛超市，或是绕着小区的步道散步。通常打完电话的两天，家里都会有很多黑色和红色，它们顽固又狡猾，像爬山虎一样附着在家具和墙壁上，随着她情绪好转，它们渐渐消失。

吴优优其实属于少数，信子枫没敢把这个想法告诉她，怕她不爱听，后来发生的事情佐证了她的确属于不幸的少数，但在吴优优的认知里，"少数"指的通常都是那些出身优渥的人，那种含着金钥匙出生的幸运儿，她忘记事物还有另一端。那时的信子枫怎么也不能理解吴优优为什么会想做乳酸菌女孩,她惊讶这个和她一样年轻的女孩居然心甘情愿接受自己一辈子平凡无奇。不过,现在的信子枫有些明白了,能做个普普通通的乳酸菌女孩,也是一种幸运。

"总好过那种纯粹的废物,不仅不能创造价值,还会给周围人带来痛苦。"吴优优说这句话的时候,信子枫不确定她是不是在说她爸,信子枫好奇吴优优的父亲是个什么样的人,到底做了什么让她觉得痛苦的事。

吴优优出事前,信子枫看到一条社会新闻,一个五十多岁的大叔,因为生活不如意,在商场里砍伤四人后被警察带走。这个人原本在广东的一家机械厂工作,厂子倒闭后,由于年纪大了一直找不到合适的工作,他的一条胳膊因为工伤还有点残疾,变成无业游民,回到老家后赶上拆迁,允诺的新房又一直没有建起来,一家人靠租房补助住在一个很破的老小区,妻子嫌他没本事,跟他离婚了,女儿在外省结婚生子,几乎不回家,和八十多岁的母亲相依为命。警察问他为什么要这么做(伤害无辜),他说想报复社会后一了百了,他还强调自己也是有原则的,绝对不伤害孩子和老人。他认为自己也是无辜的,原本认认真真工作,是个老实本分的人,生活却给他一连串的打击,找不到出路,他想不通自己努力奋斗的人生为什么变成这样。

信子枫知道自己不该同情坏人，但又觉得新闻里的大叔变成坏人前的遭遇有些可怜，被他伤害的无辜更可怜。她想，有些人没有变坏，不过是命运保护了他们而已，每个人被放置在恶劣的处境中都有可能变成魔鬼，就算不通过这么恶毒的手段报复社会，也多半变成小人，仍能向善律己的都是圣人。可是光靠律己，未免对个人的要求太高，如果能更好地解决大叔拆迁后的住宿问题，或许就不会离婚，后面那几个无辜路人也不会受伤，这个世界会少一个恶魔。不排除有人天生是恶魔，但信子枫觉得，新闻里的大叔不是一个天生的坏蛋，记者采访他以前的同事和邻居，都说他是个非常老实的人，甚至因为过于老实总被欺负，之前的工伤也是被敷衍对待的，并没有得到应有的赔偿。出于短暂但灵敏的职业嗅觉，信子枫本能觉得似乎可以卖一份保险给大叔，并且快速想到一款产品，过后又摇摇头。她觉得保险本身是投资，没什么问题，可是行业乱象重重，她看不惯很多东西。

信子枫如今更加认同自己离开那家保险公司的决定，性格不合适，再待下去，她会变成一个有点可恶的人，会挖空心思不遗余力地寻找别人人生的缺口和意外的可能，变得虚伪和急功近利。她不想只为了业绩而卖保险，希望能真的帮助到别人，可一旦进入工作状态，很难顾及对方真正的需求，除非主动来的，明确知道自己要什么，否则很多被动买入的保险对保人来说只是锦上添花，碰上普通家庭，有些项目纯粹就是浪费钱且增加负担，比如长期意外险就很鸡肋。学长没说错，她或许是有能力的，但擅长自己并不喜欢的事情反而会让她更加心虚，到头来如果没有得到想得到的收入和业绩，她说不定也会破罐子破摔。

信子枫想，能做个乳酸菌女孩，与更多普通女孩一起为自己的生活和这个社会创造一点价值，也是让人欣慰的事情，不一定非要成为少数站上峰顶的人。

4.

信子枫有十四年都过得非常规律且无聊，十四年锻造了她成为普通女孩的基础，大部分时间周一至周五都是在闹铃声中醒来，五年级以前还能多睡会儿，五年级以后，冬天常常天还没亮，就得起床洗漱，吃母亲做的早餐，粥或是面条，每次煮的面条都在偏硬与偏软两极来回跳跃，那个中间值像个永远无法到来的戈多一样。母亲做饭的原则是，只要能吃毒不死人就行，家里只有她一个人抗议是没有用的。父亲很懒，几乎不怎么做饭，所以一般不发表意见，做什么吃什么，有时还会劝信子枫："我觉得你妈做饭挺好啊，虽然不能跟饭店比，但是吃饱就行。我小时候，跟你叔叔经常饿肚子，你已经很幸福了。"

"我没要跟饭店比，别人的妈妈不会连面条都煮不熟，为什么不能吸取经验教训，控制一下时间？"信子枫的抱怨常常像母亲煮过头的面条，绵软无力。

她觉得一个正常人能反复把一件简单的事情做砸，要么对做饭或早起这两件事或其中一件感到不满，要么是根本不在意吃饭的人。总之，母亲的厨艺永远没有进步，怀弟弟的过程甚至还退步了。看到母亲挺着大肚子早起，心里又难受，信子枫常常忍着把那些黏糊糊的面条或是夹生的面条都吃掉，如果不吃，会觉得辜负母亲。再后来，她就提前买点面包之类的当早餐。吃完饭去家门口的小学上学，学校里的生活非常枯燥，上午四节课，下午三节课，上午课间做广播体操，下午课前做眼保健操，日复一日。升入初一后，早上多了早自习，下午变成四节课，初二又多了晚自习，周末还要去市里的补习班学英语。生活变得越来越拥挤，也越来越无趣。有时为了缓解这种青春的无聊，她会给自己创造一些游戏规则，比如一周内说话不用"我"这个字，或是放学后数自己从学校到家所用的步数，大约两千一百步，抄近路时一千六百步左右，走大路通常要二十五分钟到半小时，连跑带走抄近路差不多十五分钟，但是要经过一条有些浑浊的河，过一座老桥。

后来家里给她买了一辆自行车，而这一切似乎要归功于弟弟的出生，她的自行车几乎是和弟弟同时来到家里，弟弟裹在一个粉色的小被子里，自行车裹在一堆塑料泡沫中。看着两位新来的家庭成员，信子枫感到有些伤感和茫然，尽管母亲怀孕九个月，但婴儿以人形出现还是有些不适应，而且怀孕前没有人询问她是否需要一个弟弟或妹妹，也没有人询问她想要一辆怎样的自行车。尽管弟弟非常可爱，自行车也是那种很小巧的轮子，颜色是少女粉，信子枫却总感觉哪里不太舒服。母亲不能理解她的情绪，常常觉得她是身在福中不知福，父亲倒认为她只是还不太适应家里出现的人员变化，但信子枫知道自己的感受比母亲和父亲描述的更为复杂。或许是为了弥补她，于是给她买了一辆自行车，毕竟此前他们从未想过给她一辆自行车。母亲的说法是，希望她能走大路，担心她溺水，仿佛那条河在过去是不存在的，弟弟来了，那条河便来了，奶奶姥姥姥爷都来了。

信子枫的生活围绕弟弟产生了一系列的变化，家里突然变得热闹起来，热闹持续了差不多两年，那段时间家里总是有很多人，甚至还来过几个信子枫从没见过的亲戚。很长时间，弟弟占据了全家人的时间和注意力。信子枫第一次看到弟弟时，她根本无法产生亲近感，只是观察这个原本不存在的小不点儿，生命从无到有总归是神奇的事。婴儿看起来并没有她想象中那么可爱，泛红的脸颊甚至有些丑陋，像个成精的水蜜桃。信子枫没敢说出真实的看法，每当母亲问起弟弟可不可爱时，信子枫都不吭气，每当客人大肆赞赏弟弟的颜值时，她都感到一阵尴尬。他们说弟弟的眼睛和父亲一样，嘴巴和鼻子像母亲时，十四岁的信子枫意识到成年人的世界充满谎言，明明一点都不像嘛，不仅不像，她感觉婴儿简直就是外星生物。弟弟刚到家时，眼睛总是眯得紧紧的，嘴巴微张，会跟鱼一样吐泡泡，手啊脚啊，小得不可思议。有一次，信子枫出于好奇把手指放进婴儿的嘴里，摸索他光秃秃的牙床。弟弟似乎很喜欢这个游戏，咯咯咯地笑起来，信子枫被吓了一跳，看着那张皱巴巴的小脸，心里突然生出一些温柔。很快，弟弟的口水顺着信子枫的手指流下来，透明，亮晶晶的。

"哎！你好恶心。"信子枫嫌弃地甩手说。

"那是你弟弟，弟弟的口水都嫌弃，他只吃奶，有什么恶心的。放学回来洗手了吗？不要把手放孩子嘴里，都是细菌，你弟弟会生病的。"母亲看到后斥责道。

弟弟大概是从两岁开始变好看，具体哪一天，她不记得了，总之有了宝宝该有的可爱模样。信子枫也开始对这个小男孩产生更多好奇和情感，以及一些嫉妒。一向冷漠的父亲在对待弟弟时，变得有耐心，这个平时连袜子都懒得自己洗的男人，会主动洗小儿子尿湿的衣服和床单。让信子枫更意外的是，弟弟上幼儿园以后，家里的伙食竟然也有所改善，母亲的厨艺有较大的进步。信子枫的喜悦是复杂的，掺杂一些酸楚的东西。家里每天的饭菜明显变得丰盛且好吃，可是信子枫坚决不会夸奖母亲，甚至还会像过去一样"挑三拣四"，母亲起初也像过去一样辩解或安抚，后来就觉得是她无理取闹，对信子枫提出的质疑不予理会。再说多了,父亲就会停下筷子说："能吃吃，不能吃回屋做作业。都快高考了，心思别都用在吃喝上，有本事考上大学，将来自己上班挣钱下馆子去，想吃啥吃啥。"

"毕业最好嫁个大厨，谁家孩子有你这么挑剔，弟弟就从来不挑食。"母亲说。

"他那么小,他有什么可挑的。"信子枫不满地辩驳道。

信子枫高中是在市里上的，更远了，虽然有了一辆自行车，但还是会抄近路，也还是会经过那条河。后来真的有个八岁男孩在河里溺水，她刚好路过，信子枫看见一堆人围在河边，男孩的尸体躺在岸边，被一堆野草野花环绕，压折的花草拓出一个轮廓，母亲的膝盖也拓出一个轮廓，跪在地上号啕大哭，双手不停拨弄孩子的衣裳，一会儿抱住，一会儿松开，一会儿拍打两下。绿色短袖的男孩安静地躺在烈日下，无动于衷，阳光将沾满河水的皮肤照得亮晶晶的。信子枫看见男孩的身体逐渐挥发出一种半透明的东西，介于气体与液体之间，从雾状变成球状，那些球状的物质像一粒粒果冻，形状并不恒定，它们飘向空中，聚集在孩子和母亲的周围。信子枫觉得自己可能出现幻觉了，揉了揉眼睛，白色接近透明的物质依旧存在，直到救护车赶来，它们才缓缓随着那辆车一起离开。

　　直到遇见吴优优，她再次看见那些白色接近透明的物质，以及一些五颜六色的，让她回忆起高一那年夏天的经历。可是它们到底是什么，信子枫一直想不明白，似乎只有她看得见，连制造者吴优优也看不到。有一次吴优优给家里打完电话，她的情绪十分糟糕，挂断电话后洗了一大堆衣服，挂满客厅，客厅瞬间昏暗不堪。与此同时，房间里充满红色和黑色的物质，那些白色半透明的物质带着一点银色闪光边缘，飘浮在信子枫的周围，甚至感觉它们正在看她，虽然没有眼睛，但有种被盯着的感觉。

　　那一次，她终于忍不住大声吼道："吴优优！你不能总是制造这么多负面情绪，我要受不了了，我的生活也有很多压力，你把这些乱七八糟的东西弄得满屋子都是，看看，那些墙上黑色和红色的，它们看起来就跟鼻涕一样！还有你的衣服，不能晾在自己房间里吗？为什么把所有公共空间都占满，要么就自己租个单间，想挂哪挂哪。"

吴优优被一向温和的信子枫突然爆发的情绪吓到，愣在厨房门口，手里拿着刚切开两半的苹果，手背上的水不断滴在地板上。过了一会儿，她上前环顾一圈房间，慢悠悠地说："啥子红色黑色的？你在说啥，我完全听不懂。那个晾衣架你也可以用，干吗这么激动呦？我也不是第一天晾衣服，你之前都没事，而且我们最开始就说好了，你同意的嘛。"

"本来觉得晾一下没什么，可是我不知道你洗衣服这么频繁，每次干了也不收起来。而且你经常这样对我，带给我很多坏情绪。我不用你的晾衣架，一个人挡光难道还不够吗。当时租房子我是看上这个落地窗和采光，花这么多钱租房，到头来阳光和风景我都享受不上，我比你还多五百块钱每个月，我亏不亏啊！你搬来之前，每天可亮堂了，没有你的衣服，没有那些奇怪的东西，这些飘浮的到底是什么？我要疯了。这些鬼东西正在墙上移动，现在看起来有点像蜗牛的不规则图形。你为什么每次打电话都要抱怨,你不要总是死啊死的。"信子枫因为激动有点语无伦次地说道。

"我不是针对你呀!我只是抱怨家里的事,和你没关系。刚刚打电话确实声音比较大,有时控制不住自己的情绪,我也很苦恼呦,始终没能变成那种情绪稳定的大人,而且我爸就是个情绪很不稳定的大人。他跟我借钱,我说没有,他就生气了,嘲笑我上班两年多都没攒住钱。真够可笑,他不晓得北京的房租有多贵,我告诉他我每个月要花两千七租房,一千五吃喝,而且我总要买买衣服和化妆品吧,我才能挣多少呦。自己都没攒下钱,还反过来嘲笑我,我有也不会给他借。"吴优优说。

"刚上班两年的确很难攒下钱,但是也不要对他那么无情吧?毕竟是你爸,或许态度可以好一点?"信子枫对自己多了一点点自信,像她这样刚上班能有七万存款的女孩并不多。

"无情?呵呵,那你是不晓得他对我有多么无情,他当初根本就不想要我,一定要我妈去堕胎,我妈硬是坚持把我生下来。他本来不想结婚的,因为有了我,他才不得不娶我妈。我爸当时有个正在交往的女朋友,竟然偷偷跟我妈上床,还有了我。我妈应该也不是他出轨的唯一女人,这种渣男,你恐怕只能在新闻里看到吧?呵呵。

要不是我姥姥把我捡回来,我早就冻死在大街上了,零下的天气,那么小的孩子,他的良心都不痛……有很多年,他不认我和我妈,他一直有别的女人。换成是你,他打电话借钱你能心平气和吗?"

"你为什么要告诉我这些?"信子枫感到震惊,有种被冒犯和冒犯别人的感觉,但同时对吴优优的人生经历感到八卦和好奇,"怎么会死在垃圾堆?他把你扔了吗?不可能吧!哪有爸爸会做出这种事?"

"你肯定觉得家丑不可外扬,但对我来说,外扬还能稍微舒服点儿,一个人憋在心里,我随时会想自杀。有什么不可能呢?"吴优优冷漠地笑着说,"是你比较幸运,父母都很爱你,所以会觉得这种事情很离谱,不太会在自己的生活里发生,我爸干什么我都不觉得离谱。"

"可那是违法的。"信子枫说。

"他才不在乎法律,他是个文盲,也不晓得我妈看上他什么了。不过他早年确实有点帅,女人大概都至少要爱上过一个混蛋才能从恋爱脑里醒来,混蛋总是更有吸引力。有人得到救赎,有人永远沉沦,我妈属于后者。"吴优优再次冷漠地笑笑,"对了,你刚刚到底在说什么?我根本没看到你说的什么奇怪东西,白墙壁好好的。"

"没什么,大概是我最近休息不太好导致的。他们既然不愿意在一起，可是为什么不选择离婚？"信子枫突然决定不再继续聊墙上的怪东西，吴优优提供的信息足够让她感到震荡和不可思议，从方才的情绪里渐渐走出来，同情替代了愤怒。那些东西仍旧在她们周围爬动和飘浮，信子枫的注意力已经转移，她一直以为自己和原生家庭的矛盾已经很深，但在吴优优面前，父母重男轻女的问题倒有点小巫见大巫。

"我妈不想离呗，离不开我爸，她觉得自己一个人没办法生活。很奇怪，女人离了男人怎么就不能生活呢？我不理解我妈，这也是我跟她生气的地方，她完全可以找个正常男人再婚，只要结婚对象不是我爸，我都举双手支持，可她就是不愿意，斯德哥尔摩综合征。我爸年纪越来越大，他还希望等我给他养老呢，没有哪个女人能像我妈那样迁就和照顾他了。现在更不会离开，他说他不能白养我，我以后必须得管他。呵呵。在我十八岁前，他除了每个月给一点生活费，几乎完全不管我，我是我妈和我姥姥带大的。他现在看我长大了，能工作挣钱了，就想着跟我要点钱。他把我丢掉的时候，可能还没想那么远。"吴优优笑了笑说道，"如果对我稍微好点，我都不至于这样对他，既然想让我养老，我到时给他送去养老院就算仁至义尽。"

"原生家庭经历这些，那你以后还会结婚吗？会不会恐惧婚姻？如果我是你，肯定会和家里断绝关系，谁也别想找到我。有些养老院条件还挺不错的。"信子枫有些同情地说，她庆幸吴优优描述的男人不是自己的父亲，父母只是更偏爱弟弟一些，还不至于想要抛弃她。

"别看我嘴巴有时挺毒，我其实是个心肠很软的人，做不到完全和他们断绝关系，就像我妈没办法离开我爸一样，我只能减少回家，偶尔拒接电话，但我总会担心我妈，长时间不接电话怕她真有急事找我，除了和我爸在一起，决定生下我，其余的事她都拿不定主意。我不想结婚，但不排斥谈恋爱。两年前认识的一个网友，最近重新联系上，在海洋馆工作，叫小武。他不喜欢见人，每天和一群企鹅打交道。我觉得如果找个在海洋馆工作的男朋友也不错，他应该会比较有爱心吧，不过我不确定我们会朝男女朋友的方向发展。"吴优优说。

"网友？你们见过面吗？网上的骗子很多，还是要了解清楚。"信子枫说完，觉得自己有点多管闲事了。

"见过几次面，都在他工作的地方，小武看起来非常温和，他只是不爱说话而已，不像坏人。我们目前只是普通朋友，有可能相处之后发现彼此并不合适，人家可能完全无感，不用担心啦。我觉得你应该去看医生，客厅里真的什么也没有，而且蜗牛为什么是不规则的？"吴优优打开客厅的灯说道,"我觉得现在光线还可以,你嫌暗我们就开灯吧。衣服干了如果我不在,就把它们放在沙发上,我回来收。"

"是蛞蝓,不是蜗牛。"信子枫说,"我说错了。噢,还有一些很像感冒胶囊的。"

信子枫觉得吴优优看起来不像是在撒谎,大概真是自己出了问题,她为自己突然的崩溃感到自责。那些东西到底是什么,信子枫不想再追究,渐渐相信这只不过是因为失眠导致的神经衰弱,从而产生的幻觉。精神状态不好的时候,它们就会变多,吴优优更大可能只是加剧了信子枫对死亡的感知和恐惧,并非真是制造者本身。这么想的话,信子枫觉得溺水男孩说不定也没有死,只是他让信子枫开始意识到死亡。信子枫上网买了一些褪黑素,她的失眠稍微得到缓解,但那些东西有时仍然会出现在房间里,就像人生中无法避免遇到的不如意一样,她得学着习惯和它们和平相处。

5.

除了一些特殊节日,花店线下的生意通常都比较寡淡，订单大多数来自线上，或者是一些老顾客、大客户的提前预订。花店不忙的时候，莉莉、信子枫、小雨三个人就能应对，小雨也是一位花艺师，在信子枫来之前，她已经在莉莉的花店待了一年多。小雨平时话很少，除了工作以外，不喜欢透露自己的个人生活，除此之外，没什么不好相处的地方。忙起来，莉莉的表妹叶子会到店里帮忙，美术男孩有时也会来。莉莉的表妹是个插画师，给一些出版物绘制封面和内文插画，这对姐妹活出了各自精彩的样子，一个是甜美优雅的美女插画师，一个是内心强大能独当一面的花店老板，虽然莉莉姐会习惯性皱眉，但不妨碍她拥有一颗乐观坚强的心。

作为这对姐妹的小粉丝，信子枫发现，长相甜美的叶子其实比莉莉更我行我素一些，叶子每次调节店里的空调几乎不会询问其他人的意见，但也不会无礼，她会说"好冷啊""怎么有点热"，如果没有人反对，她会直接去调节空调的温度。每当她用软软的语气说出来，听者都会被她的需求感染，心里甚至会说"我也是，怎么有点冷/热啊"。不管莉莉分享的蛋糕多么好吃，由于自身正在控制热量的摄入，叶子每次能做到一口不碰，如果莉莉让她做什么不想做的事，她都会直接拒绝。超级自律这一点，信子枫绝对做不到。她通常会比较照顾在场其他人的感受，甚至会优先照顾别人，委屈自己真实的感受去迁就身边的人。比如一块明明自己不喜欢的蛋糕，如果被朋友强烈安利，信子枫不仅会吃，还会附和地赞美几句；比如妈妈做的面条再难吃，吐槽完还是会吃掉；虽然反感父母重男轻女，但不自觉会把本该平分的东西让给弟弟多一些；有一次英语成绩考了班里第一，经过第二名时她还会感到些许抱歉，因为英语最好的通常都是那个女孩，她的歉意反而引起对方的反感。这种委屈积攒多了，有一天很可能会因为一点小事突然爆发。

信子枫自知，她比莉莉拧巴多了，她会责怪自己，跟自己生气，如果对方没给出同样的反馈，没有照顾她，她也会感到委屈和生气。在信子枫看来，莉莉姐的前夫根本就是不负责任地逃跑加劈腿，应该被同情的莉莉姐却要反过来共情和原谅他，她有点心疼，或许是因为她们很像。不过莉莉似乎并不想要被同情，她认为对方有重新选择的权利和自由——

"他想要个孩子没什么错，我不能给他想要的，他为什么不可以离开？"如果自己是个老好人，那么莉莉姐就是真好人，信子枫惊讶，这世上怎么会有这样豁达的人。莉莉似乎真的可以理解很多事情，对待人生中出现的正面与负面的事件，都采取了比较敞开的态度，她把一切经历都视为一种学习。信子枫做不到这么豁达，她只是个普通的乳酸菌女孩，没那么宽广的心胸，也做不到叶子姐那么我行我素。在辞掉上一份工作之前，信子枫一直是那种看起来比较温吞的角色，谈不上多么乖巧讨喜，单纯没什么存在感，和部门领导吵架并且裸辞，是她做过最叛逆的事情。

　　情绪爆发的一刻，连她自己都吓了一跳，女领导也没料到信子枫会突然崩溃，她的眼神似乎在说"她为什么疯了，刚才还好好的"。当痛快骂出那些难听的心里话时，信子枫认为那种感觉简直太好了。"老娘不伺候了！"尽管这句话没有被亲自说出口，当走出办公室的大门时，六个字从头到脚都在向外扩散，一笔一画地飞向沉闷的空气中，飞出窗外，飞向城市的大街小巷，飞向更广阔的天空。她永远忘不了同事脸上的表情，她说出了他们想说但不敢说的心里话，有人蒙圈，有人惊讶，有人赞赏，几乎没说过话的同事在微信里给她悄悄发了大拇指的表情，每个人都不喜欢那个女领导，她替大家出了一口气。那是人生中罕见的高光时刻，她居然是在这种情况下得到这么多鼓励和肯定，想想又有些不是滋味。信子枫希望人生中能够多结交莉莉这样友善的朋友和贵人，但在未来的生活里却更想成为叶子这样的女人，把自己的需求放在首位。

如今在鲜花店工作的时间已经超过保险公司,信子枫对于每天的工作内容和常规任务早就适应并熟悉,心里仍会经常感到茫然,但这份工作还是带给她一份归属和价值感,她希望也能活出自己的精彩。可什么是自己的精彩?怎样才算是精彩呢?信子枫摸不着头脑,忙的时候盼清闲,清闲了又容易想东想西。信子枫在心底自嘲,说到底,乳酸菌女孩哪有什么属于自己的精彩啊!

她通常会比莉莉姐早来一会儿,小雨来得最早,今天小雨来晚了,信子枫负责打开电脑,放固定的歌单,用店里的小型咖啡机制作一杯美式,热热地喝上一杯,这是一天里最幸福的时刻。信子枫看着工作台上莉莉姐和母亲的合影,母女俩都穿着旗袍,站在水立方前,互相挽着手臂,笑容由衷而灿烂,更像是一对姐妹。莉莉的母亲并不像信子枫曾经想象的那样苍老而古板,紫色的旗袍看起来显白又贵气,白色的头发并没有刻意染黑,和莉莉一样是天生的自来卷,老太太就像烫了爆炸头一样,很酷。她大概不是难相处的人,但也绝对不是可以轻易靠近的那种,莉莉意外来到这个世界,她的母亲显然早就接受意外到来。

有一次,莉莉姐和母亲打电话讨论晚饭吃什么,信子枫正好在旁边。她母亲讲话的声音从听筒里溢出，超级温柔，听起来有些嗲，报菜名似的说出一长串可口的菜，甚至还会叫"宝贝女儿"。信子枫起了一身鸡皮疙瘩，也羡慕这样的母女关系，莉莉姐毕竟都快四十岁的人，在比自己年轻的小姑娘面前被当成更小的姑娘对待，这让她显得有些难为情。虽然一口一个"宝贝"有点夸张，但信子枫从母女俩的谈话中感受到温馨的家庭氛围，大概正是因为有这位不吝啬表达爱的母亲，离婚的打击才没有在莉莉姐的脸上流露出太多痕迹，不管在生活里遭遇多少挫折与挑战，她仍是被爱滋养的女人——即使不化妆，莉莉的精神状态和皮肤状况也明显好过同龄人。信子枫和父母的关系虽不至于像吴优优那样剑拔弩张，但也从未像莉莉姐和母亲那样亲密释放过，她感叹，还真是个不上不下的乳酸菌女孩啊。

"我可能并不是你想象中的独立女性哦！虽然我也希望自己是，但其实我蛮需要别人的帮助和支持，你的到来对我来说也是一种支持，在我最需要帮忙的时候你刚好来了，尽管我付你工资，但是你带来的价值完全值得这份薪水，并且超出我的期待，你很认真，有审美，很适合做这行。我不觉得接受帮助就怎么样，离婚以后，就和我父母一起住了，这间花店也是他们支持我的，最初最重要的一笔钱是他们给的，我本来想还给他们，可他们没要，父母只有我一个孩子，他们觉得一家人没必要搞这些，"莉莉说，"很抱歉让妹妹你失望了，很多不了解我的人，都会觉得我是独立女性，创业、独身，独身也不是自己选择的……惭愧。"

耳边回荡着莉莉姐前一天说过的话，信子枫系上棕色的小熊防水围裙，开始打扫卫生，给冷柜里的花剪枝、换水。信子枫想，如果能为别人的精彩尽一份力，也算是一种价值吧。为精彩的莉莉姐打工，让那些原本毫不相干的花组合成精彩多样的花束形态，为顾客人生中的精彩时刻提供一份美意。

失望吗？了解到一些细节和实情后，信子枫确实有点失望，毕竟当作榜样的女性形象塌缩了一部分，莉莉姐不再是完美的独立女性，却更加真实亲切。虽说有家里支持，但不得不说，莉莉姐仍是有能力的女性，勤奋、有理想，尽管选择和爸妈一起住，离婚让她获得一笔不小的赔偿金。那些看起来光鲜的独立女性一开始大概都不是自己选择的，而是被生活制造出来的，没有人真的喜欢孤独，是不得不孤独之后，逐渐发现孤独没那么可怕，甚至还不错，于是开始享受孤独的自由与丰盛。信子枫想，或许，对独立女性的定义可以更加开阔。

"莉莉姐没必要为了成为别人想看到的独立女性而故意为难自己，跟随自己心意去过就好啦，怎样生活是你的自由，完全可以选择和爸妈一起住，也可以选择结婚，或者自己一个人。你还是我的榜样，虽然和想象中不太一样。但说来说去，莉莉姐真的很厉害，可以一个人处理这么多事情，把花店经营得井井有条。"信子枫说。

"这样啊，这么说还是可以成为半个榜样的，我以为自己全军覆没了，哈哈。"莉莉说。

"才没有覆没，有支持自己的父母真好！不是所有人都能像你这么幸运。"信子枫说，"谢谢莉莉姐看好我，我一定好好干。虽然没有上一份工作赚得多，但大部分时候我都更开心，在莉莉姐身上学到很多。你和叶子姐，都是很棒的榜样。"

"父母支持自己的孩子，难道不是天经地义的吗？但凡有条件，谁家父母会拒绝支持子女？叶子确实很厉害，我们家学习最好的一个，清华计算机系毕业，又去美国读了硕士，画画得了很多奖，从高中开始就给一些杂志画插画，毕业后拿到很多offer，工作两年后不顾家里反对，毅然决然辞职，去当绘本画家，她第一本独立署名的绘本下个月就要出版了，到时候我买几本放在花店里摆着，送你一本签名的。"莉莉说。

"太好了，谢谢莉莉姐！叶子姐简直是学霸世界的学霸。莉莉姐太不了解我们乳酸菌女孩了，大部分人都没有莉莉姐和叶子姐这么幸运和优秀啊。"信子枫说。

"能从外地考到北京的大学，你应该也是学霸，你也很棒啊！学插花学得很快。"莉莉说。

"高中阶段确实做过一段时间学霸，但高考没发挥好，刚超过一本线，为了能来北京，最后选了个二本，这件事对我还是有些打击。真来北京以后自信心更受挫，别人不仅学习好，还多才多艺，胸大貌美，家里又有钱，全能型的很多，面对这么多高手，我唯一引以为傲的学习成绩也变得普普通通。跟叶子姐这种更没法比啦，人家是百分百学霸。"信子枫说。

"不要妄自菲薄，你刚刚说的乳酸菌女孩是什么？"莉莉询问，"说实话，如果是985、211，我还真不敢留你，刚来的前三个月我都比较担心你随时会走人，怕你是心血来潮一时冲动，自从听说你有考证的打算，我踏实多了。"

"就是非常普通的女孩啊，我们只能以群体的状态展现价值，作为个人什么资质都平平，没人脉，也没钱，还有一堆原生家庭的问题，不是所有父母都爱自己的孩子，或者说，很多父母并不知道如何爱自己的孩子。我家里绝对不会支持我自己开店创业，如果有一笔钱，他们一定会攒着给我弟弟娶媳妇、买房。能供我上大学就已经很不错，我以前以为是自己不喜欢读书上学，所以才没继续考研，最近发现，我更多是因为从小受到家里观念的影响，我爸妈对我的期望就是考上大学，然后找一份稳定的工作，我家不富裕，这些年花掉的学费和补课费一直让我有种负担感。之前问过他们的意见，他俩一致觉得我没必要继续上学了，研究生毕业都快三十岁了，还要结婚生小孩，不如找份工作，早早有一份收入，手里还能攒点钱。"信子枫说，"我喜欢这里，短期内肯定不会转行，前三个月我还担心因为自己没经验做不好被你解雇呢。"

"乳酸菌女孩……还是第一次听说，很可爱的说法，不过人的存在本身就是有价值的，不一定要向别人证明。社会对人的评价确实更多会考虑所谓的'功能'，从而定义一个人的价值，乳酸菌女孩也可以是了不起的，值得被尊重和看见，毕竟不是每个人都是金钥匙女孩。和叶子比，我曾经也是乳酸菌女孩，也需要大家的帮助来实现价值啊。原来你还有弟弟，没听你说起过。读研只要两年还是三年吧，可以找一份更好的工作，干吗不支持？当然，我希望你能留在这里，我不用你考研，哈哈。你有自己开店的想法是吗？如果以后开分店，你可以来当店长，没关系，他们不支持，姐支持你啊！乳酸菌姐姐帮乳酸菌妹妹。"莉莉皱了皱眉，笑着说。

"莉莉姐才不是乳酸菌！"信子枫心里暖暖的。

明知是画大饼，但任谁听完这番话心里都会感到温暖，信子枫受到巨大激励，也算是可以有点奔头。盼着来自家里的支持，都不如盼着莉莉姐有一天能开分店。不过店长就先不妄想了，她想先从花艺师助理变成花艺师再说，把工资提起来。信子枫前段时间给自己报了花艺培训课，线上线下都有，打算考资格证。

信子枫查看了一下今日要完成的订单，都是前一天预订的，没有特别复杂和麻烦的任务——比较复杂的款式至少要提前三天预订才行，都是一些常规花束，还有一家美容院预订的两组摆在前台的花艺造型，都是店里经常做的款式，照着做就行，都不算太复杂。如果赶上有婚礼或会议沙龙之类的，莉莉会来得比较早，也会提前一天提醒信子枫早来。最早的一次是六点半，她们要制作两个复杂的开业花篮，虽然已经设计和沟通好造型，需要的花材也都在前一天下班前准备好，但动手制作还是会比较耗时。

像这类需要早起的情况，莉莉姐都会报销打车费。刚来花店不久时，因为第一次那么早起，搞出很多乌龙，先是忘记带手机，回去取手机，又把钥匙落在家里，怕耽误时间，不想吵醒室友，就没有再回去拿。等忙完上午的开业花篮，信子枫才想起来给吴优优发微信说自己忘带钥匙的事情，问她会不会出门，结果吴优优中午已经跑到天津去找朋友玩，信子枫只好在花店将就两晚。一件事触发另一件，前一晚受失眠困扰，第二天将近凌晨四点才睡着，早上醒来又落枕了，整个人状态非常不好，甚至把两个订单的要求给弄混了。一个是看望刚做完手术出院的老师，一个是给女朋友过生日，前者是红色康乃馨加向日葵，后者是红玫瑰、香槟玫瑰和向日葵，信子枫将红玫瑰与红康乃馨弄混了。看望病人的男学生很生气，尽管莉莉已经保证马上调整，对方还是气鼓鼓的。信子枫觉得他没必要那么生气，毕竟玫瑰比康乃馨贵，也不算吃亏。这么说完，对方更生气了："给老师送玫瑰也不合适啊可是，我又不想占你们这点便宜，和同学们约好时间，去看老师总不能迟到吧！"

"很快，不会太久。我们多送你几枝粉色康乃馨做搭配，送两张五元的无门槛券给你，不过要分开用哦。"莉莉姐安抚完顾客，很快重新扎好一束，把男生送出店外，反复道歉。

另外一个顾客也是男生，他似乎分不清玫瑰和康乃馨，没有察觉到花束的异样，等信子枫发现时，顾客已经将花带走。莉莉姐还是给对方打电话说明了一下情况,并答应退还差价。那天信子枫头痛得要命,整个人精神涣散,又因为犯错焦虑,怕被莉莉姐骂。实际上莉莉并没有因此怪怨她,反而关心她的身体是不是不舒服,下午的订单几乎没有让她上手,只让她帮忙打下手,扫扫地,收拾新到的花材,联系骑手或顾客本人来取花。信子枫喜欢莉莉的那份温柔和善解人意,像是姐姐,而不是老板,相处起来没有办公室里的那种紧张氛围。还好吴优优第三天下午回来,不然她马上要停摆了,莉莉让她提前下班回家休息。

莉莉的花店属于新型花店,结合了花艺工作室的一些优势和模式,一部分普通散客,一部分商务合作,莉莉姐打算接下来把视频号做起来,但是暂时没有精力,目前只是让信子枫把一些做好的花束作品发在小红书和朋友圈,配一些简单的文案。现在的信子枫也能独立制作一些花艺造型,比如吴先生预订的一束送给太太的结婚纪念花束,白百合与粉玫瑰,搭配满天星和尤加利叶,约好中午十一点来取,信子枫用了四十分钟左右完成,和过去比已经算快的了,过去包扎一束花至少要一小时。她从吴先生的脸上看到满意的神情,自己也有小小的成就感,信子枫没有完全按照网页上的图片来摆放,用粉玫瑰在中心做了桃心的造型，吴先生对她的小巧思很欣赏，并在信子枫的推销下办了一张1880元的年卡，以后每个月都会送给他太太一束价值168元的鲜切花。

美容院的订单下午三点半会有配送员来取，信子枫之前跟着莉莉姐做过一些类似的塔形插花，对信子枫来说难度不算特别大，有之前的打样，但由于这次用到的花量和种类比较多，还是要请莉莉姐来完成，她负责做好助理工作。这家美容院是长期合作的客户，每周都有预订，这种长期固定的商务合作是花店重要的收入来源，附近写字楼里还有两家公司每个月有预订，一个是做出版的小民营企业，那个老板很喜欢绿毛球和雀梅，另一个是陶瓷工艺DIY店，通常搭配选择的都是黑白陶瓷花器。

莉莉姐来的时候，吴先生刚走，信子枫正在用水龙头冲洗几个透明的花瓶，水花溅在小熊围裙上，像一颗颗小珍珠，悬浮着，或是坠落。莉莉手里拎着大包小包进来，一些花材和花器，她去了花卉市场，买了一些店里不常备的品种。她有时会这样，尽管有固定合作的云南鲜花产地，但还是会经常逛逛本地的花卉市场，有时能够买到一些有意思的植物，窗台上很像卷心菜的叶牡丹就是莉莉淘来的。

"子枫，找两个醒花桶，把这些花处理一下。"莉莉摘下背包说道,"吴先生的百合已经拿走了吗?"

"对,他刚走,还问你怎么不在店里,他还办了张年卡。"信子枫撕开包在外面的报纸,里面是一束向日葵。

"可以啊,月底给你奖励。这是泰迪向日葵。"莉莉说,"看着很可爱吧,我准备给琴姐的订单里加几枝,刚微信跟她说了,可开心了,我说这可是VIP待遇。"

"跟泰迪狗有什么关系啊?"信子枫转动花梗,仔细端详花瓣的细节。

"是泰迪熊,不过也可以吧,卷毛啊,黄色小卷毛,哈哈。很形象对不对?"莉莉说。

"这么说的话还真挺形象的,抓到了精髓。"信子枫说。

"哦对,室友出了那种事,你不会打算一直住在现在的房子里吧?晚上不会做噩梦吗?平时看着文文静静的小姑娘,胆子还挺大。"莉莉突然提起吴优优的事,"凶手找到了吗?"

"找到了,一个海洋馆的企鹅饲养员,她在网上认识的。"信子枫说。

"太恐怖了,这样的人怎么能照顾动物?他为什么杀她?"莉莉问。

"警察的说法是,他想帮助她,她不想活了,他对自己即将遭受的惩罚并不了解,他以为出于这样的目的可以不用判死刑，他不在乎蹲监狱，他说这样就不用交房租了。想法多奇怪啊。我室友的父亲特别糟，小时候想要把她扔掉，每次跟家里打电话都会吵架，有段时间我被她弄得很抑郁。出事之后本来想跟你请假休息一下，整个人抑郁到谷底，可是我在家里只会更抑郁，还不如出来工作。"信子枫说。

"确实是很奇怪的人，但是他能这么极端地想，人生中应该也遭遇了很多不好的事情，他的工资交完房租，可能就不剩下什么了，想在北京生活的外地人都很不容易，又揣着一颗不甘心回老家的心。既然是自杀，她出事前有什么反常的地方吗？"

"唯一的反常是她变得很正常，不太像她，她是个动不动就把'死'挂在嘴边的人，情绪总是忽然爆发，有事没事喜欢大惊小怪，看个小视频都能突然骂街，洗个澡也会骂骂咧咧，一会儿说凉了，一下又说烫了。出事前半个月她都很开心，没看见她给家里打电话，倒是会给小武打，我以为她谈恋爱了，所以才会变得温柔快乐。警察说他没有和她谈恋爱，只是普通朋友，小武喜欢海洋馆里的美人鱼，被抓之前还给美人鱼买过咖啡。"信子枫笑了，按理说面对凶杀案的主角不应该笑的，但是她觉得实在太匪夷所思了，匪夷所思到一定程度，痛苦和恐惧都被消解了，只想笑。

"一个浪漫愚蠢的杀人犯。你一个人住在那里，虽然事情没直接发生在房子里，但还是会挺硌硬吧？搬出来吧，换换环境。"莉莉说。

"肯定会硌硬啊，我晚上都不敢上厕所，半夜醒来，听见客厅稍微有点动静就一身冷汗。有一天，我很清晰地听到厨房里倒水的声音，室友以前几乎每晚中途都会醒来去倒水。还有一个月到期，房租到期就搬走。"信子枫说，"比起住凶宅，我更怕多花钱，如果提前搬走，平台不退押金。"

"有个顾客马上要搬走，让我帮忙问问有没有人愿意租，离花店很近，就在我上次带你吃潮汕火锅的附近，走过去只要十几分钟。老两口要去上海和女儿女婿一起住，她的房子想出租，我想到你，可以去看看，比跟平台租会便宜些。"莉莉说，"你还给她包过花，就是上次想买我们店里蝴蝶兰的老太太，你说那盆花不卖，我们自己养着看。"

"噢，我有印象，她好像还挺失望的。租金多少？"信子枫问。

"我没问太具体，她说可以商量，有兴趣的话，我把电话号码发你。"莉莉用头绳把蓬松的卷发扎起来，她的发量太多了，绑在一起很大一块，有点像棉花糖。

6.

信子枫让小雨周末去陪她看了房子，小雨的房租刚好也要到期，她们商量好到时一起合租，每个人每月三千，比附近平台出租的房子总体便宜差不多两千块。老小区，传统的装修风格，实木家具什么的，墙上还有一块挂毯，画面里是悬崖壁上的一棵松。客厅面积很小，但阳光充足，干净明亮，窗户下晾了两件男式的老人衫，两个女孩去的时候，家里只有老太太一个人，带她们参观了两间卧室，主卧次卧差不多大。老人养了很多植物，米兰、君子兰、迎春花、金虎……老太太觉得她们来租的话，刚好可以照顾，专业对口，花就不用带走了。房子离花店比较近，如果能住在这里，早上可以多睡会儿懒觉，好好吃顿早餐再上班。信子枫想了想，如果每天能免去早晚各一小时的通勤，自己可以做点什么。虽然她的时间并不值钱，但节约出来至少可以多休息一会儿，学一些新技能，多一点自己的时间。

在这个地段这样价格的房子不常有，信子枫和小雨都没意见。老太太说两个月前刚粉刷完房子，所以墙壁很干净，走之前给她们换一些家电，冰箱太老了，会换一个双开门的，卧室的门不能上锁，到时也会更换，如果她们不喜欢墙上的挂毯，可以摘下来，信子枫表示不介意，她觉得还挺亲切的。奶奶家以前也有一幅悬崖松树的图，不过是画在一个老式的衣柜上，白柜子因为年代太久变成黄柜子，信子枫小时候会盯着那棵松树遐想，想它为什么一定要长在悬崖边，或许危险的地方反而是安全的。虽然老太太的房子打扫得很干净，但主卧室里始终有一股淡淡的挥之不去的老人味。

"不是臭味，就是人年纪大了以后身体会散发出来的一种味道，我奶奶身上也有这种味道，有点像植物枯萎衰败时散发的味道。其他都挺好，就是主卧有点味道。"信子枫走出小区后跟小雨说。

"我没有闻到你说的老人味，倒是有股被窝子味，开窗通通风就好了。你要是介意，就住另一间。"小雨说。

看完房，信子枫和小雨一起吃了潮汕牛肉火锅。小雨是长治人，虽然一个南方人一个北方人，但她们不约而同都讨厌香菜，爱吃辣，喜欢面食和肉，她们点了很多丸子。

"你平时自己做饭，还是点外卖？"小雨问。

"我感觉我住的那个地方应该都不能叫厨房，更像是储物间，能煮点简单的面和粥，平时都是在外面吃。"信子枫说。

"以后住在一起，我们可以买菜做饭吃啊，我会做挺多菜的。"小雨说。

"我几乎不会做饭，连煮面条都煮不好，随我妈，煮得不是偏硬就偏黏。"信子枫看着装在玻璃托盘里的彩色面条说道，"面条我们最后再下，不然汤就浑了。"信子枫知道绿色面条是用菠菜汁做的，粉色的或许是用火龙果的皮制作，不过吃到嘴里应该没什么区别。

"不要小看煮面，煮面也是有技巧的，下锅前放点盐，这样就不会有那种黏糊糊的感觉了。湿面要沸水后再下锅，每次开锅都要加一次凉水，用大火煮，加两次后捞出。你再煮面的时候试试。"小雨抿了抿嘴巴说道。

"我都是加水后直接放进去煮，每次尝起来可以，出锅后就变黏了。我觉得我们很有缘分啊，第一次去花店的时候赶上下雨，你看你的名字刚好就叫小雨。"信子枫说。

"我的名字很普通，土里土气，没有你的好听。你这个姓我都从来没见过。"小雨说。

"不会啊，齐小雨，你听，叫起来还蛮可爱，我的名字有些拗口。"信子枫说，"我妈和我爸结婚旅行来北京，去了香山，还有天安门，他们一直以为自己看到的红叶是枫叶，所以给我名字里取了枫。我家以前在县城，县里还没有人蜜月旅行，我爸妈是第一个去北京度蜜月的，那个年代算是我们老家很时髦的人，我姑姑结婚也学他们，后来我们那里的年轻人结婚开始流行蜜月旅行，都愿意来北京，去上海都不算厉害，因为不如北京远。"

"对于小地方来说，那个年代能够蜜月旅行真的很时髦啊。我爸妈结婚连仪式都没弄，因为我妈妈先怀孕了，我奶奶说还没结婚就大肚子的女人不值钱，我姥姥姥爷去家里闹，他们才给了些彩礼，差点连彩礼也不想给，更别说蜜月旅行，"小雨说，"有时候觉得我妈妈很可怜，我奶奶家老欺负她。或者说，做女人很可怜。莉莉姐的母亲是大城市的，同样情况，相对就好些，还是要努力生活在城市啊。你爸妈真好，被祝福的婚姻才会有蜜月，不被祝福的就只能凑合活着。那个婚姻会像耻辱柱一样，永远提醒你，你不配得到幸福。"

"确实大城市要好些，说起来，再时髦又怎么样啊，他们也有很多陈旧老套的观念，还是会重男轻女。我上学那会儿他们根本没考虑过搬家，想都没想过，只给我买了一辆自行车，但是为了让我弟弟考好中学，他小学之后就搬到市里，换了新房子，我爸买了一辆电动车专程接送我弟。他们大概觉得我是女孩，不用考特别好的大学，有个学上就行。哎，怎么说起这些，不说了。我来北京上学以后，和同学去香山，人家告诉我那些其实不是枫树，是黄栌树。说实话，我也没见过我家以外其他姓信的人了，是个比较少见的姓。"

"原来是这样，我一直也以为是枫叶，红色的嘛。亏我们还是干这行的，不过我真的没去过香山，来北京三年多都没去过，在图片里见过。"小雨说，"你爸妈好歹还认为你应该上个大学，我爸觉得我考不上就算了，我当时差几分就能考上，但凡有一个人支持我复读，我都会再试一次，哪怕考个三本也行，但是高考结束，我的人生就好像停止营业一样，无处可去，没有任何事情可做。有一天跟我爸吵了一架，因为他逼我相亲嫁人，为了不在家里待着，跟着我一个表姐学花艺，在她店里打工。"

"那你怎么来北京了？"信子枫问。

"说来话长。我只要在老家，我爸就会想方设法把我嫁出去，有一次让我和一个比我大七岁的卖内衣的男人结婚，我以为只是卖内衣，结果是情趣用品店，我不知道我爸究竟是开放还是落后，我接受不了，但是他说如果待在老家就得按照老家的规矩生活，早点结婚生孩子，他还说那个男人的店很赚钱。我妈不希望我一直待在家，我又去参加成人高考，上了太原的一个专科，毕业后和男朋友一起来北京，但是后来我们分手了，我也从商场的化妆品柜台辞职。本来要回老家，但我妈不希望我回去，给了我一万块钱租房用，她受过的委屈不希望我再受，哪怕不结婚都行，我又重新开始做花艺。你的室友是怎么回事啊，我上次听你和莉莉姐聊天，她怎么会被谋杀，得罪人了吗？"小雨说，"太恐怖了，这种事我以为只会发生在新闻里。"

吃完饭，小雨回到花店值班，信子枫坐公交车回丽景花园的出租屋。

她常常会像此刻这样感到恍惚，一个人怎么能说没就没了，仿佛不曾来过。公交车的挡风玻璃下有个摇晃着的"福"字，它一直那么摇啊摇，按照一定的频率，有时车速改变它就会晃出既定的频率，再慢慢恢复，她真担心它会掉下来，紧紧盯着，似乎这样做就能不让它掉下来。信子枫觉得自己的胃里似乎也有一个"福"字正在拼命地摇晃，她很想呕吐，但并没有真的吐出来。一个陌生的号码出现在手机显示屏上，信子枫看了差不多有十秒才接通，她确实不认识这个号码。

一个声音低沉的男人开口道："你好，你是住在807的姑娘吗？"

"您是？"信子枫感觉胃里的"福"摇晃得更加厉害，她有种不好的感觉。

"我是吴优优的父亲。优优有些东西还在房子里，我想进去拿一下。你什么时候在家？今天周末，你们应该不上班吧？刚刚敲门，屋里没人。"男人说。

听到优优的名字，"福"字突然从胃里甩出去，她感到一阵剧烈的晕眩。想到电话里的男人坐过牢，并且抛弃了自己的女儿，至于因为什么原因坐牢，信子枫并不了解，总之想到是个罪犯，她就感到不安。信子枫下了公交车，走进小区超市，她还没想好买什么，看看有没有优惠活动，可以买点水果、酸奶之类的。她需要拖延时间，现在一定就在那扇棕色的防盗门前，门的两侧贴着她和优优一起粘上的春联。她不断回想起吴优优疯狂咒骂的样子，而那个让优优感到痛苦的男人正站在出租屋的门口给信子枫打电话，太魔幻了，信子枫不由感叹。短短几个月，她已经跟两个罪犯有过交集，这怎么是乳酸菌女孩能够承受的经历啊！

"喂？喂？能听到吗？我是优优的爸爸。"男人确认电话还在进行中。

"叔叔，您太突然了……谁也没想到会发生那样的事，我是优优的室友，我也很难过。"信子枫说。

"不好意思哈，应该提前跟你讲一声。号码是优优她妈妈告我的，今天本来要见律师，临时有变，就想着过来把东西拿走。你下午方便吗？"男人继续按照自己的逻辑和节奏说道。

"不好意思叔叔，我今天有事不在。"信子枫说，"优优好像还有挺多东西，您一个人怕不太好带走，改天让阿姨和您一起来吧，优优还有房租和押金没退，您最好联系一下管家。或者给我个地址，东西我打包寄给您也行。"

"还有很多吗？她妈上次不是已经拿走好多箱吗？这娃真是乱花钱，买了那么多没用的，到头来也用不到了，还不如让我帮她攒起来。咋个这么巧，一天都不在吗？那你什么时候在家哈？"男人问道。

信子枫不知道自己应该如何回应，就慌乱地挂断电话，对方像是明白什么一样，没有再打过来。信子枫在超市里来来回回逛了很多圈，但时间只过去十五分钟，她从没觉得时间这么悠长，像一滴一滴水，要滴满一整片海洋。他应该还没有走，他可能并不相信她今天不回来，信子枫认为他一定知道她只是想躲他，她不擅长撒谎，她的语气和声音一定出卖了她。这么想着，信子枫将半个西瓜放进购物车里，西瓜被透明的保鲜膜包裹着，瓜瓤的红被过滤掉一部分色彩。

和警察见过面之后第二天，信子枫就见到吴优优的母亲，是个身材瘦小的女人，皮肤有点泛红，估计是被太阳晒的，脸上挂满泪痕，由于没来得及染发，发根露出大量白色。她来家里收拾东西的时候，有两个警察陪着，一男一女，他们对房间进行了一番细致地检查，想要找到一些轻生的迹象——小武说她得了癌症，没钱治，也不想头发掉光，想自杀，但是她不敢，小武表示愿意帮忙。信子枫和警察一样，不能理解这两个人奇怪的想法。"不是应该劝说不要自杀吗！""正常人都会鼓励去治疗啊。""可能觉得反正都要死，与其等待死亡，不如择日而死。""真是不能理解。不过这不算最奇怪的，什么奇怪的罪犯我们都见过。"警察怀疑他们是男女朋友，结果发现小武暗恋的是他的同事，并且吴优优的尸检报告出来后显示死亡前没有发生过性行为，小武也是这么供述的。她甚至洗了澡，换了干净的衣服，先是吃了很多安眠药，睡熟之后，他才动手，他割开了她脖子上的大动脉。小武学过兽医，他说自己手法非常迅速准确，保证没有让死者感受到太多痛苦。

优优母亲将女儿的衣服一件件叠好，平整地放进行李箱，抽屉里的杂物收纳进之前留下的纸箱里，那些特产有些已经过期，她将过期的食物，以及磨损严重的旧鞋扔进垃圾袋，搬来之后那双鞋吴优优到死也没穿过，信子枫终于看出来那个磨损的 logo 是斯凯奇。

"我们娃从小念旧，啥子也舍不得扔，小时候玩过的毛绒玩具都在，两大盒盒。这鞋都破成这样，她肯定也不穿，自尊心强又爱漂亮，不会愿意穿破鞋出门，但也不会随便扔。"优优的母亲嘴角带着一丝苦笑说道，眼里泛泪光，她反复抚摸那双发黄的斯凯奇，就像在抚摸过世女儿的额头。

"不就是癌嘛，得病就治，跟家里说，为啥子不说嘛。邻居李伯伯前年得癌，后面不就治好了，还是有希望啊。我肯定会尽力，会尽力治啊。瓜娃子！"

"早说过，北京不是我们能留下的，家里物价便宜，自己做饭多安逸，少点外卖，也不知道整天吃的啥子耍酷儿，还能得癌。难道真是你让男娃送你走的吗？这种忙为啥子有人愿意帮？糍粑心肠啊，造孽……那天下午有只雀雀儿在窗外拼命叫啊叫，怎么赶都赶不走，我心里难受，感觉不对，还以为是你老汉儿又要出事，结果是你。"

吴优优的母亲用四川口音的普通话自言自语着，信子枫感觉吴优优仿佛就在房间里静静地聆听着、沉默着，那些透明胶囊在空气中缓慢地飘浮，自从吴优优死后，信子枫再也没见过那些红色和黑色，它们随着吴优优一起消失了,而那些透明的,就像是一种生命的底色,永不消散。

那天,警察在吴优优的卧室里找到一本病历、两张CT,还有一些化验单,血常规、尿常规。吴优优的身体里确实长了恶性肿瘤,她的身体一直都在败坏,可是从外面看起来吴优优相当健康,能吃能睡,还有精力骂爹骂娘。信子枫回想起来,优优出事前总说肚子疼,每次去厕所都会很久,有时还会发出痛苦的呻吟,尽管她努力克制,但应该非常疼,才会喊出来。信子枫问过她怎么回事,吴优优都说是肠胃炎,信子枫得过急性肠胃炎,确实疼得两眼发黑,所以也没有当回事,毕竟她们关系一般,没有义务和理由过多关心和干涉。

7.

男人穿了一身深蓝色的运动衣,短寸,一米七出头的样子,精神抖擞,浓眉大眼,脸上有白癜风。看起来有点像电影里的黑老大,不像善茬,他从5号楼出来,不时回头看看楼上的窗户,从身材和步态来看八成有健身的习惯。信子枫在树下等了一会儿,等他把烟吸完,用脚踩碎烟头,直到那个矫健的背影完全消失。

确认没人尾随，她才回家，焦急地等待电梯门关上。下电梯后，楼道空空，她谨慎而迅速地挤进自己打开的门缝，慌张地关上门。把从超市里买来的杧果、西瓜、酸奶放在地上，又回身看了看门眼，跑进卧室，倒在床上。

直觉告诉她，穿运动衣的男人就是吴优优的父亲，有一回优优的手上长了一粒小白斑，她大惊小怪很久，还专门去了一趟医院，大夫说那只是普通的小点，观察一下，没有变化就用不着担心。现在信子枫明白，优优是担心自己遗传父亲的白癜风，后来没听优优抱怨过，大概是没事。如果不是白癜风，那个男人的相貌应该不差，没太看清，甚至可能还有点英俊，毕竟能让优优的母亲明知他不忠，还坚定不移地跟着他。信子枫至今不知道优优口中的"那件事"到底是什么，猜他究竟是因为什么入狱，抢劫、偷窃、打架、强奸、拐卖小孩？也可能是因为重婚罪。她记得吴优优说过他一直还有别的女人，她在家的时候并不常见到他。吴优优有次提起自己有个妹妹，不是亲妹妹，也不是表妹堂妹之类的，信子枫没多想，现在想来觉得可能是优优父亲跟别的女人生的孩子。真是个多情不负责任的男人，信子枫嘲讽地想着，但他也不是完全不关心吴优优，还是关心的吧？信子枫希望他是关心的，至少吴优优还是被在乎的，那个她憎恨的男人不是她说的那样冷血无情。吴优优已经惨到离开乳酸菌女孩的队伍，没有下降的空间，信子枫想试图将她拉回来。

三天后，信子枫正在鲜花店拆新到的快递，收到男人发来的短信，信息里是一个四川乐山的地址，请信子枫帮忙把吴优优剩余的东西邮寄过去，并且感谢她提醒房租的事情，中介已经退还部分押金，还谢谢她照顾优优的脾气。短信看起来十分有礼貌，他没再打来电话，仅此一条短信。所以，那个穿运动衣的男人究竟是不是优优的父亲，她无法验证了，也不想验证。收到短信后，信子枫感到一阵轻松，她担忧的见面不必发生了，骤然消失的焦虑让她觉得空落落的，顺路去吃了麦当劳的鳕鱼堡和炸薯条。

信子枫回家后把吴优优剩余的物品打包，用了一个编织袋和一个纸箱，少量的书籍、热水壶、电热毯、被子、直发梳、护肤品、开口没用多久的沐浴露和洗发膏，以及那个可以拆卸的白色晾衣架。晾衣架拆了很久才拆好，想必装上要花费更多时间吧，信子枫想，为什么一定要拆了那个晾衣架？优优的母亲并不会缺一个晾衣架，否则这么多年她是怎么晾衣服的？纯属自找麻烦。她意识到，从小到大只要别人一个指令，哪怕是陌生人的指令，自己会不由自主付出很多时间和精力，过去在保险公司时，她总是被周围人使唤来使唤去，女主管很喜欢打个耳光给颗甜枣，信子枫意识到自己经常被这套拿捏。根本没人知道吴优优还有个晾衣架，她觉得那个衣架好好的，扔在这里浪费，她不可能用一个死去女孩的衣架晾衣服——她活着的时候信子枫也没用过，可是这不代表它不能被浪费。

它就算真的浪费了又能怎么样？主人已经遭遇严重不幸，一个晾衣架凭什么不可以浪费？什么是浪费？一朵绝美的花开在无人的山谷无人欣赏，算不算浪费？一个富豪用爱马仕的马桶算不算浪费？天下浪费的东西那么多，她一个乳酸菌女孩，有什么资格不允许一个晾衣架浪费？她连自己都快照顾不过来了，为什么还要消耗精力和时间去担心一个晾衣架是不是浪费！她生自己的气，因为拆卸的过程真的很麻烦，她的手指还被划了一条口子。信子枫脑袋里蹦出一堆质问，她感到焦虑，由一个晾衣架联想到很多发生在自己身上的事情。她突然决定不把衣架寄出去，她希望从这一刻起，只是尊重自己的感受，没人会知道还有个晾衣架存在，也没人关心，她的感受比一个晾衣架重要。何况是到付，对方知道了或许还会感激她帮忙节省了快递费。她只是想这么做选择，让自己舒服，又不会伤害别人的小小选择，像叶子姐那样。

打包完毕，等着快递第二天上门来取。

信子枫躺在沙发上，点开吴优优的微信，她们的对话还停留在几个月前，吴优优发消息问信子枫外面下雨吗，她的卧室没有窗户，大概是躺在床上懒得下地亲自确认吧。信子枫站在花店门口，随手拍了一小段视频，灰色的天空，雨水不断落下，发出淅淅沥沥的声音。信子枫反复播放这段视频，雨声让她平静，而在这平静中，才真切地感受到生命与视频中的雨水一同消失了。信子枫记得吴优优吃东西的样子，她很喜欢吃脆的水果，冰箱里总能看到苹果、梨、冬枣的身影，记得她晾衣服的样子，也记得她骂骂咧咧甩脸子的样子，可是无论如何，唯独无法清晰描述和回忆起吴优优的脸部细节，只是一个面孔模糊的女孩，做着各种各样的事情。她的朋友圈设置三天可见，一片空白，比她的面孔还干净。

出事一个月前，吴优优发过与小武的合影，两人身后是海底世界的美人鱼表演，男孩五官长得还算好看，但神情看着有点奇怪，轻微对眼，穿着饲养员的工作T恤，衣服上绘制一只可爱的海豚。吴优优手里拿了一只毛茸茸的企鹅公仔，那条朋友圈发了九张图，一张吴优优的自拍照，一张两人的合影，其余几张都是海底世界的照片，放眼望去一片蓝色，各种角度和鱼类的身影，大海龟在闪烁波光的展缸里游动，身边有许多金色黑条纹的小鱼。

信子枫之所以印象很深，是因为很少评论朋友圈的她在那条下面揶揄吴优优，内容大意是"恋爱中的女人就是不一样"，随后发了几个坏笑的表情，优优回了几个敲打的表情，说自己仍是单身一枚。那段时间，吴优优给人的感觉很像是在谈恋爱，眼睛里有光，脸上总是泛着粉红色，每次出门都要花很长时间打扮自己，还把那身起球的睡衣扔掉，买了一身有点成熟的睡裙。

"你去海底世界是不是可以免门票啊？"信子枫问。

"怎么可能啊，他只是个饲养员，又不是他家开的。"吴优优说，"不过他请我去的，也算免门票吧，他买票倒是可以优惠。"

"你喜欢他吗？"信子枫问。

"有一点吧，不多，反正我这辈子也不会结婚啦，不一定喜欢就要在一起。"吴优优说。

"为什么不会结婚？你是不婚主义吗？"信子枫问。

"也不算是吧。"吴优优说完陷入一阵沉默，"生命很有限，尽情享受当下就好啦。"

那条海底世界的九宫格朋友圈随着三天可见，早已沉没在空白里，像永远不会再起航的泰坦尼克号，载着逝者的回忆与情感，深深地沉入冷酷的时间海底。如今，信子枫才明白吴优优的沉默是什么意思。朋友圈背景是一只卖萌的小猫，信子枫想，或许优优渴望自己也是一只可以轻松卖萌的小猫吧，有人宠爱，没有恐惧，每天睁开眼睛都感到自己是安全的。可是这样一个鲜活的女孩，永远从世界上消失了，尽管她的死亡没有让信子枫感到太意外，却在此时此刻感受到某种强烈的孤独。

那些半透明的物质在空气里平静地流动，它们现在看起来很蓬松，像胖乎乎的胶囊，甚至有了细节，成对出现，信子枫想起看过的显微镜下的某种杆菌结构。信子枫伸出手，试图触摸和捕捉，却发现自己的手只是轻松穿过，似乎感受到一丝凉意，她不能确定那凉意是否真实存在。那些愤怒的红和伤心的蓝已经随吴优优一起消失，她的愤怒和悲伤也被带走，只剩下平静和孤独。那些透明的东西像这座城市一样，每日朝夕相处，又无法捕捉，它们随时都在变化。她无法驱逐这些透明的无法被定义的东西，如今在很多地方都能看到它们的身影。像无法驱逐和把握生死一样，她知道生就在这里，而死总会到来，至于在哪里，她无法指认。信子枫感受胸腔的跳动和窗外吹来的风，嗅闻来自百合的气味——自从屋里没人对鲜花过敏，每次下班时都会把一些花期将尽的玫瑰、百合带回家，插在客厅的花瓶里——她不能握住活着本身，同样,死亡作为一种界线存在,跨过去,就成了未知。现在，她任由晾衣架散落在客厅的角落，心里闷着的一口气呼出来，尽管已经多此一举地将它们拆卸成一堆骨架。

这种平静一直持续到晚上八点半，母亲突然打来语音电话，听说吴优优的父亲来找过，她有些担心，劝信子枫小心一点，最好能早点搬家。信子枫平息的忧虑重新升起，她忍不住走过去透过猫眼看了看门外，外面什么也没有，一切正常。

父亲难得接过电话，主动说道："一个月房租多少钱，三千吗？我转给你，提前搬出来，这几天就去看看房子，和你妈商量了一下，不希望你继续住在这里了。室友发生那样的事，你妈说你每天晚上都做噩梦。"

"也不是每天……"信子枫说。

"总之不好，做噩梦就不好，好好的人，怎么能老是做噩梦。"父亲说。

在她的事情上，父亲很少坚定地主张做些什么事，更不会主动提出给钱，大学的学费都是公事公办地给，每次开学前把班级群里的缴费通知发给父亲，父亲会一分不多一分不少地转给她，仿佛没有任何情分，只是冰冷地履行义务，连一句祝福和嘱咐也没有。八成是母亲的主意，但这次父亲的语气比母亲更加坚决，他甚至愿意拿出一个月的房租来支持她。信子枫感到意外，但不想这么轻易就原谅他一直以来对她的淡漠，努力按住心里涌起的暖意和酸楚。她没有告诉家里自己已经看过房子，很快就可以搬走。

"国庆节我们带你弟弟去北京逛逛，你去北京几年了，除了大一开学送你，就再也没去过。你妈想去香山。"父亲说。

"国庆节人会很多，花店也会非常忙，不一定能好好陪你们，不如等我弟放寒假吧。"信子枫说。

"寒假太冷了，你弟怕冷。还得挺长时间呢，就国庆节。不用你陪，要没空，到时一起吃个饭就行，正好看看你，其他时间我们自己逛。你不用操心，酒店什么的我们自己在网上订好了。"父亲说。

果真啊，果真还是更在意弟弟。信子枫冷笑着说："北方的冬天其实没有南方冷吧，这里有空调和暖气，室外只要穿厚点就好了。"不过，寒假树叶估计都掉光了……她想。

8.

国庆节有几个结婚的订单，还有一些店铺开业，花量走得比平时多，店里比较忙，信子枫只休息三天，后面再调休。父母带弟弟先去了欢乐谷和动物园，又去了天安门和西单，信子枫可以陪两天，他们商量好一起去香山。

休假前一天，信子枫准备离开，提前订了饭店，和父母约在那里见面。莉莉临时塞给她一束大丽花："这束花你带走吧，那个顾客不来了。"

"因为什么？"信子枫很好奇，那是店里的老顾客吴先生，每个月都会来带走一束花，每次都很准时。

"好像是家里出了什么事情，他没说是什么，让我们自行处理鲜花，算送给我们。我都包了半天，你把它带走吧，就当是节日福利。另外，我最近想通一些事情，你说得对，我前夫确实是个混蛋，他伤害了我，我却总是为他开脱。"莉莉说。

"可是好大一束啊！有点贵！"信子枫说。

"你就拿着吧，送你爸妈，赶快下班回家。"莉莉说完，半开玩笑地把她推出去。

很久不见，父亲胖了些，母亲老了些，弟弟长高一点，弟弟的脸上被蚊子叮了一个很大的肿包。一家人平静地吃完晚饭，没有想象中的喜悦，也没有担忧的吵闹发生。母亲本来要指责她买花浪费钱，当听说是白送的，又夸奖起那束花，觉得它与众不同。母亲回忆起第一次去香山的情景，父亲把母亲的一条丝巾弄丢，那是他们在北京留下的唯一的事物，其次是她。

第二天一早，母亲就打来三个电话，怕信子枫迟到，像小时候那样，带着焦虑和担忧。父母住在大栅栏附近，她带弟弟坐地铁，在某一站与他们会合。

香山的游客比预想中更多，人挤着人，山上的空气很冷，才十月初，就有了十一二月的感觉，仿佛随时会飘来雪花，那些树叶还没有变红，黄绿为主。信子枫和弟弟走在中间，母亲在最后面，父亲背了一个灰色的双肩包，左边口袋塞了一把雨伞，右边口袋装着一个深蓝色的保温水壶，背着手走在前面，背包将他的袖子弄皱了。弟弟手里拿了一个最近很流行的网红玩具"捏捏"，一只粉粉的海豹，它的身体不断地被捏扁，然后复原，像西西弗斯。

"不会捏爆吗？那里面是什么？"信子枫拿过来捏了两下，手感确实很不错。

"硅胶，手感超赞吧？很解压。"弟弟说。

"你个小学生，能有什么压力？"信子枫又捏了两下海豹，"硅胶的？"

她对硅胶的刻板印象还停留在隆胸上，小雨给她分享过一个整形失败的案例，视频里的女人戴着墨镜和口罩，她说自己的胸做完手术之后一个大一个小，甚至用了比喻句，她老公形容摸起来一个像橘子一个像苹果，难道柔软程度也不一样吗？太可怕了。手里这只小海豹和隆胸用的硅胶是同一种材质吗？信子枫想，放在身体里的肯定会用质量更好的，那手感应该也会更好，隆胸女孩压力大了说不定也会捏两下自己。

"小学生的压力比你想象中大好吧，超多作业，还有好多人情世故，我的姐姐。"弟弟把捏捏抢过去，然后追到父亲前面。

"什么！你们小屁孩有什么人情世故？"信子枫撇撇嘴，"现在小学生这么早就懂人情世故了吗？"我都还不懂，信子枫暗暗想。

母亲走上前说："为什么不让我们去你新租的房子里看看？我一个人过去也不行吗？去了帮你收拾下。"

"放心吧，我都收拾好了，你和我爸，带着我弟好好玩就行。我那边也睡不下，室友小雨刚搬来，东西都还没弄好，家里很乱，你就别去了。我不是在视频里给你看过吗，就是一个老小区的房子，装修比较陈旧，但是很干净，离花店很近，以后都不用坐公交了。是个老婆婆的房子，她和老伴去上海和女儿住了。"信子枫说。

"她女儿多大了？回头我们也留个房东和你老板的电话，联系不上你的时候我焦虑……"母亲说，"经济上有困难就跟家里说，别硬撑，实在不行就回来。"

"我不知道，小孩都上小学了，应该和我弟差不多大。你是怕我也遇到吴优优那样的危险吗？"信子枫说，"如果我死了，你会很难过吗？"

"废话，不要胡说八道，你要是有个三长两短，我的世界就塌了。"母亲瞪了一眼，看向别处，"或者留个小雨的电话，找不到你的时候我至少还能联系上你身边的人。"

"好，我一直以为弟弟才是你的世界，我什么也不是。"信子枫终于说出了压抑在心里的话。

母亲好半天都没有说话，直到弟弟跑过来，将一片树叶举到她们面前。

母亲接过那片树叶，上面还有一个被昆虫啃噬过的洞，她用手指摸了摸那个洞，像没看见似的，把树叶还给弟弟时感叹道："真是片完美的叶子，从地上捡的吗？"

弟弟将树叶撕成两半，哈哈大笑，信子枫感觉心里有什么东西也被撕成两半，她说不清那是什么，树叶的尸体被扔进路边的草丛里。此刻，就算吴优优的尸体出现在草丛里，带给她的冲击也不过如此了。

"你俩都是我的天！子桦，长大了要保护姐姐，你可是男子汉。"母亲笑着说。

"妈，你快看，那里有只松鼠！"弟弟惊呼，用手指着一棵树的树枝。

"跟你说话呢,男子汉要保护姐姐。"母亲拉着弟弟的胳膊说。

"好的好的知道了,它好小只啊,好可爱!"弟弟挣开母亲的拉扯,欢呼着去看松鼠。

"是啊,跑得好快!"母亲的注意力全部被那只松鼠吸引住,周围人在不停地拍照。

"就是一只松鼠,也没什么稀奇的。"父亲说,"我们快点走,前面还有好多没看完。"

"不就是一些树吗,能有什么不一样,松鼠多有意思,让孩子多看会儿。"母亲说完,父亲像过去那样不再吭气,听从母亲的指令,原地等待他们。

信子枫的脑子里突然响起吴优优的声音:"子枫啊,像我们这样的乳酸菌女孩,恐怕死了也没那么快被人发现,发现很快也会过去。虽然是益生菌,但本质上还是一种细菌啦,一种微小又脆弱的细菌。"

"不要这么悲观,所有的存在都有价值。"信子枫在脑海里反驳道,"我最近看到一篇科普文章,有一种叫小红蛱蝶的蝴蝶,可以一刻不停地飞跃四千多千米,飞越沧海,它们是世界上分布最广泛的蝴蝶品种之一。昆虫学家在一个海滩上发现它们时,翅膀破败不堪,非常疲惫。

为了不掉进水里,它们会一直飞,直到看见陆地。"

信子枫看着路边的草丛,那种半透明的东西,介于气体与液体之间,它们从雾状变成团状,那些团状的物质又变成一粒粒胶囊。它们从草丛里缓缓飞起,飞向树梢,穿过那些黄栌树,聚集在弟弟和母亲的周围。有一瞬间,她希望弟弟从斜坡上滚下去,斜坡上满是锋利的草和湿漉漉的泥土……那只松鼠顺着坡道一路跑下去,不见了。信子枫回过神,她惊叹于自己的邪恶,但她清楚地知道,那邪恶原本不属于她。恶毒的念头随着那些透明的胶囊渐渐飞走,一同消失在树的尽头。